未来記の番人

築山 桂

PHP
文芸文庫

○本表紙デザイン＋ロゴ＝川上成夫

未来記の番人◆目次

未来記の番人

序章　起きなかった奇跡

地獄だった。

降り注ぐ砲弾に、祈禱《オラシヨ》の響きがかき消されていく。

腹が減ったと泣く子らの声と、苛立《いらだ》って怒鳴《どな》りつける親の罵声《ばせい》。

転《ころ》びを促《うなが》す矢文《やぶみ》を熱心に読む者が増えた。

寛永《かんえい》十五年（一六三八）二月二五日。島原《しまばら》と天草《あまくさ》の切支丹《キリシタン》が蜂起《ほうき》し、幕府軍との戦《いくさ》を始めてから、すでに四カ月。

原《はら》城内にはまだ二万を越える籠城者《ろうじようしや》がいるが、戦う力のある者はもう、三千も残ってはいないだろう。

食料も、じきに底をつく。

城を囲むのは、三万の大軍。蟻《あり》の這《は》い出る隙間《すきま》もない。

死はそこまで迫っているというのに、切支丹たちはまだ諦《あきら》めない。

「奇跡を信じているというのか……何もかも偽《いつわ》りだったというのに」

女はつぶやいた。

死を前にして、誰もがなお信じている。信じ続けている。必ず奇跡は起こるのだ。あの御方《おかた》は、神の子なのだ、間違いなく。我らを救う御子《みこ》なのだ。

(なぜ、信じられる)

女には判《わか》らなかった。偽りだと気づいていないのか、あるいは、気づかぬふりをして目を背《そむ》けているのか。

女にも仕《つか》える相手はいるが、そういった忠誠心と、切支丹衆の持つ信仰とは、何かが根本的に違う気がする。とても理解できない。

(……いや、もういいのだ。もう終わった。これ以上、ここにいる必要はない)

今、考えるべきことは、この城から逃げ出す方法だ。それとて、容易ではない。

「飲まぬか。おぬしらには世話になった」

側《そば》にいた男が、竹筒《たけづつ》を差し出してきた。水さえも、今は尽きかけている。女を味方だと信じるからこそ、分けようとするのだ。

女は首を振り、受け取らなかった。

「四郎《しろう》様……」

辺《あた》りがどよめき、一人の若者の姿が視界に飛び込んできた。

この地獄にあっても凛《りん》とした気品を失わぬ、美しく尊《たっと》き少年の姿だ。城内をまわり、信徒たちを励ましているのだった。その姿を見るだけで、力づけられる者は大勢いる。

――いきなり、悲鳴が耳を打った。

幼子《おさなご》の名を叫《さけ》ぶ老婆の声だ。傷を負った――あるいは、過酷な籠城の間に病《やまい》を得ていた孫が、たった今、息を引き取ったようだ。

どうして。どうして助けてくれなかった。ああ――。

尊き若者の名を呼び、その足下にすがりつく老婆。

女はたまらず顔を背け――そのとき、どうしてか、ふと懐かしい里の光景が瞼《まぶた》を過《よぎ》った。女が生まれ育った小さな山里だ。周《まわ》りの村との行き来はほとんどなく、閉ざされた隠れ里。そこには親を亡くした幾人もの子供が集められ、里の大人たちの手で育てられていた。

女には親がいたが、お役目でほとんど里には戻らず、女は祖母とともに孤児たちと一つ屋根の下で暮らした。今はもう、己《おのれ》を含めて三人しか生き残ってはいないが、女にとってはみなが大切な家族だった。

――血の臭《にお》いが激しくなった。

女ははっとなった。

刃《やいば》を交《まじ》える音と血の臭いが、近づいてくる。

（狙《ねら》いは天草四郎か、あるいは我々か）

奴らの正体は判っている。この城を落とすために入り込んだ、公儀隠密《こうぎおんみつ》。簡単な敵ではないと覚悟はしている。

女は脇差《わきざし》を抜き放ち、逆手《さかて》に構えた。殺される前に、殺す。なんとしてでも、生き延びるのだ。切支丹と心中など、してたまるか。

里のことを、再び思い浮かべた。

まだ生きている、二人の兄弟。彼らと別れるわけにいかない。まだ大事なことを伝えきれていないのだ。会いたい。

「……、……」

女は二人の名を、小さくつぶやいた。たった二人の、私の家族。

悲鳴が再び聞こえた。断末魔《だんまつま》だ。誰かが斬《き》られた。

「……もう終わりなのだろうか」

竹筒を手にした男が、つぶやくように言った。

「四郎様、お逃げください」

「早《はよ》う、四郎様」

「ここは我らが……」

飛び交《か》う声の中に、舌足らずな幼い声が混ざった。

驚いて女が目を向けると、まだ七つほどであろう幼子が棒きれを手に叫んでいるのだ。精一杯に目を見開いて立つ姿に、懐かしい姿が重なった。どこかが似ている。とうに死んだあの子に。

再び剣戟《けんげき》の音が響き、柱の向こうで何者かが斬り合っているのが判る。耳を覆《おお》いたくなるような声が聞こえた。悲鳴をあげながら、こちらによろめいてきたのは、喉《のど》を切り裂かれた男だった。目を見開き、己の死が信じられぬと倒れ伏すその姿は、女とさほど変わらぬ年若い男のものだ。

幼子が怯《おび》えて悲鳴をあげた。

血まみれの刀を持った大男が、死骸《しがい》を踏みつけながら、ゆらりと現れる。目の前の幼子を、虫けらのように見下ろした。

「……！」

女は叫んだ。

幼子を守ろうと、とっさに立ちふさがる。

奇跡は起こらぬと、知っているのに――。

第一章　天海の使者

1

「何度申し上げれば、お判《わか》りになるのか……」

寺僧の声に、苛立《いらだ》ちが滲《にじ》む。

向かいに着座した若い武士は、表情を揺らすこともなく応《こた》えた。

「お判りになっていないのは、そちらのほうだ。これ以上、何も話す必要はない。一刻も早く、お渡しいただこう」

冷ややかな口調に、辺《あた》りの空気がざわりと揺れた。

人の気配だと、濡《ぬ》れ縁《えん》に控える千里丸《せんりまる》には判った。

本坊の座敷の内には、向かいあう寺僧と武士のほか、誰もいない。

開け放たれた障子《しょうじ》の外には濡れ縁があり、その先には丁寧《ていねい》に調《ととの》えられた庭が広がっている。小さな池の水面では散った桜が静かに波紋を描き、響くのは鹿威《ししおど》しの音だけだ。人の姿は見えない。

だが、確かに、気配がある。

（奥の襖《ふすま》の向こう側か）

おそらく、三人ばかり。

人がわずかに身動《みじろ》ぎするだけでも空気は揺れ、襖の隙間《すきま》から座敷の内に伝わって、畳の上の微細な塵《ちり》を動かす。千里丸の目は、それを決して見逃さない。

すべての敵意が向かう先は、この寺にとっての招かれざる客——すなわち、座敷の中の武士、早瀬士郎左《はやせしろうざ》だ。千里丸の連れでもある。

連れではなく今は主人だと、士郎左本人が聞けば、その端正《たんせい》な顔を不快げに歪《ゆが》めて訂正するだろうが、細かいことは千里丸にはどうでもいい。

要は、自分が命がけで守らなければならない相手ということだ。忍びにとって大事なのはそれだけだ。幼なじみであろうが、かつての友であろうが、今は気にくわない主人になっていようが、違いはない。

「早瀬殿……」

寺僧は大きく息を吐《は》いたあと、宥《なだ》めるように士郎左に呼びかけた。

「ご所望《しょもう》のものは、ここにはないのだ。江戸にお帰りになり、天海大僧正《てんかいだいそうじょう》にお伝えいただきたい。いったい何を血迷うて、今さら胡乱《うろん》な言い伝えをお信じになったものか、この道啓《どうけい》、心底から呆《あき》れておる、とな」

「ふん……」

士郎左は口の端《はし》に冷ややかな笑みを浮かべた。

「道啓殿、とぼけても無駄だ。この寺には確かにあるのだ。千年の時を越えて伝わった上宮太子《じょうぐうたいし》の予言書、『太子未来記』が」

上宮太子——あるいは、聖徳《しょうとく》太子。

千年の古《いにしえ》に、推古《すいこ》天皇の摂政《せっしょう》として政《まつりごと》を動かし、この国の基盤を築いた偉大なる厩戸皇子《うまやどのおうじ》のことを、後世の者はそう呼ぶ。

一度に十人の話を聞き分け、豊聡耳《とよとみみの》皇子《みこ》とも呼ばれたその貴人は、常人とは異なる特殊な力を生まれつき身に備えており、自らの死を前に、はるか未来の出来事を見通し、遺言として記した。この世の乱れし末法《まっぽう》の折りに披見《ひけん》せよ、と言い残して。

『太子未来記』と名付けられたその予言書は、太子の死後、太子自身の創建にかかる、ここ、浪華《なにわ》の古刹《こさつ》四天王寺《してんのうじ》に収められたと伝わる。太子が身に帯びていた愛用の宝剣、七星剣《しちせいけん》とともに。

大勢の者が目にすることを欲したにもかかわらず、永い年月、寺の奥深くに封じられてきた幻《まぼろし》の書。

「余は、この手で触れたい。この目で見たい」

一月《ひとつき》前、寛永《かんえい》十六年（一六三九）二月末日。

重い病《やまい》の床《とこ》にあり、明日をも知れぬ身である将軍家光《いえみつ》は、徳川《とくがわ》家三代の参謀ともいうべき高僧、天海大僧正を枕元に呼び、高熱に浮かされながら告げた。

「余の最期の願いだ。この国の未来を知りたい。偉大なる我が祖父、東照大権現《とうしょうだいごんげん》様の開かれた徳川の幕府が、この先どうなるのか、知らぬままでは死んでも死にきれぬ」

「上様のお望みのままに……」

天海はうなずき、すぐさま四天王寺へ、内々の使者を送った。

――『太子未来記』を江戸へ持参し、上様に献上せよ。

表立っての命とせず、幕閣の面々にすら秘して動いたのは、落ち着かぬ世情を慮《おもんぱか》ってのことだ。島原《しまばら》での切支丹《キリシタン》との戦《いくさ》が終わって一年、切支丹弾圧に怒った異国との開戦の噂《うわさ》がなおさまらぬ現状で、末法の世に見るべしと伝えられる予言書を将軍家が欲していると世間に広まれば、世はますます乱れる。天海がそう判断したのだ。

四天王寺の返答は簡潔だった。

「予言の書など、この寺には存在しない。存在せぬものを献上することは不可能」

にべもない答とともに、使者がすごすごと江戸に帰ってきたと知り、病床の家光は激怒した。

「嘘《うそ》をつくな！　坊主どもが、余を愚弄《ぐろう》するか。余に従わぬのであれば、軍勢を差し向け、寺の秘府にある宝物をすべて、とりあげるぞ！」

怒りのままに本気で実行しかねぬ勢いだったが、これはさすがに天海が諫《いさ》めた。

そのようなことで軍勢を動かしては、天下に己《おのれ》の不徳を晒《さら》すだけだ。

「上様、すべてはこの天海めにお任せあれ。必ずや、『未来記』を手に入れて御覧にいれます。いかに太子創建の古刹といえど、一介の寺が将軍家のご意向に逆《さか》らうなど、許されることではありませぬ」

長年、権力の中枢《ちゅうすう》で暗躍《あんやく》してきた天海は、優秀な忍びを配下に抱《かか》えている。表立っては忍びと呼ばず、身分は天海が住職を務める日光山の公人《くにん》。正体は、日光山東照宮霊廟《れいびょう》にほど近い隠れ里で鍛錬《たんれん》を積んだ者たち。天海ただ一人を主人とし、公《おおやけ》にできぬ勤めを引き受ける。

〈里の衆〉と自らを呼び習わし、風魔《ふうま》忍びの流れを汲《く》むとも言われている一党だ。むろん、どのような血なまぐさい所業も厭《いと》わない。

天海はその〈里の衆〉の中から腕利きの若者を選び、密使として東海道を上らせた。

「『未来記』を献上せよ。先の無礼を詫《わ》びて恭順の意を示すことこそ、双方にとって良い道ではないか」

反省して態度を改めれば、まだ間に合うのだぞ——との脅《おど》しまがいの文言《もんごん》とともに、四天王寺に遣わされた天海の使者。

それが、早瀬士郎左と千里丸だった。

太子未来記。

その名を士郎左が口にしたことで、座敷の空気はさらに緊迫《きんぱく》した。

（意地張ってねえで、とっとと渡してくれりゃいいものを。刃傷《にんじょう》沙汰《ざた》は避けてえんだ。できれば血は流したくねえ）

かすかな望みを抱きながら、千里丸は座敷の中の二人をじっと見つめる。

道啓は、四天王寺において、実務を担《にな》う執行職《しゅぎょうしょく》にある人物だ。卓越した法力と知恵で名高い高僧である。

宿老と呼ばれるにはやや若く、五十代の前半といったところ。目尻に皺《しわ》を刻《きざ》んだ柔和《にゅうわ》な顔つきや、理知的で穏やかな声音《こわね》とは裏腹に、眼光は鋭《するど》い。質素な袈裟《けさ》に包まれた大柄な身体《からだ》は、それなりに鍛《きた》えられたものであろうと、容易に想像できる。身のこなしにも隙がない。

対して、道啓の向かいに着座する士郎左は、黒無地の小袖《こそで》に袴《はかま》姿。武士らしく見せるための、いわば変装なのだが、見慣れた忍び装束《しょうぞく》よりも似合っていると千里丸は思う。もともと身分ある武士の出だからだろうか。

今年で二十四の士郎左は、千里丸とは幼なじみだ。兄弟のように一つ屋根の下で暮らしたこともある。天海に仕える忍びとなるため、千里丸は七歳で、士郎左は千里丸の一年ほど後に十三歳で、〈里〉に連れて来られたのだ。

出会った頃の士郎左は、五つも年上とは思えぬほどにちびで痩《や》せっぽちの、おとなしく心優《やさ》しい少年だった。百姓の馬小屋で育った千里丸とは違い、どこぞの大名家の重臣だった親が主《あるじ》の不興《ふきょう》を買って腹を切らされ、姉とともに追っ手から逃げていたところを、〈里の衆〉に拾われたとのことだった。

姉のほうは〈里〉に着く前に病で死に、士郎左も、しばらくは病がちでしょっちゅう寝込んでいた。こんなひ弱な奴《やつ》が忍びになんかなれるのかと心配で放っておけず、千里丸は〈里〉の暮らしの先輩として、子供なりにあれこれと気を回し、世話を焼いてやったものだ。親兄弟と死に別れた悲しみから立ち直れないのか、放っておくと食事すらしようとしない士郎左を案じて、何やかやと気晴らしになりそうなことを話しかけてやり、無理矢理に飯《めし》を喰《く》わせたことも数え切れない。あの頃の士郎左は、年上のくせに、本当に手のかかる奴だった。

今ではすっかり様変わりして、引き締まった身体つきは千里丸より一回りがっしりとし、背は六尺（約一八〇センチ）を越え、一見して武芸者と判る逞《たくま》しさ。やや面長《おもなが》で鼻筋の通った相貌《そうぼう》には昔の優しげな面影《おもかげ》もかすかに残っているが、鋭い目は見る者に近寄りがたい印象を与える。笑みを浮かべたところなんぞ、千里丸はもう何年も見ていない。

ちなみに、千里丸自身は、背だけは士郎左よりも少しばかり高くなったが、手足が長くひょろりと痩せぎすの体軀《たいく》ゆえか、腰に刀をさしていてすら、武芸の心得があると見られることは少ない。

かといって、まっとうな百姓や職人にも見えぬようで、お役目のために変装する際には、旅芸人あたりに化けると、いちばん上手《うま》くいく。目尻を下げてにっこり笑えば人懐《ひとなつ》こい陽気な若者に見え、明るい口上なんぞを始めると、相手はすっかり騙《だま》されてくれる。

「早瀬殿、もう一度だけ申し上げる」

道啓は苦々《にがにが》しげに、口を開いた。

「『太子未来記』なる書については、確かに古より諸々《もろもろ》の文献に記されてきた。だが、この四天王寺にその予言書があるなどとは、いつの頃からか物語作者が語り始めた絵空事《えそらごと》。それに、よしんば、真実、予言の書がこの世のどこかに存在したとして、それが世の民《たみ》を救うために役立つと、天海殿は本気でお思いであろうか。予言の書など、戦乱の種にこそなれ、民を導くためになど――」

「道啓殿」

士郎左は、道啓の話を最後まで聞かずに遮《さえぎ》った。

「こちらも、もう一度だけ言う。『太子未来記』を渡せ。かなえられぬ場合、我らは強硬《きょうこう》な手段に出ざるをえない」

「強硬な手段とは――？」

道啓の問いに、士郎左は無言で応えた。左手をゆっくりと、脇に置いた刀へと伸ばしたのだ。

道啓は眉《まゆ》をひそめた。

「おやめなされ、早瀬殿。寺内は殺生《せっしょう》禁断。刀を抜く場所ではない」

道啓の制止にも、士郎左は殺気をゆるめない。

千里丸もわずかに腰をあげた。手持ちの武器は、腰の脇差《わきざ》しと、懐《ふところ》には手裏剣《しゅりけん》に鈎縄《かぎなわ》。身なりはいつもの通り、小袖に裁付袴《たつつけばかま》で、暴《あば》れるのに支障はない。士郎左の合図ひとつで、いつでも座敷に飛び込める。

（やりたくはねえが、しょうがねえ……）

ここに来る道すがらも、士郎左は言っていた。逆らうようであれば、まずは見せしめとして四天王寺の坊主の首を一つ二つ取り、思い知らせる——と。

さすがに千里丸はぎょっとし、

「本気か、士郎。その辺の村の坊主を殺すって話じゃねえんだぞ、判ってんのか」

聞き返したが、士郎左は動じなかった。

「むろん本気だ。手ぶらで帰っては、御前《ごぜん》に合わせる顔がない。おれはこんなところでつまずくわけにはいかんのだ」

つまずくという言い方に、千里丸は鼻白《はなじろ》んだ。

自分がどうやって成り上がるかを常にいちばんに考えて動く。たとえ人を踏みつけにしても、無意味な血を流しても。——いつから、そんな男になっちまった。昔は違ったじゃねえか。もっと人らしい情ってもんがあったよな。

詰《なじ》ってやりたかったが、口にはしなかった。言っても無駄だと判っているからだ。もう諦《あきら》めはついている。

(それに——)

昔からこいつは、そういう奴だったのかもしれない。おとなしく優しい少年に見えていたのは、まだ餓鬼《がき》だった千里丸に、人の本性が見抜けなかっただけで。

士郎左と千里丸が離れて暮らすようになったのは、六年前、士郎左が剣の腕を認められ、江戸詰めの役目を与えられたときだ。

〈里〉を去った士郎左は、その後、江戸で順調に役目をこなし、数年後には、上《じょう》忍《にん》と呼ばれる一部の上層部にしか与えられぬはずの、小頭《こがしら》の地位を手に入れた。そこに行き着くまでに士郎左がどれほど容赦《ようしゃ》なく他の仲間を蹴落《けお》としたか、噂は千里丸の耳にも届いている。時には同朋《どうぼう》と、無慈悲《むじひ》な命のやりとりまでしたという。

信じられないことだと初めは思ったが、真実だった。士郎左は変わってしまったのだ。淋《さび》しがったところで、昔のあいつはもういない。そして、むろんのこと、昔の千里丸もすでにいない。

（……腹くくるしかねえ）

己に言い聞かせ、千里丸は一触即発の座敷を見据《みす》える。

と、奥の襖が音もなく開いた。

現れたのは、仁王《におう》立ちになる若い僧侶と、その後ろに、さらに二人。後ろの二人は中年だ。武器は三人とも身に帯びていない。

しかし、油断は禁物《きんもつ》だ。古い寺というのは、唐渡《からわた》りの拳法《けんぽう》なんぞが密《ひそ》かに受け継がれている場合もあるうえに、大坂の陣のあとには、戦に敗れた豊臣《とよとみ》方の侍《さむらい》が、大坂のあちこちの寺に逃げ込んだともいう。真田幸村《さなだゆきむら》配下だった忍びも、その中にいたとかいないとか。

「下がっておれ」

静かに、道啓が彼らに向き直った。

「ですが、師父《しふ》様……」

「心配はいらぬ。何も起こらぬ。江戸の方々には速《すみ》やかにお引き取りいただく」

僧侶たちを制し、道啓は続いて、視線を己の頭上に向ける。古びた天井《てんじょう》を鋭い眼光で見据え、

「恐れることはない。聖徳太子の魂魄《こんぱく》は常に七星剣に宿り、今もこの地に留《とど》まり、仏敵から我らをお守りくださる」

両の手を胸の前で組んで、目を閉じた。

何をする気かと、士郎左は一瞬ひるんだが、続けて道啓が経《きょう》を唱《とな》え始めると、

「はぐらかすつもりか」

口元を歪めた。舌打ちをし、とうとう右手を刀の柄《つか》にかける。千里丸も、いよいよかと構《かま》えた。

その刹那《せつな》、だった。

「仏敵、退散――」

つぶやきとともに、道啓がかっと目を見開く。

双眸《そうぼう》が頭上に向けられた。

同時に、ぞくりとするような悪寒《おかん》が、千里丸の背筋を走る。

（なんだ、これは）

思わず道啓につられて天井に目を向けたが、何もない。

だが、近づいてくる。

間違いなく、敵意だ――いや、違う。人の発する敵意とは、どこか異なる。

例《たと》えるなら、深い山奥で人ならぬものに睨《にら》まれたときの気配。狼《おおかみ》や熊や山犬――牙《きば》と爪《つめ》を持ち、人を食らう野の獣《けもの》の縄張りに踏み込んだときの気配。

まさか。

声が口から漏《も》れた瞬間、濡れ縁の軒先からまっすぐに影が落ち、気づいたときには、すでにそれは目の前にいた。天井裏に気を取られ過ぎ、庭から来るとは思っていなかったのだ。

「――！」

千里丸は反射的に懐から手裏剣を摑《つか》みとろうとした。

放つ寸前に動きを止めたのは、その影がなんなのか、とっさに判らなかったからだ。大きな影だが、これはいったい――。

逡巡《しゅんじゅん》する千里丸の目の前を横切り、影はそのまま、座敷へと飛び込む。大きな翼《つばさ》がばさりと目の前で風を起こし、千里丸は息を呑《の》んだ。

人が両手を広げた大きさよりも、さらに大きな鳥。鋭い爪と嘴《くちばし》を持った猛禽《もうきん》。

白銀の翼を持った、これまでに見たこともない、美しく輝く鷹《たか》。

天空から舞い降りた勢いのまま、鷹はまっすぐに士郎左に喰らいつこうとした。

「な……」

士郎左はとっさに刀を抜こうとしたが、わずかに間に合わなかった。一瞬の驚《きよう》愕《がく》が、動きを遅らせたせいか。ぎりぎりで身を躱《かわ》した士郎左の眼前を、鷹の嘴がかすめた。

目を抉《えぐ》り取られるのはなんとか避け、士郎左は刀を抜いたが、刃《やいば》は空《むな》しく空《くう》を切る。

鷹は翼を一閃《いっせん》し、今度は濡れ縁の千里丸に眼を向ける。

刹那、千里丸は動けなくなった。鷹の黄金の眼に捉《とら》えられたとたん、なぜか身体が強張《こわば》ったのだ。手裏剣を持つ手が動かない。鋭い爪が眼前に迫るのが見えた。やられる――。

「千里丸！」

士郎左が叫び、手にした刀を投げた。

鷹が素早く避《よ》け、鋭い爪は千里丸の顔面すれすれを切り裂く。

翼で風を起こすようにして、鷹は再び空へと舞い上がった。

黄金の眼が視界から消える。――その瞬間、千里丸の身体から呪縛《じゅばく》が解けた。

「待て……！」

千里丸は声をあげ、濡れ縁から飛び降り、裸足《はだし》で庭に駆け出した。

敵意を向けてきた者を眼前から逃がしてはならない。それは、忍びとして鍛え抜かれた千里丸の本能だ。

振り仰《あお》ぐと、本坊の鬼瓦《おにがわら》の上に、鷹はいた。なおも大きく翼を広げ、千里丸を威嚇《いかく》するように睨んでいる。

その瞬間、再び、声にならぬ呻《うめ》きが、千里丸の喉《のど》からもれた。

黄金の眼光に再び射貫《いぬ》かれ、先ほどと同様に、身が強張る。

「なんだ、こいつ――」

（ただの鳥じゃ、ねえのか……？）

人をひれ伏させる神鳥か、あるいは、仏《ほとけ》を守護する聖なる鳥か。

「千年の昔、現世からお隠れになるときに、聖徳太子は魂魄をこの地に遺《のこ》された。この地を仏敵が襲《おそ》うとき、必ずや白き鷹となって蘇《よみがえ》り、敵を討つであろう――との言葉とともに」

「なんだと……」

道啓の言葉に、千里丸は呆然《ほうぜん》とした。聖徳太子の化身《けしん》などと、ありうるはずがない。

しかし、目の前の鳥には、その言葉を笑い飛ばせぬだけの何かが、確かにあった。人を戦《おのの》かせる、何かが。

（士郎左が刀を投げていなけりゃ、おれは目を失っていた。おれの、この目を……）

「世迷言《よまいごと》を……」

士郎左が心なしか青ざめた顔で言った。

「そのような戯《ざ》れ言《ごと》、信じると思うか」

「戯れ言と言われるか。しかし、聖徳太子は常の人間とは異なる力を持った御方。それを信じておられるがゆえ、天海大僧正は太子の遺された予言の書、『太子未来記』を欲しておられるのではないのか」

「――」

言葉をなくした士郎左に、有無を言わせぬ口調で道啓は告げた。

「早瀬殿。今日のところは、お帰りくだされ。仏敵として太子の御魂《みたま》に退《しりぞ》けられたくなければ、な」

もう話は終わりだと、ゆっくり立ち上がる。

士郎左は一瞬、呆然とその背を見送りかけたが、すぐに我に返り、

「ふざけるな。仏敵とは虚言《きょげん》を弄《ろう》し、天海大僧正を愚弄する貴様《きさま》のほうだ！」

今度は脇差しを抜き、切っ先を道啓に向けた。罵声と同時に、躊躇《ちゅうちょ》なく斬りか

かる。

同時に、がっと鈍《にぶ》い音が鳴った。

道啓が、数珠《じゅず》を両手でかざし、士郎左の刃を受け止めたのだ。黒檀《こくたん》に見えていた数珠珠《だま》は、どうやら鋼《はがね》だったらしい。刃を遮られ、士郎左が舌打ちをする。

「師父様――」

「やめろ、士郎！」

僧侶たちがわめき、千里丸も思わず怒鳴っていた。士郎左が千里丸の言葉なんぞ聞くわけもないが、必死だった。

「士郎、だめだ、退《ひ》け！」

千里丸の視界の端で、屋根の上の鷹が再び翼を広げるのが見える。

（また来る――）

背筋が震えた。

恐ろしいのだ。この鷹と争ってはならない。

敵だというのに、血を流すことに恐怖を感じるのだ。こんなのは初めてだ。

――だが、もう後戻りはできない。座敷は道啓の血で汚《よご》され、取り返しのつかぬ事態に……。

士郎左が動きを止めた。脇差しを降ろす。

素早く道啓が士郎左の間合いから逃れ、三人の僧侶が道啓を守るように囲んだ。

「お引き取りくだされ」

道啓は肩で息を整えながら、一言だけ、繰り返した。

士郎左は応えず、ちらりと一瞬、千里丸に目を向ける。

道啓も、つられたように視線を動かした。

だが、それだけだ。

誰も言葉は口にせず、沈黙のまま、道啓は踵《きびす》を返した。もう振り返ることはなく、静かに奥へと去って行く。

三人の僧侶も、士郎左を警戒しつつ、無言であとに続く。

士郎左は動かなかった。忌々《いまいま》しげに僧侶たちを睨みつつ、脇差しを鞘《さや》におさめる。

道啓らが去った座敷には、士郎左だけが残された。

そこで、ばさりと大きな音をたてて、屋根の上の鷹が羽ばたいた。

千里丸は身構えたが、鷹はそのまま空高く舞い上がり、上空へと飛んでいく。刃傷沙汰の危機が去ったことで、己の役目は終わったと判断したかのように。

「あ、待て――」

「士郎……」

思わず千里丸は声を上げた。

むろん、鷹が聞くはずがない。あっという間に小さくなっていく。

2

千里丸は慌《あわ》てて鷹を目で追った。

白い翼の向かう先にあるのは、五重塔だ。広い境内《けいだい》のほぼまんなかで、ひときわ高く天空にそびえ立っている。

二十五年前に大坂の陣で焼けた後、二代将軍徳川秀忠《ひでただ》の寄進により建て直されたばかりの塔は、朱塗《しゅぬ》りの柱や各層に付けられた濃緑の連子格子《れんじごうし》が色鮮やかだ。

その美しい塔の上で翼を広げ、風に乗って鷹は輪を描いた。

見れば見るほど、巨大で異様な鷹だった。幾度も幾度も、塔の周《まわ》りをまわる。優雅にして、力強い。

（本当に聖徳太子の化身なのか……）

まだ信じられぬ思いで、千里丸はじっと、空を舞う猛禽を眺めた。

いつまでも飛び去らぬ鷹は、まだこちらを警戒しているかのようだ。

そう思った千里丸だったが、しばし眺めているうち、ふと気になった。

（もしや、あの塔に、何かあるのか？）

鷹はただ舞っているわけではない。幾度か、塔に近づくように舞い降りたかと思うと、また離れていく。

鷹が近づいていくのは、五層目、つまり、最上層の窓の辺りだ。

じっと目をこらす。

と、連子窓に、小さく影が動いた気がした。

（誰かいるのかもしれねえ）

五重塔の上層になぞ、あまり人は立ち入らないものだ。この四天王寺でも、一般の参詣人《さんけいにん》の立ち入りは禁じ、扉を閉ざしていたはずだ。

（よし）

気になったことは確かめてみるに限る。

千里丸は件《くだん》の窓を睨み、己の気をぐいと目に集中させた。

塔までの距離そのものは、さほど遠くはない。目の良い者であれば、塔の上部にある宝珠《ほうじゅ》の細工《さいく》まで見えるだろう。

ただ、灯《あか》りも点《とも》らぬ窓の中を、連子格子の隙間から覗《のぞ》き込むとなると、通常の目では不可能だ。千里丸であっても、普通に見るだけでは足りない。

気を高めて視るのだ。

（できるはずだ）

千里丸は、息を詰め、眉間《みけん》のあたりに力をこめた。いつも、視るときにするように。

わずかな間を置いて、首筋に鳥肌《とりはだ》が立つような感覚がせり上がってくる。視界が一瞬ぼやけた。めまいを起こしたかのように。

次の瞬間、視たいものがはっきりと、千里丸の眼前に浮かんだ。己が塔の上に飛び移ったかのように、間近に連子窓が見える。

（やった）

むろん、本当に飛び移ったわけではない。遠くにいながら、眼前のもののように視ることができるだけだ。

千里丸の目に備わった、特殊な力だった。

神通力《じんつうりき》と呼ぶ者もいる。大勢の言葉を同時に聞き分けた聖徳太子の耳と同じといえるかもしれない。常人にはない異能の力だ。

千里丸には、生まれつきその力が与えられていた。

〈里〉に買われたのも、それゆえのこと。お前は〈里〉の未来を担《にな》う者だなどとおだてられたこともある。今となってはお笑い種《ぐさ》だが。

異能の目で視ると、思った通り、太い格子の向こうに人の姿が見えた。

千里丸は息を呑《の》んだ。

る。

一人の少女が、そこにはいた。

窓辺に立ち、数珠をかけた両手を胸の前で組み、一心に何やら祈りを捧《ささ》げてい

目を瞠《みは》るほどに美しい少女だった。

あどけなさの残る可憐《かれん》な相貌《そうぼう》は、十四、五歳といったところか。透けるように白い肌は滑《なめ》らかで、半眼《はんがん》に閉じられた目は、長い睫毛《まつげ》にくっきりと縁取《ふちど》られている。小さく何かをつぶやいている唇《くちびる》は桜色に艶《つや》めき、髪は漆黒《しっこく》で、一つに結《ゆ》わえて背に垂《た》らしていた。身にまとっているのは、純白の小袖に袴。紗《しゃ》の上衣をまとい、首からかけられた数珠は水晶《すいしょう》だ。

その姿からは、仏画に描かれた空を舞う飛天のごとく、儚《はかな》げで聖《きよ》らかなものがにじみ出ている。これほどに澄み切った美しさをまとう存在を、千里丸は見たことがない。

思わず、吐息が漏《も》れた。

——いきなり少女が目を開けた。

千里丸はどきりとした。大きく黒目がちな双眸と、正面から視線がぶつかったのだ。

少女は組んでいた指先をほどき、代わりに格子をぐいと握ると窓の外を睨んだ。

千里丸は焦《あせ》った。

（まさか、気づいたのか？）

向こうからは本坊の庭にいる人間の顔まで、見分けられるはずがない。相手が千里丸と同じ力の持ち主ででもない限りは。

まっすぐにこちらを見下ろしてくる少女は、先ほどまでとはまったく印象が違った。

見開かれた目に浮かぶ気の強そうな光は、儚げな飛天には程遠い、きらめくような生気に満ちている。それでいて、どこかに近寄りがたい高貴さを感じさせるところは、あの白い鷹と同じだ。まるで吸い付けられるように、目が離せない……。

「おい、どうした」

そこで、ふいに背後から声がかけられた。

千里丸は慌てて、己の意識を塔の上から引き戻し、振り向いた。

士郎左だった。いつのまにか、刀を収めて庭に下り、千里丸のすぐ後ろに立っている。視ることに夢中になり過ぎて、周《まわ》りに気を配るのを忘れていた。

「いや……」

とっさにごまかしながら、千里丸は辺りを見回した。近くには士郎左以外の人影はない。僧侶たちは去ったままだ。庭の静けさは、変わらない。

「何を見ていた。あの塔に誰かいるのか」

士郎左は、千里丸の視線の先を見ていたようだ。

「まさか。視えるわけねえだろ、あんな遠くの塔の中まで」

慌てて首を振り、

「おれは多少は遠目が利《き》くが、いくらなんでも、あの中は無理だぜ」

肩をすくめてはぐらかそうとしたが、士郎左は引き下がらなかった。

「さて、お前にとっては難しいことではないはずだがな。千里眼の千里丸」

「──懐かしい呼び方だな」

一呼吸の間を置いて、千里丸は笑った。

「餓鬼《がき》の頃はみながおれをそう呼んでいたな。あんたと一つ屋根の下で暮らしていた頃だ。だが、もう昔の話だ。あんたも判ってるだろ。あの力は餓鬼の頃だけのものだった。とうの昔に、千里眼なんか消えちまった。今のおれは何の力もねえ惨《みじ》めな下忍《げにん》だよ」

とぼけてみせながら、千里丸は士郎左から顔を背《そむ》け、さらなる追及が来たらどう返すか、思案を巡《めぐ》らせた。

少女のことはひとまず忘れるのだ。ここは士郎左を言いくるめるのが先だ。昔とは違う士郎左に、今のこの力を知られるわけにいかない。

士郎左はまだ、鋭い目を千里丸の横顔に注《そそ》いでいる。先ほど助けられた礼を、千里丸が思わず飲み込んでしまうほどに冷ややかな目だ。

（……千里眼の千里丸、か）

その名を誇《ほこ》りに思っていた頃がある。

幼い日のことが、千里丸の胸の内に苦く蘇った。


千里眼という言葉が自分の持つ力にふさわしいかどうか、千里丸は知らない。

実際には千里先など視えはせず、平常で十町《ちょう》（約一キロ）ほど先の人の姿、精一杯に気を高めたところで、視えるのは一里（約四キロ）先がぎりぎりというところ。暗がりを見通すのは得意だが、間に障害物があれば、それを透かして視ることなんぞはできない。

それでも、常人にはない力だ。

どうしてそんな力が己の身に備わっているかも、千里丸には判らない。

実の親は知っていたのかもしれない。千里丸という名からして、能力のことを知っていてつけたかのような名だ。

だが、母のお春《はる》は千里丸が三歳になった春に病で亡くなり、父の太助《たすけ》も、一年後に後を追うように他界した。もともと流れ者だった両親は、上州《じょうしゅう》の山間《やまあい》にある小さな村に住み着いたあとも、自らについてほとんど語らなかったらしい。

身寄りをなくした千里丸は名主《なぬし》の家に拾われ、馬小屋の隅《すみ》に寝床を与えられて、下働きの子として育てられた。

己の力を自覚したのは、七つの時だ。

ある夏の日、三つになる名主の末娘が、子守が目を放した隙にいなくなり、夜になっても帰らなかった。その居所を、千里丸が見つけたのだ。

近所の者が総出で探しても見つからなかったが、木に登って村はずれまで視通した千里丸には、日頃は村人の近づかない山のとば口に娘の草履《ぞうり》が落ちているのが視えた。慌ててその周辺を窺《うかが》うと、近くに娘本人も倒れていると判った。

千里丸はすぐに名主に伝え、娘は無事に戻って来た。幸いなことに、迷い込んだ先で足をくじいて動けなくなり、泣き疲れて眠っていただけらしい。

村人は安堵《あんど》し、千里丸も喜んだ。日頃、特に親しく接したこともない幼子だが、母親にすがりついて泣きじゃくる姿には心底ほっとし、自分も涙ぐんでしまったほどだ。

しかし、その後の成り行きは千里丸にはまったく予想外だった。

千里丸が娘を連れだし置き去りにしたのだと、みなが決めつけたのだ。そうでなければ居所がわかるはずがない、という。幼い娘にはまともな証言などできまいと考え、悪知恵を働かせたに違いないというのだ。

「違う、知ってたんじゃねえよ、見つけたんだ」

千里丸は必死で抗弁したが、恩人の娘の命を危険にさらしてまで褒美《ほうび》をもらいたがる賤《いや》しい子供だと罵《ののし》られた。ひどい折檻《せっかん》を受けもした。

幼い千里丸は、そのときまで、ほんの十間（約一八メートル）ほど先を飛ぶ蚊《か》すら見えないのが普通の人間だとは知らなかったのだ。牛馬とともに寝起きし、家の者とはろくに言葉も交わさず、朝から晩まで命じられるままに水汲みや畑仕事にこき使われる暮らしでは、自分が周りの者と違うのだと気づくことはできなかった。

後に、千里丸がその日一日中、他の奉公人とともに畑仕事をしていたことが判り、なんとか濡《ぬ》れ衣《ぎぬ》は晴れた。

しかし、ならば、なぜ娘の居所が判ったのかと、誰もが訝《いぶか》る。薄気味悪い子だとみな眉をひそめ、名主の女房はことに千里丸を疎《うと》んじた。化け物め、とっとと村から出て行けと、繰り返し罵った。

千里丸は狼狽《うろた》えるばかりだった。よかれと思って娘を見つけてやったのに、なぜ罵倒《ばとう》されるのか。おれは何も悪くないのに。

どれほど疎まれても、千里丸には他に行く当てもない。馬小屋の隅で身を縮めながら過ごすしかなかった。こんなことなら娘を探さなければよかったと考えたこともあったが、何も知らずに無邪気に笑っている娘の姿を目にするたび、おれは間違っちゃいねえと自分に言い聞かせた。あのまま放っておけば、あの子はきっと死んでいた。おれは人の命を救ったのだ。正しくないはずがない。

そう思わなければ、やりきれなかった。

〈里の衆〉の親方、卜部《うらべ》十太夫《じゆうだゆう》が千里丸の前に現れたのは、一月《ひとつき》の後だ。化け物の噂を聞きつけ、やってきたのだと言った。

「お前は千里眼の持ち主なのだな」

十太夫は、千里丸と少し言葉を交わしただけで見抜いた。

「異能の力を持つ人間が世の中にはいる。かつて、我が〈里〉にもいた。ようやく新たに見つけたぞ。素晴らしい。まだ幼いゆえ、きっと良い忍びに仕込めよう」

十太夫は名主に多額の金を払い、千里丸を買い取った。

己の意志の及ばぬところで決められていく運命に千里丸は怯《おび》えた。とてつもなく恐ろしいものが、自分を待ち受けているような気がした。

が、意外にも、連れて行かれた〈里〉での暮らしは、悪いものではなかった。

名主の家では常に腹を空《す》かせていたが、〈里〉では飯が充分に与えられ、暖かな布団《ふとん》で眠ることができた。武芸はもちろん、読み書き算盤《そろばん》まで教えてもらえた。

何より、誰も千里丸を気味悪がらなかった。むしろ、大事にしてもらえた。

「お前が羨《うらや》ましい。村で人を助けたんだってな。すげえじゃねえか。おれもそんな目が欲しかった」

目を輝かせ、そう言ったのは、一足先に〈里〉に買われた、三つ上の虎吉《とらきち》だ。

「おれのおっ父はもう死んじまったが、若い頃、人の何倍も鼻が利いたそうだ。天狗《てんぐ》の鼻を持ってるって言われててな。おれもそうなるんじゃねえかって言われて二月《ふたつき》前にここに買われて来たんだが、今のところさっぱりだ」

虎吉以外にも、幼い頃から異様に勘が良かったとか、代々、地獄耳と言われた家系の子だとか、何らかの特殊な力を期待されて連れて来られた者が何人もいた。

とはいえ、みな曖昧《あいまい》な話ばかりで、千里丸ほどに明確に異能の力を持った者はいない。

「お前は十三年ぶりに〈里〉に来た、本物の異能者だ。〈里〉の希望だ」

十太夫は喜色に満ちた声でそう言った。

一月後、〈里〉の主人である天海大僧正が〈里〉を訪れたときも、十太夫は誇らしげに千里丸を引き合わせた。

「この童《わらべ》が、我らの新たな宝《たから》です、御前」

「ほう……」

皺だらけの痩せた相貌と目をひく鷲鼻《わしばな》を持った高僧は、深い眼窩《がんか》からぎろりと千

里丸を睨み、うなずいただけだったが、

「内心では、大いにお喜びのはずだ」

後から満足げに、十太夫は千里丸に言ったものだ。

徳川家康《いえやす》の懐刀《ふところがたな》と呼ばれた天海は、何十年も前から異能の力を持つ存在を気にかけ、常にその血脈《けつみゃく》を捜し求めてきたのだそうだ。

出自をはっきりとは語らぬため、天海は、かの反逆者明智光秀《あけちみつひで》が密かに生き延び、豊臣家への恨《うら》みを晴らすために徳川家康に近づいた姿だとまで言われる。そんな素性の判らぬ人物が家康に気に入られ、権力の座に着けたのは、配下に幾人かの異能者を抱えていたからだと、知らされたのもそのときだ。

「異能の者の力があれば神仏に近づくことさえできると、御前は仰《おっしゃ》った。人に見えぬものを視、聞こえぬものを聞き、動かせぬものを動かし、行けぬ場所へ行く。力には果てがない。千里丸、お前も、その力があれば、いずれは上様のお側近くにあがることも、夢ではない。そのためにも、せいぜい腕を磨《みが》くのだ」

そう言った十太夫は、己が手柄《てがら》を立てたかのように、嬉《うれ》しそうだった。

「上様のお側近く――」

馬小屋育ちの千里丸には、それがどれほどの話なのか、ぴんとは来なかったが、自分が大いに期待されていることは伝わった。おれの目はすごいのだ。迷子の子供を助けただけじゃなく、もっと大きなことだってできるのだ。

当時、〈里〉には千里丸の他に六人の孤児がいた。みな、なんらかの異能の力を期待されて連れて来られた子だ。一年後に加わった士郎左も含め、同じ小屋で暮らした。世話をしてくれるのは、若い頃は腕利きのくのいちだったという婆やで、その孫娘で士郎左と同い歳《どし》の桜《さくら》が、みなの姉替わりとなってくれた。桜は上忍の娘ゆえ、孤児たちとは立場が違ったが、同じように仲良く過ごした。家族のような暮らしが、そこにはあった。

思えばあの頃が、千里丸にとっていちばん幸せな日々だった。鍛錬は厳しかったが、期待を背負い、希望を抱いていた。

今でも、ときどき夢に見る。虎吉、七郎《しちろう》、佐助《さすけ》、十蔵《じゅうぞう》、寛太《かんた》、楓《かえで》に、士郎左と千里丸。そして、桜。懐かしい顔ぶれ。

すべてが変わってしまったのは、千里丸が十三になった冬のことだ。

年の瀬、流行《はや》り病が〈里〉を襲った。

南蛮《なんばん》から帰ったばかりの商人が持ち込んだ病で、体力の劣《おと》る子供から次々に罹患《りかん》した。

千里丸もやられた。高熱を発し、三日の間、生死の境をさまよった。なんとか命はとりとめたが、意識を取り戻したとき、十太夫は言った。

「なんとか生き延びたな。お前だけは死なせるわけにはいかんからな。まあ他は仕方ない。これといった才がないと判った者どもには、貴重な薬は分けられん。それなりに期待した者ばかりだが、どいつもこいつも本物でなかったのは残念だ」

どういうことかと床の中から問うた千里丸に、十太夫は告げた。仲間たちはみな、病で死んだ、と。

生き延びたのは、一月前に江戸詰めのお役目を得て〈里〉を離れていた士郎左と、薬をもらえた千里丸。それに、上忍の娘である桜だけ。

他は見殺しにされたのだ。薬どころか食事すらろくに与えられず、感染を恐れた医者の指示により村はずれの小屋に閉じ込められたのだ。

最後には、まだ息のある者も含め、小屋ごと火をかけられたと聞き、千里丸は絶句した。

「お前はみなの命を貰《もら》ったも同じ。これまで以上に御前の恩に報《むく》いねばならんぞ」

「そうじゃよ、千里丸。みなのことは残念じゃったが、いつまで経《た》っても大した力が現れんのじゃから、仕方ない」

十太夫だけでなく、あの優しかった婆やまでが恐ろしいことを言う。隣で桜も、涙を浮かべてうなずいている。

「嘘だ、そんな……」

信じられなかった。本当にみんな、死んじまったなんて。仲間だったのに。ずっと一緒にいられると思っていたのに……。

混乱した千里丸は、再び高熱に倒れ、朦朧《もうろう》とした意識の中で夢を見た。痩せ衰《おとろ》えた仲間たちが、炎《ほのお》に包まれた小屋の中で必死に助けを呼んでいた。薬をくれ、ここから出してくれ、お願いだ、殺さないでくれ。絶望に囚《とら》われた顔に、やがて怨嗟《えんさ》の色が浮かび始める。なんで千里丸だけが助かるのだ。あいつも同じ、金で買われた孤児じゃねえか。千里眼があるからか。だったら、千里眼など消えてしまえばいい。あいつだけが助かるなんざ許せねえ、あいつの力を奪ってやる——。

何度も何度も同じ夢を見た。

仲間たちの顔が、見るたびに悪鬼《あっき》のように歪んでいく。

熱が引き、千里丸が床《とこ》を離れられるようになったのは、十日後のことだった。その間、食事もほとんどとらずにいた千里丸は、立ち上がるのもやっとというほどに衰弱《すいじゃく》していた。

げっそりとやつれた姿を見ても、十太夫はいたわりの言葉など一言もかけてくれなかった。

「なんだ、そのざまは。明日から、改めて性根《しょうね》をたたき直してやらねばな。まったく、手間のかかる……」

「親方様、千里丸にはまだ、鍛錬にかかる力は戻っておりません」

ずっと千里丸を看《み》てくれていた桜が脇からなだめてくれたが、十太夫は聞く耳を持たなかった。

「まさかと思うが、千里眼の力は衰えてはおるまいな。窓の外を視てみろ」

怒鳴られ、怯えながら空へと目を向けた千里丸は、そこで愕然《がくぜん》とした。

何度も目をこする。必死に気を集中する。しかし、状況は変わらない。

「なんだ、これ……」

視えないのだ。千里眼の力が使えない。どれだけ集中しても、視えない。窓の外を飛ぶ鳥の姿が、小さな黒い影にしか見えない。

正直に告げると、十太夫の顔から血の気が引いた。千里丸を小屋の外に引きずり出し、もう一度視てみろと命じる。

だが、同じことだった。

五町先の丘に立つ者の顔が判らない。野原の向こうで揺れる草のかすかな動きで風向きを読むこともできない。矢尻《やじり》の先が狙う角度の微妙なずれが読み取れない。

恐怖と不安に打ち震える千里丸を、十太夫は容赦なく殴《なぐ》りつけた。

「この恩知らずが。あれだけの金を払ったというのに、お前までもが役立たずに成り下がるとは……忌々《いまいま》しい！」

「千里丸、本当に視えないの？　……あなたのためにみんな……虎吉も寛太も楓もみんな犠牲になったのに、そんなこと、許されないわ」

桜にまで強張った顔で詰《なじ》られたとき、千里丸の脳裏《のうり》に蘇ったのは、夢で聞いた仲間の声だった。あいつの千里眼なんぞ、消えてしまえばいい——。

背筋を怖気《おぞけ》が駆け上がる。あいつらは、本当におれを恨んで死んだのか。だから力を、奪っていっちまったのか。

——四年後の春のこと。

千里丸は初めて、単独で〈里〉の外に出る役目を与えられた。

天海の密書を江戸城へ届ける使い——とは名ばかりで、敵の目を引きつける囮《おとり》の役だった。本物の使者は別にいる。

「難しいお役目だが……お前は江戸へ着かずともよい」

言い渡された言葉の真の意味を、千里丸は正確に読み取った。

（途中で死ねってことか……）

そのときには、もう思い知らされていた。これが、〈里の衆〉の本性なのだ。

〈里の衆〉は異能の力を持つ者に優しい。気味が悪いと疎んじたりもしない。

だが、それは同時に、力のない者に一片の情けもかけず、生きる価値も認めないということだ。

昔のおれは、そんなことにさえ気づいていなかった。

3

「千里眼なんて、遠い昔の話じゃねえか、ばかばかしい」

士郎左の疑いをごまかすため、千里丸は笑って繰り返し、肩をすくめて視線を空へ戻す。

いつのまにか、鷹の姿が消えていることに気づき、慌ててもう一度、五重塔の周りを見回したが、もう白い翼はどこにも見えない。

ちっと舌打ちをすると、

「消えたな」

士郎左も気づいたようだ。

「ああ」

「どちらに向かったか、見えないか。お前なら、空の彼方《かなた》までも視えるだろう、千里眼の千里丸」

「しつこいな、あんたも」

千里丸は顔をしかめて振り向いた。

「おれはもう視えねえんだ。知ってるだろうが」

かみつくように怒鳴ると、士郎左は薄く笑った。

「もう視えないと、日頃からお前が言っているのは、知っている」

「なんだよ、そりゃ。どういう意味だ」

「言葉通りだ」

「おれが嘘をついているとでもいうのかよ」

言い返した声が思わずうわずった。むきになっては怪《あや》しまれるだけだと判ってはいるが、焦りが生まれる。

焦るのはむろん、もう視えないという自分の言葉が、真っ赤な嘘だからだ。

いったんは消えたはずの力は、実は二年前から、蘇り始めていた。

きっかけは、忘れもしないあの日——囮として死ぬため、偽《にせ》の密書を持って〈里〉を発《た》った、あの日だ。

日が暮れかけた逢魔ヶ時《おうまがとき》、予想通り、千里丸は、密書を狙う敵に襲われた。左右を崖《がけ》に挟《はさ》まれた切り通しを通りがかり、辺りに人の姿が消えたところで、気づいたときには前後を挟まれていたのだ。

己の不覚を悟《さと》ったときの感覚を、千里丸は今も覚えている。身体の芯が瞬時にして冷えた。

今さらじたばたもしねえ、腹くくって死んでやる――そう思う反面で、かっと腹の底が熱くなるのを感じた。

思えば、千里丸が一人で敵と対峙《たいじ》したのは、初めてだった。本気で死を覚悟したのも、初めてだ。

それまで、半人前の千里丸は、常に仲間と組んで動いていた。

千里眼を失ったとはいえ、一度は異能の力を備えていた身。いつまた、力が戻るか判らない。わずかな期待のもと、千里丸の命が本当に危《あや》うくなる状況を、十太夫は避けていたのだ。

だが、今回は違う。とうとう見限られ、死地へ送られた。

(ふざけるなよ――)

初めて知った死の恐怖を前に、わき起こる怒りは、十太夫に対するものか、あるいは、目の前の敵に対してか。

獣のごとき咆哮《ほうこう》とともに敵の刃をはねのけ、身体ごと相手に食らいつくように突っ込んだ。迷わず喉をかき切ると、血しぶきが顔にかかる。かまわず、振り返りざま、背後の敵に突きを入れる。

思考するより、先に身体が動いた。自分の身体が自分のものでなくなったようにさえ感じた。熱いのだ。心の臓の辺りが。

——と、目の端にかすかな違和感を覚えた。

はっとなって、右手にそびえる崖の上を振り仰《あお》ぐ。

視線の先に人影が見えた。弓を構えている。

放たれた矢が、まっすぐに飛んできた。

刀ではたき落とすと、射手《いて》の顔が歪む。その額《ひたい》に浮かぶ汗は、みくびった相手に、思わぬ苦戦を強《し》いられた焦りゆえか。

おれは死なねえ。

名も知らぬ敵に、千里丸は怒鳴った。声が届かぬのは承知の上だが、構わずに怒鳴った。

何度でも襲って来やがれ。おれは何度でも、はね返してやる。死なんざ、くそくらえだ。

呪《のろ》いの言葉を投げつけ——そこで、千里丸ははっとなった。

（どういうことだ、これ……）

崖の上にいる射手の、青ざめた顔だけではなく、額の汗まではっきりと視えている。まるで、目の前にいるように。

（そんなもんは、千里眼でしか視えねえはず……）

まさかとの思いで、目を瞬《またた》く。だが、視界は揺らがない。射手が慌てて木立《こだち》の中に消えていくのを、呆然と見送る。その足が跳ね上げる土塊《つちくれ》までもが、はっきりと視える。

(力が、戻った……)

千里丸は呆然と、はるか先の山肌を眺めて立ち尽くした。

「なんで……」

自分でも、信じられなかった。

それから二年。

今では、千里眼は完全に元通りとはいえないまでも、視えないといえば嘘になるほどには回復していた。気の高まりや、体力の有無により、程度は多少変わる。だが、幼い頃の七割方までは戻ったように思う。視たいと思ったときに、視えないことのほうが少ない。

そのことを、千里丸は誰にも告げていなかった。

理由は二つある。

一つには、本当に戻ったのだと、自分でも信じ切れなかったからだ。明日には、また消えてしまう力かもしれない。

そして、もう一つは、〈里〉の連中への意趣返しのため。囮を命じたはずの千里丸が生き残り、江戸までの道のりを一人で戦いきったと知ったとき、十太夫は驚いたが、

「それほどの腕があったとは……お前にも、まだ使い道はありそうだな」

見直したとばかりに千里丸を見つめる顔には、異能の復活を疑う様子はなかった。

千里丸は、ひどくはればれとした気分になった。みろよ、こいつ、何も気づいちゃいねえ。

（ざまあみろ）

ばれやしねえ。相手はみんな、力を持たないただの人間だ。おれの目のことなんか、何も判ってやしねえんだ。

こんな奴らのためになんぞ、おれは二度と力は使わねえ。

そうすることが、せめてもの、死んでいった仲間への餞《はなむけ》だ。

（もしも、あいつらが本当に、おれに力を返してくれたのだとしたら）

あいつらを殺した連中のためにだけは、使っちゃいけねえんだ……。

以来、秘密は秘密のままだ。

士郎左も、むろんのこと、千里眼の復活を知らない。

知らないはずだ。

ただ、一度、ひやりとさせられたことはあった。

秘密を抱えながら生きるようになってからすぐのこと、久しぶりに〈里〉に戻って来た士郎左と顔を合わせたのだ。

仲間たちが病で死んだ、いや焼き殺されたあと、会ったのは初めてだった。

上忍たちと肩を並べるようになった士郎左と、底辺を這いずるように暮らす千里丸とでは、〈里〉のなかでもすでに立場が違う。あえて機会を作ろうとせぬ限り、会うことはない。会う理由も、互いに持っていない。

そのときも、士郎左が〈里〉に戻ったのは知っていたが、顔を合わせることなく過ごしていた。士郎左の滞在はいつも短い。数日をやり過ごせば、会わずに済むはずだった。

しかし、なぜか、士郎左のほうから、千里丸の暮らすボロ小屋を訪ねてきたのだ。

引き戸を開け、そこに懐かしい顔を見つけたとき、千里丸は一瞬、素直に喜んだ。わざわざおれに会いに来てくれたのかと、嬉しかったのだ。

だが、士郎左には優しかった昔の面影《おもかげ》などみじんもなく、千里丸と顔を合わせても笑《え》みすら浮かべなかった。

「今もまだ視えないというのは、本当か」

前置きもなく、いきなり口にした言葉がそれだ。再会を喜ぶ言葉も、失った仲間たちを懐かしむ言葉も、出ては来なかった。抱いた期待が瞬時に消え去ると同時に、聞いていた数々の噂が、千里丸の脳裏を過《よぎ》る。士郎左ほど冷酷な奴はいないと、〈里〉の者は口々に言っていた。だからあいつは見込みがある、と。

千里丸はしばしの沈黙のあと、肩をすくめて応えた。

「ああ。さっぱり視えねえ。残念だったよ、千里眼があれば、あんたみてえに成り上がれただろうに」

「嘘をつくな」

「嘘じゃねえ。おれだって、出世はしたかったさ」

千里丸はそう応えたが、苦い顔の士郎左が口にした言葉に、自分が思っているのとは違う意味も含まれていたのかもしれないと気づいたのは、士郎左が再び江戸に去ったあとのことだった。

――まさか、気づかれたか。

士郎左は頭の良い男だ。しかも、かつては兄弟のように過ごした仲だ。昔の千里丸のことも、大人たち以上に知っている。千里丸が千里眼の力を使うときの癖《くせ》も、すべて。

同じように幼少期を共に過ごした桜のことは、同じ理由で、千里丸は常から警戒して過ごしていた。上忍を親に持つ桜は、士郎左と同様に基本は江戸詰めだが、月に一度は帰ってくる。

そのたびに千里丸に会いに来るが、必要最低限の会話しかしないようにしていた。力が消えていた頃も、戻った後も、桜の聞きたいことは一つだけだから、簡単なことだ。

「まだ目は、戻らないの？」

はい申し訳ありませんとよそよそしく応えると、小さくため息をついて、桜は去って行く。死んだ虎吉たちの話をしようとすることもあったが、千里丸は相手にしなかった。桜と話したいことなど何もない。力が戻った後も態度を変えずにいたため、桜は千里丸を疑う様子を見せたことはなかった。

士郎左も、桜と同様、騙《だま》されてくれたのならいいのだが……。

しばらくびくびくと過ごした千里丸だったが、幸い、いつまでたっても、処遇に変化は訪れなかった。

(気づかれたわけではなかった……)

ひとまず安堵したのだが、それでも気にはなる。

以後、千里丸は士郎左との接触を、これまで以上に避けるようにした。真実を見抜かれてはならない。昔のように親しくしようなんぞ、二度と思わねえほうがいい。

〈おれはもう決して、〈里〉のために力は使わねえんだ〉

今回の大坂行きが士郎左と一緒であると知ったときも、何よりも気を付けねばと思ったのは、そのことだった。

一瞬たりとも、油断をしては駄目だ。

「いいか、士郎」

何か言おうとする士郎左を遮って、千里丸は言った。

「千里眼の力が今もあったら、おれだってこんな下っ端《ぱ》、やっちゃいねえ。あんたみてえに上に気に入られて、江戸に出て、毎日、旨《うま》いもん喰って暮らすさ。さっさと〈里〉を出たあんたは知らねえだろうが、上忍連中にとっちゃ、下忍は使い捨ての竹箒《たけぼうき》みたいなもんだ。使いもんにならなくなったら、薪《たきぎ》の代わりに燃やされるだけ。ボロ小屋ごと燃やされちまった仲間たちと同じでな。そういう暮らしを誰が好きこのんでするもんかよ。あんたはとっくの昔に忘れて火をかける側にまわっちまったから、下っ端の気持ちなんざ判らねえんだろうがな」

反論を押さえ込むようにたたみかけると、士郎左は顔をしかめた。

言い過ぎたかと、千里丸は悔やんだ。死んだ仲間たちのことまで口に出す必要はなかった。士郎左をそこまで貶《おとし》めるつもりではなかった。昔から、千里丸は物言いが乱暴で、育ちの良い士郎左の眉をひそめさせることが多かった。直そうとしても、どうしてもなおらなかった癖だ。

士郎左が言葉に詰まったのは一瞬だけだった。すぐに鼻で嗤《わら》って応えた。

「そうか。悪かった。確かにおれには、人であることをやめて竹箒に成り下がった奴の気持ちは判りそうにない」

「なに――」

「怒るな。お前自身が言ったことだ。さあ、行くぞ」

そう言って、士郎左はさっさと踵を返す。

「行くって、どこへだ」

「いつまでもここにいても仕方がなかろう。仕切り直しだ」

先に立って歩き出した士郎左は、もう振り向きはしなかった。

千里丸はやや距離を置いて、その背に続いた。そういえば、先ほど助けられた礼を言いそびれたままだったと気づいたが、今さら声もかけづらい。

気まずい思いで歩いていると、やはり、五重塔へと目が向いてしまう。

士郎左を警戒しつつ再び視てみたが、すでに少女の姿は消えていた。他の層の窓も視たが、どこにもいない。

鷹とともに姿を消したのは……偶然だろうか。気になった。

今からでも、五重塔の下まで駆けつければ、あの少女に会えるかもしれない。あの輝くような姿を、目の前で見られるかもしれない。

――だが、そんなことをすれば、士郎左に怪しまれてしまう。

今は、自分の身を守ることのほうが大事だった。

いつの間にか夕刻になり、空は茜色《あかねいろ》に染《そ》まり始めていた。強くなった西日を受け、五重塔の朱色の柱がひときわ輝く。

この寺から見える夕日の美しさは古来有名で、極楽浄土《ごくらくじょうど》が見えているのだとも言われているそうだ。確かにその通りだと千里丸は得心《とくしん》した。高台にあり、周りに山も見えない。空と伽藍《がらん》のほかに、視界に映《うつ》るものはない。

美しい光景だ。これを、大坂の者は千年前から見ていたのだ。江戸がまだ狐狸《こり》の住処《すみか》に過ぎなかった、聖徳太子の時代から、ずっと。

（千年前のこの空にも、あの白い鷹はいたんだろうか……）

そんなことを考えながら、茜雲を見つめていた千里丸の胸に、そのとき、なぜかふと、確信めいた予感が生まれた。

あの少女とは、また会うことになる。近いうちに、必ず。

4

翌朝、千里丸が目を覚《さ》ますと、士郎左の気配は辺りにはなかった。

泊まったのは、〈里の衆〉にゆかりの寺である。

といっても、今は無住で、野良犬《のらいぬ》のうろつく荒れ寺だ。かつては〈里〉の息のかかった者が住職をしていたが、数年前に他界し、後釜《あとがま》を据えられぬまま、ほったらかしになっているのだ。

昨夜、雑草をかきわけて門をくぐり、床板も腐《くさ》りかけた本堂の荒れようを目《ま》の当たりにしたときは、さすがに士郎左も顔をしかめた。

「……まあ、仕方あるまい。〈里〉も、今は人手が足りんのだ。島原の乱で、予想以上に大勢が命を落としたからな」

「あの切支丹一揆《キリシタンいっき》か。あれはひどかったな。上忍連中までが何人も死んじまったからな」

百年ほど前に南蛮人《なんばんじん》が伝えた切支丹信仰は、戦国の世には大名から民百姓にまで広がり、宣教師も数多くこの国にやってきた。宣教師がもたらした南蛮渡来の文物《ぶんぶつ》は重宝《ちょうほう》がられ、異国との取り引きも盛んになった。

しかし、その勢力の拡大を警戒した徳川幕府は、初代将軍家康の時代から切支丹信仰を禁じており、今の将軍三代家光は、異国との交流そのものも厳しく制限する鎖国政策を推し進めている。禁教令は徹底され、切支丹と判った者は拷問《ごうもん》にかけられ、なお棄教《ききょう》せぬ者は容赦なく火あぶりにされた。

その厳しい弾圧に反発した九州の切支丹たちが、寛永十四年、ついに島原で大規模な反乱を起こし、数万人が城に立てこもって幕府と戦をしたのだ。

戦いは四カ月もの長きにわたって続き、将軍家と幕閣を大いに焦らせた。

鎖国令によって我が国から閉め出された南蛮人が反乱軍の後ろにいるとの噂まで出たため、〈里の衆〉も安閑《あんかん》とはしていられなかった。

天海の命を受け、城に立てこもる切支丹勢に揺さぶりをかけるため、上忍を含め八人が島原へ赴《おもむ》いたのだが、戻って来た者はいなかった。たかが切支丹の一揆ごときにこれだけやられるとは、島原でいったい何があったのかと、〈里〉には衝撃《しょうげき》が走ったものだ。原城の陥落《かんらく》によって乱は終息したものの、あちこちに影響が残った出来事だった。

「桜までやられちまって……。城内には入らねえで周辺の攪乱《かくらん》をやるって聞いてたが、結局は城内で死んだんだろ？　いったい何があったのやら」

戻って来なかった女の顔を思い出しながらつぶやくと、

うか。

「そうだな……酷《むご》いことだった」

士郎左は珍しく顔を曇らせた。仲間の死など何とも思わない男かと思いきや、さすがに子供時代をともに過ごした相手に対しては、少しは思うところがあるのだろうか。

「千里丸、お前は〈里〉を発つ前の桜と、何か話したか」

「特に何も。上忍のお嬢様と話すことなんざねえよ。……荒れ寺でも別にいいさ、遊びに来たわけじゃねえ。屋根がありゃ御《おん》の字だ」

千里丸は強引に話を打ち切り、先に本堂に足を踏み入れた。桜の名を出してしまったのは自分のほうだが、失敗だった。士郎左と昔話をしても、やりきれない思いをするだけだ。

桜についても、思うものはきっと何一つ重《かさ》ならない。姉のように優しかった桜はとうの昔に死んだと、千里丸は思っている。兄のように慕《した》っていた士郎左が、決して戻ってはこないように。懐かしがるだけ無駄なのだ。

士郎左も無言になり、千里丸についてきた。

破れ障子から差し込む月明かりを頼りに、それぞれ床板が傷《いた》んでいない場所を探した。夕飯はここに着く前に露天の喰い物売りで済ませたし、雨露《あめつゆ》をしのいで眠れさえすればいい。

本堂の東西の端に互いに陣取り、寝場所を確保する。

念のため、士郎左が本堂の中を、千里丸が境内を、一通り見廻《みまわ》りもした。

その後、特に話もせず、眠りについた。寝ずの番を必要とする状況でもないため、己の身の周りだけを警戒しながら、身体を休める。

そして、夜明けとともに千里丸が目を覚ましたときには、士郎左は消えていたのだ。狭い境内をぐるりと捜し回ってみたが気配はなく、書き置きの類《たぐい》もない。

ただ、本堂の裏手の格子に、麻縄《あさなわ》が結わえ付けてあった。その縄の端に、五寸おきに結び目が二つ。〈里〉の忍びの符牒《ふちょう》で、変わりなく己の役目を果たせとの意味だ。何か変事が起きたわけではない、勝手な動きはするなと、釘《くぎ》を刺すような標《しるべ》だ。

（そういうことかよ）

士郎左が黙って出かけた理由の見当が、やっとついた。この大坂のどこかにいる、〈里の衆〉の繋《つな》ぎ役に会いに行ったに違いない。

十太夫や江戸の御前への連絡は、繋ぎ役を介して行われる。だが、そいつがどこにいる誰なのかは、下っ端には教えてもらえない。

国中に張り巡らされた、天海の作った〈里の衆〉の網《あみ》。それを把握《はあく》すること自体が、大きな力になるのだから、下っ端には触れさせてもらえなくて当然だ。

御前が信用するのは、忠誠と実力を示したわずかな者だけ。士郎左が密かに出て行ったのも、千里丸に後をつけられるのを警戒してのことだろう。同じ〈里の衆〉といっても、上忍と下忍では大きく違う。両者の間にあるのは服従や支配であって、信頼ではない。士郎左と己との間にある溝《みぞ》は、ともに動いていても決して埋《う》まることはない。

千里丸はため息をついた。

ただ、ちょうどいいとも思った。

昨日の四天王寺での出来事が、脳裏に蘇る。神々《こうごう》しくも猛々《たけだけ》しい白い鷹。清らかにして激しさを裡《うち》に秘めたような、美しい少女。もう一度、この目で見たい。

士郎左がいない今ならば、動きやすい。

昨日のように正面から使者として出向くのではなく、一人で、参詣人のふりをして入り込むのだ。五重塔に近づいて見れば、あの少女のことも、何か判るのではないか。

一人で四天王寺の様子をうかがってきたと言えば、後から文句も言われまい。

「勝手に動いたのは、あいつのほうが先だからな」

井戸で顔を洗いながら、千里丸はつぶやいた。

それでもしばらくは、千里丸は士郎左の帰りを待った。手短《てみじか》に報告だけ済ませて戻ってくるかもしれない。一応は、士郎左の手助けをするために同行しているのだし、完全に別行動も気が引ける。何か想定外の事態となったとき、手を貸せないのでは意味がない。

しかし、日が昇り、往来にも物売りの声が響くようになると、さすがに待ちくたびれた。これ以上ぼんやりしていても時間の無駄であるし、腹も減った。とっとと町に出て、何かしたほうがいい。

腰に脇差しを差し、千里丸は一人、破れ寺《でら》の門を出た。

寺の並ぶ抹香《まっこう》臭い通りを離れ、しばらく歩くと、じきに賑《にぎ》やかに人の行き交う大《おお》路《じ》に出る。堀端には露店も並び、煮炊きする匂《にお》いが満ちていた。

てっとりばやく目についた露店で、汁《しる》掛《か》け飯を頼む。丸太を転がしただけの腰掛けに陣取り、辺りを見回した。

暇《ひま》つぶしに町の者と話ができればいいと思ったのだ。四天王寺にまつわる噂話でも聞き出せればもうけものだ。特に、あの鷹のことが知りたい。

しかし、すでに朝飯の時間は過ぎ、昼飯には少々早いため、あまり客がいない。隣の丸太に腰掛けているのは職人らしき二人連れで、せかせかと飯をかき込み、話し相手になぞなってくれそうにない。

ここでのんびりしても意味はないか――そう思いながら、ちぎれた菜《な》っ葉の浮かんだ汁掛け飯をすする。値の割りには旨い。あっというまに椀の中が空《から》になる。

もう一杯、喰おうかと迷ったところで、隣の職人風が席を立つ。入れ替わりに、小柄な男が一人、ふらりと現れた。

千里丸と同じ汁掛け飯を注文したあと、ああ疲れたとつぶやき、丸太に腰を下ろす。

手甲脚絆《てっこうきやはん》の旅姿で、腰からはずした大小の刀を無造作《むぞうさ》に丸太に立てかけると、背中の振り分け荷物もどさりと地面におろした。歳の頃は三十代半ばで、月代《さかやき》と無精髭《ぶしょうひげ》を伸ばし、少々疲れた様子だ。旅暮らしの浪人といったところか。

(土地の者でないのなら、話をしても収穫《しゅうかく》はねえかな……)

浪人のほうも、隣り合わせただけの相手と喋《しゃべ》る気はないようで、飯が出るまでのわずかな間にも、懐から本を取り出し、熱心に読み始める。ちらりと見えた題簽《だいせん》に、『太平記《たいへいき》』とあった。

おや、と千里丸は思った。

『太平記』は、大楠公《だいなんこう》こと楠木正成《くすのきまさしげ》が生きた、今から三百年ほど前、室町《むろまち》幕府の成立期に起きた戦乱を描いた歴史書だ。

河内《かわち》の武将楠木正成は、腐敗しきった鎌倉幕府を討つため、後醍醐《ごだいご》天皇のもとに馳《は》せ参じ、関東の足利尊氏《あしかがたかうじ》らとも手を結び、ついに倒幕を成し遂げた。その後、足利尊氏が後醍醐天皇を裏切り、新たに天皇をたてて室町幕府の将軍となり政《まつりごと》を独占しようとしたため、新たな戦が起き、この国は南北朝時代と呼ばれる混乱期を迎えたのだ。

波乱に満ちた時代を描いた軍記物語は、今も人々に好まれ、ことに楠木正成は、奇策を用い、寡兵《かへい》にして大軍を破った稀代《きたい》の智将として、後世に語り継がれている。

（こんなところで目にするとは……）

気に掛かり、浪人が読んでいる文字の列まで、千里丸はじっと覗き込む。

楠木兵衛《ひょうえ》正成、という有名な人名とともに、気になる文字が目に飛びこんでくる。四天王寺、だ。

（当たり、だな）

千里丸は小さくつぶやいた。

『太平記』の中には、実は四天王寺と今回のお役目に関わることが、あれこれと書かれている――そう、〈里〉を発つ前に十太夫に教えられていた。

ただ、おおまかな話を聞いただけで、自分で読んでみる暇などはなかったから、細かなことは知らない。

ちょうど良い機会だと、つい横目でじろじろ見ていると、

「お若いの、この本がそれほど気になるのか」

じきに浪人が気づき、話しかけてきた。

「ああ、すみませんね、つい、のぞいちまいまして」

「いや、かまわんよ。古い軍記が好きとは、若い者には珍しい」

浪人は意外に愛想《あいそ》が良かった。ならばと千里丸は勢いづいて、くだけた口調で話を続けた。

「別にそうじゃねえんだが、その本には興味があるんだ。『太平記《の》』の巻の六。たしか、楠木正成が四天王寺あたりで幕府軍と戦をした話が載っていたんじゃねえかな」

「うむ、その通りだ」

「戦の前に、正成は四天王寺に参詣し、聖徳太子の予言書を見た——そんな話もあったような……」

「ほう、よく知っているな。ちょうど、この辺りだな」

丁《ちょう》をぱらぱらとめくり、ある箇所《かしょ》を開いて千里丸に示して見せた。正成、四天王寺の未来記披見のこと——と、見出しが書かれている。

「そう、その『未来記』だ」

千里丸はうなずく。

この町に千里丸がやってきた理由であるところの、古の予言書。

実は、それを己が目で見たと伝わるただ一人の武将が、楠木正成なのだ。

『太平記』には、その話が克明に記されている。『未来記』に関してもっとも詳《くわ》しく書かれた書物だと、十太夫から教えられた。四天王寺にその予言書があると、明確に記したのも、『太平記』が最初なのだそうだ。

「強大な敵、鎌倉幕府との決戦を前に、武家の身で初めて偉大なる聖徳太子の予言書を手に取ることを許された正成公は、その栄誉に打ち震えながら、ついにその書をひもとかれた。後醍醐天皇の復位と鎌倉幕府の滅亡が、はっきりと書き記されていることを確かめると、正成公は歓喜に満ちた声をあげ、約束された勝利を家臣たちに伝え、軍勢を奮い立たせた――」

浪人は目を細め、そらんじて見せた。文面を見なくとも、中身を覚えているらしい。

「『太平記』の中でも指折りの、読ませどころだな。何百年も前の予言の書が軍勢を動かし、歴史を変えたというのだから、実に興味深い。――もっとも、書き伝えられたすべてが真実であれば、の話だが」

浪人は肩をすくめて付け足した。頼んでいた汁掛け飯が運ばれてきたため、食べている間ならいいぞと、千里丸に本を渡してくれる。

どうもと受けとりながら、千里丸は何気なく訊《き》いた。

「真実であれば、ってどういうことだ？　こうやってちゃんと書き残されてるんだから、本当のことなんだろ」

「お若いの」

浪人は真面目《まじめ》くさった顔つきで千里丸を見すえた。

「『太平記』は確かに優《すぐ》れた史書だ。しかし、こういうものは、真実だけが書かれているわけではないのだよ。時を経て伝えられる間に、大事な箇所が削《けず》られ、世間の者たちが喜びそうな嘘っぱちの派手な場面が付け足され、さらには、時の権力者にとってまずいことが隠されてしまう……そういうものなのだ」

「あんた……学者か？」

千里丸は浪人の顔を見据えて訊《たず》ねた。学者が言いそうな理屈だと思ったのだ。

「そういうわけではないが、『太平記』については少々、詳しい」

音を立てて飯をすすりながら自慢げに言ったあと、浪人はおもむろに名乗った。

「拙者《せっしゃ》は波多野久遠《はたのくおん》。見ての通りの浪人だ。筑後《ちくご》から来た」

となれば、こちらも名乗らないわけにはいかない。

「おれは、千里丸だ」

続けて何か言うのを、久遠は待っていたようだが、名前しか言う気がないと察す

ると、

「千里丸か、良い名だ。言葉からして、土地の者ではないようだな。いったいどういう生業《なりわい》か、訊ねてもよいか？」

「旅芸人みてえなもんだ。話すほどの素性じゃねえよ。ふらふらと、その日暮らしだ。少し前に大坂に着いたばっかりでな。――で、久遠さんよ。今の話じゃ、あんたはここに書かれたこと、全部、嘘っぱちだと思いながら読んでるわけか？」

「そうではないが、意図的に手を加えられた箇所はあろうと思ってな。それを考え、あれこれと書き込みながら読むのが楽しいのだ。たとえば、『未来記』についてであれば、奇策で知られる大楠公が、軍勢を鼓舞《こぶ》するためだけに、まったくの偽《いつわ》りを口にしたとも考えられるだろう？　本当に『未来記』を見たとは限らない」

「……まあな」

ありそうな話ではある。

だが、そうなると、

「『未来記』が四天王寺にあるって話自体、嘘だったかもしれねえわけだよな。だとしたら、今もあるかどうかも判らねえ……」

そんなことは十太夫も判っているだろうが、気になるところだ。

昨日の道啓の言葉も思い出しつつ、千里丸が思わずつぶやくと、久遠は箸《はし》を止め、面白そうに千里丸を見た。

「おぬし、『未来記』の今の在処《ありか》が気になるのか」

「ああ。予言の書なんてもんが本当にあるなら、気になるだろ。見てみてえと思わねえか?」

あえて軽い口調で、千里丸は言った。

「それは、まあそうだな」

飯をすすり上げ椀を空にしたあと、久遠は店の者を呼んでおかわりを頼む。おぬしも喰うだろうと、お節介《せっかい》にも千里丸のぶんまで注文した。

「奢《おご》ってやるから、気にするな。お喋りにつきあってもらっている礼だ」

本もまだ見ていていいぞと気前よく言われ、千里丸はぱらぱらと気ままにめくった。どこを開いても、本文の脇に細かな文字の書き込みがある。

「読みにくかろう。気になったことがあると、つい書き込んでしまう質《たち》でな」

「ってことは、これ全部、あんたが書いたのか」

「まあな」

「へえ……たいしたもんだな」

見かけによらず、かなり博識で頭の良い男なのかもしれない。

ふと、千里丸は思いついた。

「なあ、あんた物知りっぽいが、『太平記』以外のことも詳しいか？　ここにも出てくる四天王寺について、こういう話を聞いたことがねえかな。あの寺には今も聖徳太子の魂魄が居座《いすわ》っていて、それは白い鳥の姿をしている、と……」

「白鷹《はくよう》伝説か。聖徳太子が鷹に生まれ変わり、仏敵を討つ――というやつだろう」

間髪《かんはつ》容れずに返ってきた答に、千里丸は思わず声が大きくなった。

「知ってんのか。有名な話か」

「世間一般に広く知られているかと訊かれれば判らんが、拙者は知っている。おそらく、もっとも有名なのは、太子の死の直後の話ではないかな。太子が蘇我《そが》氏と手を組んで滅《ほろ》ぼした物部《もののべ》の一族が、恨みを抱いて啄木鳥《きつつき》に化身し、群れとなって四天王寺に襲来《しゅうらい》した。そのとき、天空からふいに白鷹が舞い降り、瞬く間に啄木鳥の群れを追い払った。驚く寺の者たちの耳には、喋らぬはずの鷹の声が届いた。仏敵、退散――と唱えたその声は、聖徳太子のものとそっくりだったという」

「仏敵、退散……」

昨日、道啓が口にした言葉と同じだ。まさか、あの鷹は真実、聖徳太子の魂《たましい》を持っているというのか。

「鳥に化身する不死の魂なんぞ、にわかには信じられねえんだが……」

「確かにそうだが、しかし、なんといっても聖徳太子の話だ。おぬしも知っているだろう。太子は同時に十人もの声を聞き分ける、特異な才をもつ人物だった。常の人間とは違う力を持っていた。そういう人間は稀《まれ》に存在する。異能の者、と呼ぶべき人間がな。その手の者の行いは、常識でははかりきれん」

「異能の者……」

小さく繰り返した千里丸の微妙な反応を、久遠は勝手に解釈したようだ。

「信じられんか。まあ仕方ない。普通に暮らしていれば、会うこともなかろうからな。だが、人の心を読み取ったり、獣や鳥と言葉を交わしたり、千里先の景色まで透視したり――そういう神仏のごとき力を持つ者は、この世に本当にいるのだ」

「あんた、もしかして、そういう奴に会ったことがあるのか」

思わず訊ねた千里丸に、久遠はあっさりと首を振った。

「いや、ない。探してはいるんだがな。なかなか見つからん」

「――なんで、探す？」

何気なさを装《よそお》って訊いたその問いには、久遠は応えなかった。逆に、千里丸に問うてきた。

「それよりも、おぬしはどうして、白鷹の伝説なんぞを気にしている？」

「ちょっと……小耳に挟んだんだよ」

今度は千里丸がはぐらかしたが、久遠はくいさがった。

「小耳に？　妙な話を小耳に挟むんだな。どこでだ？　四天王寺か？」

「まあ、その辺りだ」

「そうか。……昨今は、町中を仏敵が跋扈《ばっこ》しているからな。聖徳太子の化身に蘇って欲しいと願う者が多いのかもしれんな」

「仏敵が跋扈……しているのか？」

道啓にそう罵られたおれたち以外にも——と胸の内で付け足しながら、千里丸は訊いた。

「おや、おぬしはそうは思わんか？　そういう時勢ではないか。得体《えたい》の知れぬ者が、国中に隠れている。戦まで引き起こす。たとえば、ほら、ちょうど良い、あそこに見えるだろう。あの商人《あきんど》なんぞは仏敵の最たるものだ」

久遠は顎《あご》でぐいと通りの先を示した。

千里丸が目を向けると、二筋《すじ》ほど向こうの角から通りに出、こちらへと歩いてくる者たちがいる。

「なんだ、ありゃ」

千里丸は思わず、声を漏らした。

なんとも目を惹《ひ》く一団だったのだ。

先頭は、浅葱《あさぎ》地《じ》に金の流水紋《りゅうすいもん》という奇抜な振り袖に袴を合わせた、流行りの若《わか》衆《しゅ》歌舞伎の役者のような若武者二人。次いで、きらびやかな打ち掛けをまとった美女が二人。

その美女に挟まれるようにして歩いているのが、一行の中心とおぼしき男だ。黒地小紋《こもん》の小袖に黒い長羽織《ながばおり》で、腰には脇差しの、四十がらみの中年。張り出した額に高い鼻、深くくぼんだ目を持ち、やけに印象に残る顔立ちだ。往来の通行人に鷹《おう》揚《よう》な笑みを向けて歩く様は、妙に存在感がある。

その後ろに、年端《としは》もいかぬ小僧が二人。最後尾に武士。浅黒い顔をした着流し姿の中年で、異様な一団の中に一人だけ地味な男が混ざっているため、逆に目立ってしまっている。用心棒なのか、鋭い目で辺りを睨みながら歩いている。

「妙な連中だな、とても商人にゃ見えねえ。芝居役者か花魁《おいらん》道中かってとこだが……なんであれが仏敵なんだ？」

「あれは泉屋理兵衛《いずみやりへえ》だ」

久遠は微妙にかみあわない答を返してきた。

「今の大坂で、いちばん羽振りの良い店《たな》の主人さ。十日に一度は、ああやって、きれいどころを引き連れて、日本橋《にっぽんばし》近くの料亭にお出かけだそうだ。奉行所の役人なんぞを接待しているらしい」

「何を商《あきな》っている商人だ？」

「銅だ。阿蘭陀人《オランダ》を相手に我が国の銅を売りまくり、大儲《おおもう》けしてきた。いずれこの大坂の富はすべて住友《すみとも》一族のものになるかもしれんとまで言われている」

「住友一族……てのは？」

「泉屋の名字だ。泉屋住友家。先代は京で薬種を商っていたが、突然銅吹き業を始め、大坂に店を移した。その結果、元からいた銅吹き業者たちをあっというまに追い越し、当代一の銅商人に成り上がったのさ。今では、住友の井桁《いげた》の家紋を見れば、町奉行所の役人でさえ道を譲《ゆず》るとも言われる。とんでもない商人だよ、泉屋の主《あるじ》、住友理兵衛は」

浪人はそこでいったん言葉を切ったあと、眉をひそめ口元を歪めながら付け足した。

「そして、この国の富を異国人に根こそぎ貢《みつ》がんとする仏敵——つまりは忌《い》むべき切支丹だと、もっぱらの噂だ」

5

住友理兵衛の一団は、ゆったりとした歩調で千里丸たちの前を通り過ぎて行く。

千里丸はぽかんとして見つめた。

（大坂でいちばんの商人が切支丹？……ありえねえだろ）

いうまでもなく、切支丹は御法度《ごはっと》だ。ことに、島原の乱以降、幕府はこれまで以上に切支丹を根絶《ねだ》やしにせんと手を尽くしている。いくら金を持っていても、見逃《みのが》される罪ではない。

本当に切支丹なのか――訝《いぶか》りながら眺める千里丸の視界の隅《すみ》で、そのとき、何かが光った。

一団が通り過ぎようとしている店――蠟問屋《ろうどんや》の看板が上げられている――の二階だ。

その窓から行列に向けて矢が放たれるのが目に入った瞬間、

「っ……」

舌打ちとともに、千里丸は袂《たもと》から礫《つぶて》を取り出し、放っていた。

この状況で、普通に考えれば狙われているのは住友理兵衛。だが、下手《へた》くそな弓の腕のせいで、理兵衛ではなく、その後ろにいる小僧の顔面にあたる――それが千里丸には判ってしまったからだ。

小僧の眉間にささる直前で、矢尻と石礫がぶつかり、乾《かわ》いた音が辺りに響いた。

蒼白《そうはく》になって小僧が腰を抜かす。

露店の客たちからも、悲鳴があがった。

しんがりにつけていた着流しの武士が、素早く理兵衛に駆けよった。

「旦那様、こちらへ」

理兵衛を背にかばい、蠟問屋の軒先《のきさき》に隠れさせる。女子供は放ったらかしだ。守るのは主人だけ。徹底している。敵の人数や得物《えもの》が把握できるまでは反撃に出ないところも用心棒としては立派だ。

（だがな……）

女子供を見殺しというのは、武士としてどうなのか。弱い者を見捨てて平然としている、〈里〉の連中と似た匂いを感じ、千里丸は猛烈に不快になった。

「何者だ」

先頭にいた振り袖の若衆が震え声で叫び、きょろきょろと辺りを見回しながら刀の柄《つか》に手をかけた。その指先が震えている。

「上！」

千里丸は怒鳴った。二の矢が来たのだ。右側の若衆が躱《かわ》すこともできず、刀を手にして棒立ちのまま、肩口を射貫《いぬ》かれて倒れた。

同時に、複数の人影が路地から飛び出してきた。

「住友理兵衛、異国人の手先め、成敗してくれる！」

「切支丹め、死ね！」

口々にわめく男は、総勢四人。千里丸は一瞬で把握する。みな、薄汚れた身なりの破落戸《ごろつき》だ。

「あ……っ」

悲鳴とともに女の一人が地に倒れた。飛びかかってきた破落戸に、胸元を一太刀《ひとたち》で斬られたのだ。

千里丸は思わず飛び出した。

出しゃばってはまずい。それは判っている。自分は忍びで、お役目の途中なのだ。人目につく行動は避けるべきだ。

それでも、眼前の狼藉《ろうぜき》を放ってはおけなかった。

大商人が恨みを買い、狙われるのは仕方がない。切支丹であれば、なおのこと自業自得《じごうじとく》だ。

だが、お飾りの女子供まで、無残に殺す必要があるとは思えない。力のある者が、罪のない弱い者を傷つける。それが、どうしても、千里丸は許せない。――いや、それ以上に、強い者に殺される弱い者を、自分が見殺しにすることが許せない。おれは〈里〉の上忍連中とは違う。そんなことは絶対にしねえ。

「おい、千里丸……」

「あんたは引っ込んでな」

「しかし……」

狼狽《うろた》える久遠に怒鳴り、千里丸は破落戸たちの前に飛び出した。

「てめえら、やめねえか！」

「なんだ貴様。貴様も切支丹の一味か」

「そうじゃねえが、女子供まで斬ることたねえだろ！」

「うるさい、退《ど》け！」

わめいて刀を振りおろす髭面《ひげづら》の男の手首を、千里丸は間合いに飛び込むようにしてぐいと掴んだ。

動きを封じられた破落戸を、そのまま手首を返して投げ飛ばす。腕を思い切りひねったため、骨の折れる音とともにそいつの身体は地面にのびた。

「ぐ……」

「逃げな」

呆然としているもう一人の女に怒鳴り、千里丸は振り返りざま、刀を抜いた。若衆の一人と斬り合っていた破落戸の首筋を、後ろから素早く峰《みね》で打ち下ろす。女には久遠が駆け寄り、手をひいて路地へと隠れさせた。

よし、残りは二人――と思ったが、すでに一人は倒れ、もう一人も、用心棒の武士と斬り結んでいる。理兵衛に突っ込んでいく破落戸が出たところで、やっと用心棒が刀を抜いたのだ。

腕前はどれほどのものか――と千里丸が眺める間もなく、刃が一閃《いっせん》し、破落戸の眉間《みけん》を真っ二つに割った。驚く速さだ。容赦もない。態度はいけ好かないが、腕は認めざるをえない。

となれば、あとは、二階にいた射手だ。

千里丸が再び見上げると、窓から抜け出した男が、屋根伝いに逃げようとしているのが見えた。

「逃がすか！」

千里丸は左手を懐につっこみ、取り出したものを狙いを付けて屋根の上へと放った。今度は石礫ではなく、鈎縄である。鋭くとがった鈎が逃亡者の足首に食らいつく。思い切り縄を引くと、

「うわ……」

悲鳴とともに、男が屋根から真っ逆《さか》さまに落ちた。骨のくだける嫌《いや》な音がして、そのまま動かなくなる。

やっちまったかと千里丸は顔をしかめた。殺すつもりはなかったのだ。住友の用心棒も、驚いたように千里丸を見ている。

血まみれで倒れていた男が、仲間たちの死を目の当《ま》たりにし、わずかに身を起こ

して低く呻いた。

「住友理兵衛……貴様のような異国の手先が、この国を滅ぼすのだ。腐りきった男……天罰を受けるがいい……」

「これは人聞きの悪い」

笑いを含んだ声で応えたのは、理兵衛本人だった。

冷静に状況を見ていた理兵衛は、用心棒が止めるのを振り払い、ゆっくりと男に歩み寄る。

「私が切支丹などと、どこの誰が言うたのやろ。私は常に、この日《ひ》の本《もと》の商人として、誇りを持った商いをしてますのやで」

「……偽りを……我が国の銅や銀を片っ端から異国へ売りさばき、私腹をこやす……恥を知れ」

「おやおや。すでに頭がどうかしてしもたらしい。まともな言葉が喋れんようや。――蔵人《くろうど》、成仏《じょうぶつ》させてやり」

「は」

短く応え、蔵人と呼ばれた用心棒は倒れたままの男に歩み寄り、ためらいなく、その喉を刀で一突きにする。

「南無阿弥陀仏《なむあみだぶつ》」

理兵衛が合掌《がっしょう》し、目を閉じてつぶやいた。

千里丸は呆然と、それを見ていた。

酷《むご》いことをと言える立場ではない。自分もたった今、一人の命を奪った。まして、理兵衛にしてみれば、己の命を狙った悪党だ。殺すことに躊躇はなかろう。生かしておけば、また襲ってくるかもしれない。

だが、命のやりとりをしながら穏やかに笑みを浮かべる理兵衛には、少々ぞっとした。こいつはただものじゃねえ。

「そちらのお若い方」

目を開けた理兵衛が、千里丸に顔を向けた。

「命を助けていただきまして、なんと御礼を申し上げたらよろしいやら。私は泉屋主人、住友理兵衛友以《とももち》と申します。よろしければ貴方《あなた》様のお名前を、お聞かせください」

千里丸はすぐには応えなかった。騒ぎに深入りするのは望むところではない。そもそも、この一件が士郎左に知れたら、どれほど怒ることか。お前は忍びとしての覚悟が足りな過ぎると、ぶん殴られそうだ。

「お連れ様もいらっしゃいましたな。手を貸していただき、感謝いたします」

理兵衛は、女をかばって路地に隠れた久遠のことも、忘れてはいなかった。

「そちら様は、失礼ながら、どちらの御家中の御方でっしゃろ?」

浪人者だと一目で判るだろうに、あえて丁重《ていちょう》に訊ねる。久遠はやや強張った顔で応えた。

「……いや、拙者は、流れ者の浪人だ」

「さようでしたか。ほなら、ちょうどええ。ぜひとも御礼をさせていただきとう存じます。住友の屋敷に、お越しください。ここからさほど遠くありまへんよって」

にこやかな申し出に、久遠は顔をしかめた。

先ほどの会話から考えれば、忌むべき切支丹に付き合うのなんぞ御免《ごめん》だと思っているのだろう――千里丸はそう思ったのだが、

「……そうだな。世話になろう。拙者は筑後浪人、波多野久遠。そちらは友人の千里丸だ」

わずかに逡巡した後、意外にも久遠はうなずいた。

千里丸は慌てた。

「おい……」

勝手に話を進めるな、おれの名前まで言うなと腹を立てたが、

「千里丸様と波多野様、ですな。御縁を得ましたこと、嬉しゅう思います。では、参りましょう」

理兵衛はすでにその気になって、千里丸にも笑いかけてくる。

ちょっと待ってくれ、千里丸はそう言いかけた。久遠が行くのは勝手だが、おれは行かねえ――。

が、思い直して途中で飲み込んだ。

久遠だけでなく、襲ってきた破落戸連中までもが、理兵衛を切支丹と罵っていた。

事実、切支丹であるというなら、千里丸としては見逃せない話だった。

切支丹が世を乱す輩《やから》であることは、島原の乱で思い知らされている。〈里の衆〉にまで大勢死者を出した、あの戦で死んだ者たちの仇《かたき》を討つ――などとまで言う気はないが、放っておいては争乱の種になる存在であるのは確かだ。また、大勢が死ぬ戦が起きるかもしれない。

それに、そもそも、将軍家を予言書を欲しがるほどの不安に陥《おとしい》れたのも、切支丹だ。島原の乱での切支丹虐殺《ぎゃくさつ》に怒った南蛮の大国葡萄牙《ポルトガル》が、大軍を仕立てて我が国へと攻め込んで来る。そんな噂を耳にし、将軍家は震え上がってしまったのだ。

(この大商人が本当に切支丹なのか)

探っておくことは、千里丸のお役目にも、関わりがないとはいえない。

(幸い、時間はある――)

「判った。行こう」

千里丸がうなずくと、理兵衛は満面の笑みを浮かべた。

「それはおおきに。ここの始末は店の者にさせます。まだ息のある者もあるさかい、どういう素性の徒党かは、いずれ判りまっしゃろ。――お前たち、すぐに店から も人を回すさかい、これ以上、騒ぎを広げんようにな。そのくらいのことはできるやろ。ただの飾り人形なら、いくらでも代わりはおるのやで。ああ、それから、今日の宴席には私は行けんようになったと、先方に使いを」

まだ青ざめた顔の若衆や女たちに厳しく命じたあと、理兵衛は改めて千里丸と久遠に向き直る。

「ささ、お二方、どうぞ、いらしてください。国いちばんの銅を作り上げる、我が住友屋敷と銅吹き所。――我が国の宝を生み出す場所です」

第二章　異能の娘

1

北に長堀《ながほり》、東に東横堀《ひがしよこぼり》。二辺で水路と接し、荷船を使うにはうってつけの立地に、住友《すみとも》の屋敷はあった。

「五年前に移りました。それ以前はもうちょっと北におりましたけど、手狭《てぜま》になりましたさかい」

理兵衛《りへえ》の後について、長堀端の表門から敷地内に入った千里丸《せんりまる》は、思わず足を止めた。

向かって左手は、瓦葺《かわらぶ》きで間口の広い、堂々たる造りの屋敷だ。ちょっとした旗本《はたもと》屋敷などよりも立派に見え、奥には蔵《くら》がずらりと軒《のき》を並べる。それ以上に圧巻なのが、右手に広がる銅吹き所だ。

殺風景な土壁《つちかべ》に遮《さえぎ》られ、奥までうかがい知ることはできないが、天窓から絶えることなく空へと上がる湯気や煙、音。どこからともなくただよってくる熱風。大勢の人が立ち働く気配。なんともいえぬ、金気《かなけ》の臭《にお》い。

立ち止まって目を見開いている千里丸に気づき、理兵衛が言った。

「よろしかったら、あとで銅吹き所の中、御覧になりますか」

「いいのか？」

「へえ、どうぞ。うちの南蛮絞《なんばんしぼ》りの秘術、とくと御覧ください」

「南蛮絞り？　なんだそれ」

耳慣れない言葉を聞き返すと、理兵衛は自慢げに応《こた》えた。

「うちの銅吹き術を、町の方々がそう呼んでますのや。南蛮人にひけをとらん技術やという意味で、私は褒《ほ》め言葉やと思てますけども、さっきみたいな見当違いな中傷を受けることもありましてな。それが少々、困るところですわ」

「異国人の手先だなんだってやつか」

「へえ」

「ならば、貴殿《きでん》は本当は切支丹《キリシタン》ではないというのか？　俗に、火のない所に煙は立たずというが……」

横から口を出したのは久遠《くおん》だった。

冗談とも本気ともとれる口調での問いに、理兵衛は曖昧《あいまい》な笑《え》みを返すだけで応えず、さあこちらへと歩き出す。

久遠もその場では重ねては問わず、黙ってあとに続いた。

中庭に面した母屋《おもや》の座敷に通されたが、部屋の入り口で千里丸は再び驚いた。久遠もさすがに目を丸くしている。

床《ゆか》には絨毯《じゆうたん》が敷き詰められ、中央には腰掛けと食卓。どれも一目で南蛮渡りと判《わか》る、細工《さいく》の凝《こ》った代物《しろもの》だ。床《とこ》の間にはギヤマンの大きな壺《つぼ》に銀の彫像《ちようぞう》。からくり時計もある。

「おい、あんた、鎖国令《さこくれい》をちゃんと判ってるのか？　やっぱり切支丹ってのは本当で、こっそり抜け荷してんじゃねえのかよ」

思わず憎まれ口がこぼれた。

徳川幕府がすすめてきた鎖国政策は、島原の乱を機に、さらに厳しくなっている。異国との取り引きが監視下に置かれるようになった昨今、こういうものを派手しく並べるのはいい度胸だ。これでは確かに切支丹と言われても仕方なかろう。疑惑が一気に深まる。

理兵衛はこれもあっさりと無視し、女中に運ばせた酒を二人に勧《すす》めた。

「阿蘭陀《オランダ》の葡萄酒《ぶどうしゆ》です。葡萄牙《ボルトガル》との交易《こうえき》が禁じられた今、大坂でこれだけ上質の葡萄酒を口にできることは滅多《めった》にありまへん。どうぞ、存分にお楽しみください」

　ギヤマンの杯《さかずき》に注《つ》がれた紅《あか》い酒を、久遠は顔をしかめて見ているだけだ。千里丸も口を付けなかった。二人の向かいに座った理兵衛だけが、目を細めて味わっている。先ほどの騒ぎなどどこ吹く風の涼《すず》しい顔だ。

　千里丸はあえて乱暴な口調のままで訊《たず》ねた。

「なあ、理兵衛さんよ。さっきの破落戸《ごろつき》ども、正体に心当たりはあるのか」

「さて、あるような、ないような。私を殺したがる者は、そこら中におるさかい、いちいち気にしてられまへん」

「そこまで恨《うら》みを買うような、汚《きたね》え商《あきな》いをしてるってことか」

　あけすけに言ったが、理兵衛は千里丸の口の悪さに気を悪くした様子もなく、笑って首を振った。

「いやいや。私はただ、まっとうに商いに精を出してるだけ。それでも、人よりぎょうさん金を儲《もう》ければ、どないしても妬《ねた》まれる。それは世の習いですわ。五日前にも店から出たところで浪人者に斬《き》りつけられました。いちいち気に留《と》めてもいられません」

「その浪人者はどうなった」

「蔵人《くろうど》が斬りすてました」

「おっかねえな」

千里丸は肩をすくめた。ちらりと目を向けた廊下《ろうか》の端《はし》には、今も主人から離れぬ忠実な姿がある。座敷に入ってはこないが、主人が視界に入る場所から離れるつもりはないようだ。

「あの用心棒、なかなかの腕だったが、名のある剣客《けんかく》か？」

「いえ、元は大坂の陣の生き残り浪人だとかで、流浪の暮らしの末に食い詰めてたところを、一年前に拾うたんですわ。素性は詳《くわ》しく聞いてまへんし、聞く必要もない。用心棒は、腕があれば充分。生まれ育ちはどうでもええ。用心棒に限らず、人はみな、そういうもんと違いますか」

「まあ、そうだな。生まれ育ちなんてもんに、確かにたいして意味はねえ。大事なのは今この瞬間の人となりだ。──ということで、はっきり聞かせてもらおうか。あんた、本当は切支丹なんだろ？　本当のところを応えろよ」

挑発的に千里丸が言うと、理兵衛はまたも笑った。

「どうやら千里丸様は、とても真面目《まじめ》な御方《おかた》のようや」

「なんだと」

「うちが御法度《ごはっと》破りをしているかどうか、真摯《しんし》に気にかけてはる。こう言うてはなんやけど、荒い口調の割りにお役人様のようにお堅《かた》い御方らしい。いや、お役人様なんぞよりもずっと正しい心根《こころね》を持った、情に篤《あつ》い真っ正直な御方、というべきやろか。なんというても、身の危険も顧《かえり》みず、通りすがりの女子供をかぼうてくれはったのやから。本当にご立派や」

「……寝呆《ねぼ》けたこと言ってんじゃねえよ、ごまかすな」

仏頂面《ぶっちょうづら》で睨《にら》む千里丸に怯《ひる》んだ様子もなく、理兵衛は続けて言った。

「ごまかしてなんぞおりまへん。思うた通りを申し上げただけ。それに、私は切支丹とは違います。あんな破落戸の言うでたらめを、真《ま》に受けんといてください」

「本当にそうなのか？」

念を押すように訊《き》いたのは、久遠だった。

「住友自慢の秘術南蛮絞りは、住友の先代が切支丹となった見返りに伝授された秘術だと、拙者《せっしゃ》は耳にしたことがあるが」

「旅の御浪人さんのお耳に入るほど広がってますか、そないなでたらめが」

やれやれと理兵衛はため息をもらした。

「私は切支丹とは違います。むろん、先代も」

きっぱりと言い切った理兵衛の顔を、千里丸は注視した。嘘《うそ》をついている者は、わずかな顔色の変化や首や手の汗の滲《にじ》み方で判《わか》ることが多い。それを見過ごすまいとしたのだ。

今のところ、理兵衛の顔には動揺の色はまったく浮かんでいない。

「そもそも波多野《はたの》様や千里丸様は、南蛮絞りで作られた銅が、他の店の銅とどのように違うのか、ご存じですか」

理兵衛は己《おのれ》の杯に葡萄酒を満たしながら言った。

「質が良いと聞いているが……」

久遠は短く応え、千里丸は知らねえと首を振る。

「質の良さとは、少し違います。南蛮絞りとは、つまるところ、銅と銀を吹き分ける技術なんですわ」

「銅と銀を……？」

「へえ。これまで我が国の銅吹き術では、銅の塊《かたまり》の中に残る銀をどうしても吹き分けることができんかった。そのせいで、異国に銅を売る際に、大量の銀を含んだままで売ることになる。異国人は我が国の精錬技術の未熟さを笑いながら、買い取った棹銅《さおどう》から大量の銀を取り出し、大儲けをする。住友はそれを変えました。南蛮絞りで銀の混ざらん棹銅を精錬し、銅は銅だけ、銀は銀だけで売り出すことに成功した。異国人は歯ぎしりしたはずですわ。これまでは銅だけの値段で銀まで一緒に買《こ》うてたようなもんですが、それができんようになったのやから」

「だから、住友は異国の手先じゃねえ、切支丹でもねえ――そう言いてえわけか」

「その通り。住友家は我が国の利のために技《わざ》を磨《みが》き、異国と対等の商売をしてますのや。異国の手先だなどと、言いがかりも甚《はなは》だしい」

「……あんたの説明がすべて真実であれば、そうだろうな」

千里丸は肩をすくめた。

だが、これほど噂《うわさ》が広がってる以上、おいそれとは信じられねえ——そう続けようとした。

そのときだった。

いきなりの轟音《ごうおん》が、辺《あた》りに響いた。雷《かみなり》に似た音だ。

さらに、悲鳴があがる。一人ではない。大勢の声だ。

火事や——と怒声も届いた。方角からして、銅吹き所のほうだ。

理兵衛の表情が、一瞬で変わった。

「ここでお待ちを」

二人にそう言い置いて、素早く立ち上がり、そそくさと部屋から出ていく。廊下で控《ひか》えていた蔵人も、主人に付き従って去る。

千里丸と久遠は顔を見合わせた。外の騒ぎはますます大きくなっていく。

「なんだ、今のは。千里丸、確かめに……」

久遠の言葉を最後まで聞かず、千里丸は部屋から濡《ぬ》れ縁《えん》に飛び出した。

空を見上げると、白煙がもうもうと空へ上がっている。先ほどとは明らかに様子が違う。これはまずいと、一瞬にして察した。同時に、駆け出していた。

「おい、待て。拙者も行く」

久遠が慌《あわ》てて追いかけてくるが、千里丸は一人で先に走った。鈍《どん》くさいおっさんを待ってなどいられない。

(もしも火事だとしたら)

千里丸の脳裏《のうり》に、火に焼かれる者たちの幻《まぼろし》が浮かぶ。幼い頃、助けられなかった仲間たち。生きたまま焼き殺された子ら、おれを恨んで死んでいった者たち――。

「あ、お客様、あきまへん、どうぞこちらでお待ちください……」

途中ですれ違った女中が慌てて引き留めようとしたが、千里丸は耳を貸さなかった。

玄関から屋敷の外に飛び出すと、銅吹き所の空に火の粉《こ》が舞っているのが見えた。

これは惨事になると、すぐに判った。

詳しくは知らないが、銅吹き所というところは、多くの火を使うのではないか。一カ所から火があがれば、瞬《また》く間に燃え広がるかもしれない。

千里丸はすぐに、銅吹き所のほうへと走った。

2

銅吹き所はすでに、盛大に煙を噴き上げていた。

「奥の灰吹き床《はいふきどこ》や、早《はよ》う火を消せ！」

「違う、燃えとんのは湯沸かし用の竈《かまど》や！」

「こないなこと、起きるはずがない。何か、しかけられて……」

「炉《ろ》がいきなり火を噴いたらしい」

「水を運べ、何をしとんのや！」

ふんどし一丁に頭を布で覆《おお》った姿の職人たちが、口々にわめきながら走り回っている。

理兵衛の姿も、途中で見かけた。真っ赤な顔で職人たちに指示を出し、火元に近づこうとするのを、周《まわ》りの者が必死で止めていた。

「おい、どうなってんだよ」

千里丸は、近くに逃げてきた職人を摑《つか》まえ、訊ねた。

「奥の竈からいきなり火が噴き出した。どえらい音がして、もうどないなってんのか……」

上ずった声で、職人は震えている。裸の上半身に、酷《ひど》い火傷《やけど》を負っているのが見えた。

「判った、早く逃げろ」

千里丸は職人から離れ、さらに銅吹き所の入り口に近づいたが、中の様子がまったくわからない。煙が酷いのだ。いや、舞い上がる灰だろうか。

袖《そで》で口元を覆い、千里丸は目を凝《こ》らした。

(大丈夫だ、視《み》える)

立ちこめる煙の中でも、先を見通せる。逃げ損《そこ》ねている者がいたら、助けてやらねば。

煙の中からは、次々と職人が逃げてくる。

予想以上の数の職人が、銅吹き所の中にはいるようだ。女の姿も多いことに、千里丸は驚いた。襷掛《たすきが》けに前掛け姿の女が何人かで連れ立って駆けてくる。

「こっちだ、急げ！」

千里丸は大声を出し、誘導する。

もつれあうようにして逃げ出す人の群れが、やがて途切れた。みな、逃げおおせたのかと思いきや、やや遅れて一人、小柄《こがら》な人影が見えた。頭に手ぬぐいを巻き、腹掛けに股引《ももひき》姿の職人だ。足を引きずり、口を押さえ、よろめきながら出てきたが、途中でとうとう、うずくまる。身を折り曲げて、咳《せ》き込み始めた。

千里丸は慌てて駆け寄った。

「おい、しっかりしろ」

声をかけて抱き起こすと、十六、七と見える若者だった。鼻と口にも手ぬぐいをあて、煙を避けようとしていたようだが、顔全体が煤《すす》に汚《よご》れ、ぜえぜえと喉《のど》を鳴らしている。右足は火傷を負ったのか、股引が破れ、皮膚までめくれ上がって痛々しかった。

「大丈夫か。中にもまだ、いるのか?」

千里丸の問いにも、返ってくるのは呻《うめ》き声だけだ。応える余裕がないらしい。千里丸は肩を貸して立たせようとした。

だが、若者は、弱々しく首を振りながら、千里丸の手を控えめにふりほどいた。

「中のことは心配いらない、火もじきに収まる。それより、小屋の周りに逃げ遅れた女子供がいるかもしれないから、そっちを……」

かすれてはいたが、存外しっかりした声音《こわね》だった。

千里丸は眉《まゆ》をひそめ、若者が逃げてきた方向に目を向けた。

「心配いらねえったって……」

火は収まると若者は言い切ったが、煙はさらに酷くなっている。この中に、まだ人がいるのだとしたら、どう考えても命が危《あぶ》ない。逃げ出してきたこいつですら、この有様《ありさま》なのだ。放ってはおけない。

千里丸は若者に再び向き直り、

「お前は一人で逃げられるんだな？」

「ああ」

「なら、さっさと行け。おれは中を見てくる」

「待て、中はだめだ……」

「なんでだよ」

慌てたような若者の言葉に、千里丸は訝《いぶか》った。

「……危険、だからだ……」

若者は微妙に言葉を詰まらせる。千里丸の袖を摑んで引き留める一方で、やはり気になっているのか、煙に覆われた銅吹き所のほうに、窺《うかが》うような視線を向けている。

「おれを気遣ってんなら必要ねえ。いいから、行け」

「だめだ」

制止の言葉と袖を摑む手に力がこもったが、

「いいから、放せ」

千里丸は乱暴に若者の手を振りほどいた。

「さっさと逃げろ」

乱暴に言い渡し、千里丸は一人、煙の満ちた銅吹き所の中へ駆け出した。


口元を袖で覆ったまま、千里丸は銅吹き所の建屋《たてや》に走り込む。

視界は確保できるが、不安はある。初めての場所であるうえ、銅吹き所というものの仕組みが判らないのだ。壁際《かべぎわ》に並ぶ竈のようなものは、すべて火が入っているのか、爆発する危険があるのか。ところどころに真っ赤に焼けた銅塊《どうかい》らしきものが積み上げられているが、あれも、相当の熱を持っているのだろうか。

ともかく、判らないものに不用意には近づけなかった。

(しかけられたと、さっき誰かが言っていたよな……)

住友理兵衛は何かにつけ恨みを買っているようだから、この惨事も、誰かの企《たくら》みかもしれない。銅吹き所を破壊したいと考える者がいて、火薬か何かをしかけられたか。

千里丸は怒りを覚えた。

(こんなことしたって、犠牲になるのは弱い者ばかりじゃねえか)

理兵衛が自ら作業場で働いているわけではない。現場の職人は、額《ひたい》に汗して働く貧しい者ばかり。傷を負い、命を落とすのは、そういった者たちだ。死なずに済んだとしても、怪我《けが》のせいで働けなくなったら、どうしようもない。働けなくなれば、仕事を失い、飢《う》えるしかない。そうなっても理兵衛は困らない。別の職人にすげ替えるだけだ。

そんなことも判らねえ馬鹿がやったのか。

憤《いきどお》りながら、慎重に奥へ進んでいく。

ともかく、逃げ遅れた者を探すのだ。倒れている者も、いるかもしれない。視えるおれにしかできねえことだ。職人たちはみな、狼狽《うろた》えて逃げ惑っているだけだ。

——そう考えていたのだが、さらに奥へ進むと、中にはまだ十数人が残り、火消しに当たっているのが判った。

しかも、驚いたことに整然と列をなし、水を汲《く》んだ桶《おけ》を運んでいる。緊迫した様子ではあるが、取り乱してはいない。口元を布で覆い、ふんどし一丁の男たちが、もう少しだ、早くしろ、などと怒号を投げ合いながら、危険を顧みずに火と戦っている。

火を使う作業場だからか、あるいは精錬作業に使うのか、あちこちに水を汲み置いた大樽《おおだる》があり、その水を火消しに使っているのだ。

「火を鎮《しず》めろ、絶対に燃え広がらせるな！」

「炉を守れ！」

がらがら声の男たちも、熱と煙に苦しんでいるはずだ。それでも、逃げようとしない。己の働き場所を守るためだ。

千里丸は立ち尽くした。職人たちの気迫に圧倒されたのだ。火炎《かえん》を恐れぬ職人魂はあっぱれなものだ。

千里丸はすぐ、彼らの元へ駆け寄ろうとした。自分も何か手助けをしなければと思ったのだ。

――だが、その瞬間だった。

もう一度、轟音が響いた。

「うわあ……」

悲鳴とともに、水を運んでいた列が吹っ飛ばされた。

燃えさかる竈の中で、再び何かが爆発したようで、煙がものすごい勢いで噴き上げてくる。熱風に身体《からだ》をあおられ、千里丸はとっさにその場に伏せた。

息をしようとするが、喉がひりつく。熱い空気を吸い込んだせいだ。灰がそこら中を舞い、目が開けられない。いかに千里丸でも、目が開かなければ何も見えはしない。

まずいぞと、本能が危険を知らせる。このままで、もう一度でも火柱《ひばしら》が上がれば、助からない。いや、今のままでも、危ないかも……。

恐怖が千里丸の背筋を駆け上がる。

刹那《せつな》、風が、動いた。また爆風かと、一瞬、身体が強張《こわば》る。

だが、違った。

辺《あた》りに渦巻《うずま》いていた熱い煙が、まるで何かに導かれるかのように、一気に一カ所へと流れ始めたのだ。煙が天窓の一つへと、渦を巻いて見る間に吸い込まれていく。

代わりに、少しずつ、辺りに新鮮な空気が戻って来た。流れ込む風は、別の天窓からのものだ。

新たな空気のせいで、くすぶっていた竈の火が再び燃え上がろうとしたが、それも一瞬で、見えぬ手になだめられたかのように、鎮まる。

(なんだ、これは)

まだ灰の舞う中、千里丸は身を起こした。呆然《ぼうぜん》と、目の前の出来事を眺める。誰かが風を使い、火を操《あやつ》っているかのようだ。ありえない。

千里丸は手で目をかばいながら、必死に煙の渦の中心を視た。

人影のようなものが見えた。

（まさか――）

千里丸は息を呑《の》む。

煙の渦の中で、何かに祈りを捧《ささ》げるように、立ち尽くす者がいるのだ。胸元で手を組み、目はまっすぐに空へ――天井《てんじょう》へ向けられている。

舞い上がる灰と煙に遮られ、その姿はおそらく、千里丸以外の誰にも見えてはいないだろう。

白磁《はくじ》のような肌《はだ》、一つに結《ゆ》わえて背に垂《た》らした長い髪。半眼《はんがん》に閉じられた、切れ長の瞳《ひとみ》。

あっ――と千里丸の口から声が漏《も》れた。

間違いない。あの娘だ。昨日、四天王寺《してんのうじ》の五重塔で見た少女。

ただ、身なりは違う。格子柄《こうしがら》の丈《たけ》の短い小袖《こそで》に渋茶《しぶちゃ》の帯。町の娘というよりは、村方の少年とでもいった姿形《なり》だ。

しかし、顔は間違いない。あの美しい相貌《そうぼう》――。

（なぜ、ここに）

声が口から漏れたが、風の唸《うな》る音にかき消され、自分の耳にさえ入らない。

少女は五重塔にいたときと同じく、ひどく清らかな何かをまとっていた。風や炎《ほのお》でさえ従わせるような、神聖な光に包まれている。

異能の力――その言葉が、頭の中を過《よぎ》る。

少女が今、見せているのは、間違いなく、そういう類《たぐい》のものだ。人ではありえない力。千里丸の千里眼と同じようでいて、遙《はる》かにすさまじい力。

瞬《また》きすら忘れて見入っていると、横合いから再び突風が吹き抜けた。

千里丸はとっさに身を伏せる。

煙の息苦しさに耐えながら、もう一度、顔を上げようとしたが、難しい。しばしその場に突っ伏して、黙って風に耐えるしかない。

(今のも、あいつがやったのか?)

ようやく体勢を立て直し、少女のいたほうへ目を向けたときには、すでにそこには誰もいなかった。

(消えた)

火はすっかり収まり、煙もほぼ消えた。最後まで火消しをしていた職人たちがあちこちに倒れているが、呻きながらも自力で起き上がろうとしている者がほとんどだ。さほど重傷には見えない。

千里丸は慌てて辺りを見回した。

(逃げたのか?)

だが、すぐに千里丸は気づいた。

先ほど少女がいた場所のほど近く、水の大樽の陰から、黒髪がわずかにのぞいている。

倒れているのだと気づき、千里丸は慌てて駆け寄った。

「おい、しっかりしろ」

少女の頭を抱き起こし、軽く頰《ほお》をはたく。目を開けない。呼吸《いき》はある。意識を失っているだけだ。

やっと間近で見られた。触れることもできた。そんな場合ではないというのに、胸が高鳴る。

煤や灰で汚れてはいるが、少女はやはり美しかった。手に伝わる身体のぬくもりに、どこか安堵《あんど》もしていた。

幻ではない。飛天でもない。間違いなく、人だ。温かな身体をもつ、生きた人間だ。

だが、今は、ぴくりとも動かない。

（もしかしたら……）

さっきの力を使ったことで、精根尽きたのではないだろうか。千里丸も、千里眼の力を使ったあとには強い疲労を覚えることがある。

千里丸は少女の全身をざっと検《あらた》めた。顔や手など、見えているところに酷《ひど》い怪我はない。小袖にも、血の汚れなどはない。手首で脈を診《み》ると、落ち着いている。

ともかく、ここから離れるのだ。またいつ、炎が噴き上げるか判らない。

千里丸は少女を横抱きに抱え上げた。だらりと手足を投げ出したままの少女は、驚くほど軽い。長い黒髪が千里丸の腕を撫《な》でるように流れ落ち、ぞくりと身が震える。

外に出ようと、千里丸は走った。傷を負い倒れている職人たちも気にはなるが、それよりも、少女を助けるほうが先だ。

少女の身体を揺らさぬように気遣いながら、なんとか外に走り出る。

辺りには人影はなかった。みな、母屋のほうへ逃げたのか。

――と、小さな呻き声とともに、少女が薄く目を開けた。

「大丈夫か」

思わず足を止めた千里丸の問いかけに、

「……誰?」

少女が小さく応えた。鈴の音《ね》のような、澄んだ声だ。千里丸の顔をまっすぐに見ながら、まだ状況が判っていないような顔をしている。

「痛むところはねえか」

重ねての問いには、まだきょとんとしたままだが、小さくうなずく。

良かったと千里丸は安堵し、さらに話しかけようとしたが、

「――紅羽《くれは》！」

かすれた声が、耳を打った。

「紅羽、どうした、大丈夫か」

隣に立つ蔵の裏手から、よろよろとした足取りで、それでも必死に駆け寄ってくる者がいる。先ほど、銅吹き所の入り口で千里丸と話をした若者だと、声で判った。

あっという間に駆け寄ってきた若者は、千里丸には見向きもせず、抱かれたままの少女にためらいなく手を伸ばす。

「紅羽……どうした」

名を呼びながら、頬に手を触れた、その親しげな仕草《しぐさ》に、千里丸はたじろいだ。

先ほどは気づかなかったが、若者は、煤まみれではあるが、整った顔をしている。小作りな目鼻立ちは聡明そうで、少女と並べば、歳《とし》の頃も近い。この親密な様子からみて、年若い恋人どうし――かもしれない。千里丸は顔をしかめた。なんとなしに面白《おもしろ》くない。

紅羽と呼ばれた少女は、若者の姿を見て、やっと正気に返ったようだ。

「……先に逃げてって言ったのに……なんで……」

驚いたように言ったが、

「馬鹿、あれほど言ったのに、無茶《むちゃ》をしたんだろう、お前は……」

若者に叱《しか》りつけられ、決まり悪そうに目をそらす。

「だって、私にはできることがあるから……」

「まったく、お前は……」

「ごめん」

つぶやいた紅羽の頰を、若者はまた撫でた。愛《いと》しくてたまらないというように。

紅羽は困ったような顔で、されるがままになっている。

千里丸は思わず目をそらし、銅吹き所のほうを見やった。

まだ煙は完全に収まってはいない。中にいる男たちが態勢を立て直し、再び火消しを始めている。

「早《はよ》う水を汲め！」

「炉を傷《いた》めんな。大事な灰吹き床を守るのや！」

怒声が外にまで聞こえてくる。

すると、紅羽が千里丸の腕から降りようともがき始めた。

「おい、こら、何してる、落ちるぞ」

「放して、行かなきゃ」

どうやら、再び自分も火消しに加わろうとしているらしい。千里丸は慌てて腕に力を込めた。

「馬鹿野郎、あとは中の連中に任《まか》せろ」

そのまま、もがく紅羽に構わず、屋敷へ連れて行こうとする。

「だめだよ、銅吹き所を守らないと……父様《とうさま》の……」

紅羽は必死に腕を振り回し、避《よ》けきれず、肘《ひじ》で思い切り喉を突かれた千里丸は、つい腕の力を緩《ゆる》めてしまった。その隙《すき》をついて、紅羽が地面に飛び降りる。自力で立とうとしてふらついた紅羽を、若者が素早く支えた。

「何しやがんだ、お前」

「ご、ごめん」

喉をおさえて千里丸が呻くと、紅羽のほうも、わざとではなかったようで、狼狽《うろた》えながら千里丸を見上げる。

思っていた以上に小柄な娘で、長身の千里丸の胸元あたりに頭があった。

こうして間近で向かい合ってみると、先ほどの——そして昨日、四天王寺で見たような——神々《こうごう》しいまでの美しさや清らかさは、まったく影を潜《ひそ》めてしまったようだ。ごく普通の娘——いや、普通よりも、少々、じゃじゃ馬っぽい娘だ。

（黙ってりゃ、天女《てんにょ》みてえだったのに）

千里丸がもう一度喉をさすると、紅羽はさらに心配そうな顔になった。その顔がやけに幼く見え、千里丸は慌てて言った。

「いや、たいして痛くねえよ。気にすんな」

「ごめんなさい」

素直に、紅羽はもう一度、謝《あやま》った。

こいつ、いったい幾《いく》つなんだろうと、千里丸は考えた。十四、五と思っていたが、今はもう少し下に見える。身なりのせいかもしれないが、子供っぽいというか……すれていないというか。

「でも、貴方《あなた》、誰？」

そこで再び、紅羽が千里丸をじっと見つめた。

「初めて見る顔だ……」

次第に眼差《まなざ》しが険《けわ》しくなる。五重塔にいたときも、紅羽はこんな顔をした。千里丸を上から見下ろしていたときだ。そのときのことを思い出し、答が遅れた千里丸を、紅羽はさらに怪《あや》しんだようだ。

「どうしてこの銅吹き所にいるの？　出入りの職人にも見えないし……まさか」

「紅羽、この人はお前を助けてくれて」

とりなすような若者の言葉を遮って、紅羽は険しい口調で続けた。

「まさか、竈に何かしかけたのは──」

そう言いながら、寄りかかっていた若者の腕をいきなり摑み、自分の背中に引き寄せた。まるで、身体で後ろにかばうように。

背も低く華奢《きゃしゃ》な少女のその仕草が、やけに自然だった。若者のほうも、多少、驚いた顔だが、紅羽の動きに逆《さか》らおうとはしない。かばわれることに慣れているようにも見えた。

(なんなんだ、こいつら)

勝ち気な娘は嫌《きら》いではない。むしろ、好みだ。ただ、女の背に隠れる男は情けない。おれなら絶対にそんな真似《まね》はしねえ。女は男が守るもんだ。

……と千里丸は呆《あき》れたのだが、そこで気づく。

(もしや、こいつ、紅羽の力のことを知っているのか)

そもそも、この若者は親密な仲であろう紅羽を火事の中に置き去りにし、自分一人で先に逃げてきたのだ。助け起こした千里丸には、中の火はじきに収まると確信に満ちて言った。それは、紅羽のあの力を知っているからではなかったか。

「応えられない？　ということは、やっぱり、あんたが……」

紅羽の眼差しがますますきつくなる。

「いや、違うぞ」

千里丸は慌てて言った。

「おれはこの屋敷の客だ。ついでに言えば、泉屋《いずみや》の主人の命の恩人だ」

「そんな戯《ざ》れ言《ごと》、誰が信じると思う？ どこの銅吹き屋の手先？ それとも……まさか、公儀隠密《こうぎおんみつ》の悪巧《わるだく》み？ たとえ幕府の手先だろうと、この銅吹き所にこれ以上手出しすることは、私が絶対に許さないよ」

「なに……？」

刺すような眼差しとともに投げつけられた言葉に、千里丸は驚いた。

公儀隠密などという言葉が、なぜいきなり飛び出してくるのか。紅羽は――いや、その後ろにいる若者もだ――、その言葉が出てくることを当然だと思っているように見える。

確かに千里丸は、幕府、いや幕府の黒幕と繋《つな》がりを持つ忍びだが、今の紅羽がそれを察しているはずはない。昨日、四天王寺で顔を見られたという可能性は考えられないではないが、あの距離では普通は顔までは見えない。千里眼の能力者でもない限り。それに、たったいま紅羽は千里丸を、初めて見る顔だと言った。

(住友家には、公儀隠密に狙《ねら》われる覚えがあるってことか……？)

――ということは、やはり切支丹。

千里丸の表情が強張るのを、紅羽は敏感に感じ取ったようで、双眸《そうぼう》がさらに鋭《するど》くなる。

次の瞬間、千里丸は思わず小さく声をあげた。紅羽が胸の前で手を組むと同時に、ざわりと異変が起きたのだ。

風が、動いた。

ほんのわずかな動きだ。彼女の長い髪の先すら、ほとんど動いていない。

だが、千里丸の目には視えた。尋常《じんじょう》の人間なら目に留めることもできぬほどの細かな粒のようなもの——灰だの煤だのといった——が、彼女の身を包むように揺れた。

風の流れを身にまとったようだった。胸の前で組まれた彼女の両の手を、包み込むように風は動く。その手が何かを指示した瞬間に、そちらへ吹き抜けて行く——その準備をしているように。

「本当に風を操《あやつ》れるのか……」

千里丸は呆然と、口の中だけでつぶやいた——つもりだった。

だが、無意識に小声が口から漏れていたようだ。

紅羽の顔色が変わった。

「まさか、さっきのを見て……？」

かすれるような声で言った紅羽だけでなく、背中に隠れる若者も、ぎょっとしたように目を見開く。

「千里丸様、ご無事ですか」

そこで、屋敷のほうから、大きな声が聞こえた。

3

目を向けると、駆け寄ってきたのは住友理兵衛だった。すぐ後ろには久遠もいる。用心棒の蔵人の姿もあった。

「千里丸様、お怪我はありまへんか。……おや、巽《たつみ》に紅羽やないか」

理兵衛は二人の顔を見ると、大きな声をあげた。

これは旦那様《だんなさま》――と、二人はすぐに姿勢を正す。

理兵衛は若者のほうにまず目を向け、怪我をしたんかと顔をしかめた。

「足を少し……たいしたことはありません、旦那様」

「いや、火傷は軽くみたらあかん。医者が来ている、すぐに手当てを」

「はい」

続いて理兵衛は、紅羽に向き直る。とたんに表情が緩み、

「紅羽もおったのやな。銅吹き所に来たときは、母屋にも顔を見せるように言うて

おいたやないか。遠慮せんでええのやで。こないな騒ぎになって、怖《こわ》かったやろ」

馴れ馴れしく紅羽の肩に手を置き、撫でるようにしながら言った。

「いえ」

紅羽は小さな声で応えた。かすかに眉をしかめながら、さりげなく理兵衛の手を払おうとするが、理兵衛のほうは、何も気づかぬ素振《そぶ》りでさらに紅羽を引き寄せる。

「怪我はせんかったか？　嫁入り前の身体に傷でもついたらえらいことや。気をつけるのやで。もしや、千里丸様に助けてもろたんか」

「……はい」

「そうか、それはよかった。千里丸様は、先ほど往来で私を助けてくれた親切な御方でな。――千里丸様。本当におおきに。これはうちの職人の巽と、その妹の紅羽。親の代から泉屋に仕《つか》えてくれてましてな。巽はまだ十六と若いのに、将来有望な銅吹き職人で、住み込みで働いてくれてます」

兄妹《きようだい》かよ、と千里丸はつぶやいた。そうは見えなかった。顔は似てはいない。まあ、美形どうしであるから、ある意味では似ているのかもしれないが。

「紅羽のほうは村方住まいやけども、親の代からの縁もあって、市中に来た折りには、うちによう顔を見せてくれますのや。気立ての良《え》え、優《やさ》しい娘です。もっと娘らしゅう綺麗《きれい》な格好《かっこう》もしたらええ、いくらでも支度《したく》したると言うてるのに……」

そう言いながら、なおも理兵衛は紅羽の肩から手を放そうとしない。

千里丸は顔をしかめた。金と力を持った男が嫌がる娘にべたべたするのは、見ていて気持ちのいいものではない。

巽はどう思っているのかと表情をうかがうと、硬《かた》い表情をしてはいるが、自分の雇い主には何も言えずにいるようだ。兄のくせに、どうにも情けない。まあ、妹の背に隠れて平気でいるような男だから、仕方なかろうが。

「紅羽。巽を医者のところに連れて行きなさい。母屋のほうに来ているはずや。……千里丸様は、申し訳ありまへんけど、もうしばらく屋敷のほうでお休みください。私はまだ、あちこち見回らんとあきまへん」

そう言い、理兵衛はようやく、紅羽から手を放した。

千里丸に軽く会釈《えしやく》を残し、早足で銅吹き所の中へと向かう。蔵人が離れずに付き添い、久遠もなぜかついていく。

理兵衛らが声の届かない距離まで離れたのを見極めてから、千里丸は改めて紅羽に向き直った。

紅羽は理兵衛に抱かれていた肩を、なんとなしに気持ち悪そうにさすっていたが、千里丸の視線に気づくと、はっとしてまた、身構《みがま》える。

千里丸は慌てた。

「そう睨まなくてもいいだろ。おれがここの主人の客だってのは判ったはずだ」

「でも、通りすがりの人なんか信用できない。本当は何者？」

紅羽は再び千里丸を睨む。

どう応えるべきか、千里丸は逡巡《しゅんじゅん》した。天海大僧正《てんかいだいそうじょう》配下の忍びだ——などと本当のことが言えるわけもないが、明らかに嘘と判るようなことを、紅羽相手に、言いたくなかった。

「旅の……芸人みたいなもんだ」

苦し紛《まぎ》れにそう応えてはみたものの、余計に怪しまれそうだなと思った。が、なぜか、紅羽の表情が変わった。敵意と警戒に満ちていた顔が、少しばかり緩んだのだ。

「旅芸人？　本当に？　もしかして……」

「紅羽」

何か言いかけた紅羽を、後ろから巽が遮った。一言だけだが、声音《こわね》が厳しい。紅羽もはっとしたように口をつぐむ。

千里丸は黙って兄妹を——いや、紅羽を見つめた。

この少女に訊きたいことはいくらでもある。

あの力は生まれつきなのか。お前の力のこと、住友の者たちは知らねえのか。昨日は四天王寺にいたよな。いったい塔の上で何をしていたんだ。あの鷹《たか》と関わりがあるのか。——お前こそ、いったい何者なんだ。

だが、何から口にすれば応えてもらえるものか。

迷いながらも問いかけようとした千里丸だったが、実際に口から出たのは、自分でも予想外の言葉だった。

「おれが見たことは、誰にも言わねえ。安心しろ」

「え」

「住友理兵衛もどうやら気づいてねえようだったし……人に知られたくねえんだろ、おれには判る」

再び顔を向けた紅羽の目が、まん丸に見開かれた。

「本当に……見たの？」

「ああ」

うなずくと、紅羽の顔がさらに強張り、声がかすれた。

「見えるはずない……」

千里丸は言葉に詰まる。灰と煙の中、普通の人間なら視界がきかなかったはずだ。だからこそ、紅羽も安心して力を使ったのだろう。

「視《み》えるんだ」

わずかの迷いの末、そう言った。

「視えるんだ。おれの目には、普通の人間には見えないものが視える。そういう意味じゃ、お前と……たぶん、同類だ」

紅羽は息を呑んだ。一瞬、呆然とし、それから、慌てて巽に目を向ける。

巽の顔にも狼狽《ろうばい》が見えた。

しばしの沈黙の後、

「じゃあ、あなたも太子様の……」

「紅羽」

紅羽の言葉を、巽は強引に遮った。それだけではなく、ぐいと紅羽の腕を摑むと、千里丸から遠ざけるように強く引き寄せる。

「兄さん……」

「紅羽、行くぞ」

腕を摑んだまま、巽は押し殺した声で言った。

それから千里丸に目を向けると、

「ありがとうございました。……いずれ、また」

にっこりと笑みを浮かべて告げる。

千里丸は怯んだ。笑顔だというのに、その裏に別の感情が、あからさまに透《す》けて見えたのだ。警戒心――いや、敵愾心《てきがいしん》か。お前を信用しない、お前を紅羽に近づけはしない。目がそう告げている。

年下の餓鬼《がき》だと知っていても思わずたじろぐほど、強い意志が感じられる眼差しだった。

巽はさっさと踵《きびす》を返し、紅羽の腕を掴んだまま歩き出す。足を引きずるようにして歩く巽を放ってはおけず、紅羽は慌てて巽に従った。

去り際に、ちらりと千里丸に目を向けた。困惑が、まだ顔にはあらわだ。

千里丸は思い切って言った

「おれは千里丸だ。千里眼の千里丸。覚えといてくれ」

「――」

紅羽は驚いたような表情を浮かべた。千里眼の千里丸――と、声を出さずに小さくつぶやく。続けて何か言ってくれるかと思ったが、そのまま顔を背《そむ》け、歩き出す。

遠ざかっていく紅羽を強引に追うことを、千里丸はしなかった。

今、追わなくとも、またきっと会える。

いや、必ず会う。

これきりでこの縁を終わらせる気は、千里丸にはなかった。

4

銅吹き所の火事はじきに収まった。

怪我人はそれなりに出たようだが、その手当ても、大きな混乱なく進んだ。

特に店から使いを出したわけでもないのに、空に煙が噴き出して四半刻《しはんとき》（三十分）もしないうち、外科の医師が五人も駆けつけてきたのだ。

千里丸が近くにいた職人を摑まえて訊ねたところによれば、泉屋には出入りの医師が何人もおり、銅吹き所で何かあればすぐに飛んでくる約束ができているという。

「そやさかい、安心して働けるのや」

誇らしげに、職人は言った。

医師たちは、てきぱきと銅吹き所と屋敷の間の空き地に筵《むしろ》を広げ、手分けして負傷者を治療していく。職人たちと同様、こういう事態に備えてあらかじめ訓練されていたような動きだ。

千里丸は無傷だったが、いささか疲れたふりをして、怪我人のわきに座り込み、辺りの様子を眺めていた。

怪我の程度が軽い者は、手当てを終えるとすぐに立ち上がり、銅吹き所の後始末に向かう。

母屋勤めの奉公人たちも、襷掛けをして銅吹き所に駆けていく。汚れ仕事を厭《いと》うような素振りはない。

女たちも、休みなく動いていた。怪我人に水を飲ませたり、血で汚れた着物を集めて堀端に洗いに行ったり、新しい着物を調達して、動けない者に配ったり。

紅羽も、店の者に混じって立ち働いていた。

特に探したわけではないのだが、千里丸の目には、紅羽の姿が自然に飛び込んでくる。今は、火傷を負って横たわっている年寄の職人に寄り添い、話しかけながら薬を飲ませている。

職人たちはみな、紅羽を見知っているようだった。通りすがりに紅羽に声をかけていく者の多いこと。

千里丸はどうにも穏やかでない心もちで、それを見ていた。

女の奉公人もいるとはいえ、やはり銅吹き所は男の多いところだ。しかも、ふんどし一丁で歩き回るような、野卑《やひ》な男どもばかり。年若い娘が、職人たちと顔見知りになるほど頻繁《ひんぱん》に、ここに出入りする理由はなんだろう。兄がいるからといって、妹が奉公先にまで入り浸るのは自然ではない。

（泉屋理兵衛のことも、特に好いてはいねえようだったしな……）

「千里丸様」

名を呼ばれて振り向くと、理兵衛がゆっくりと近づいて来るところだった。後ろには変わらず、蔵人を従えている。久遠の姿はない。

「こちらでしたか。えらいことに巻き込んでしもて、本当に申し訳ありまへん。そろそろ屋敷の中にお戻りください。すっかり遅うなりましたが、膳《ぜん》の支度をさせますので」

どうぞと腰をかがめて、千里丸を促《うなが》す。そういえば、昼飯を食べていない。腹が減ったと思うことすら忘れていた。

千里丸は一瞬迷ったが、素直に従い、腰を上げた。

紅羽をずっと見つめていたい気持ちはあるが、見ていてもどうしようもないのも確かだ。それよりは、泉屋理兵衛の話を聞いたほうがいい。紅羽の素性を知る近道にもなろう。

屋敷に向かう途中、ふと気づくと、すでに日は傾《かたむ》き始めていた。思わぬ長居になってしまっている。

士郎左《しろうざ》は、もうあの破《や》れ寺《でら》に戻っただろうか。千里丸の不在を、どう思っているだろう。まずいとは思うが、ここで泉屋を離れる気にもなれなかった。

理兵衛とともに先ほどの座敷に戻ると、久遠が先にいて、部屋をかざる船来の品々をあれこれと眺めていた。

「何か、気に入ったものがございましたか。遠慮のう言うてください。助けていただいた御礼に差し上げます」

久遠は苦笑し、

「いや、そういうつもりで見ているわけではない。異国の品に興味があるだけだ。それに今の御時世《ごじせい》、こういうものを持っていると、切支丹と疑われかねんから困る」

「まだそのようなことを。私は切支丹などではないと言うてますのに」

久遠の皮肉に機嫌《きげん》を損ねる様子もなく、理兵衛は笑う。

千里丸は割り込んで言った。

「けどよ、理兵衛さん。今の騒ぎだって、何かしかけられたせいだと、職人たちは言ってた。あんたを切支丹だと疑う奴の仕業《しわざ》じゃねえのか。さっきの破落戸《ごろつき》連中と同様に」

「いえいえ、違いますわ」

理兵衛は笑ったまま首を振った。

「破落戸のほうは、異国がらみと聞くだけで忌《い》み嫌《きら》って刀をふりまわす、近頃多いただの阿呆《あほう》です。銅吹き所に何かしかけるほどの知恵があれば、往来であんな無茶なことはしまへん」

「そうか。——だったら銅吹き所のほうはなんだ？　ただの阿呆ではない者の仕業となると、たとえば、公儀隠密か何かか？」

最後の一言に、理兵衛の頬がぴくりと揺れた。

「公儀隠密……そないな物騒《ぶっそう》な話、うちとは関わりありまへんな」

「そうかい。しかし、煙の中をうろうろしていたとき、そんな話を耳にしたぜ。職人が噂していた」

「そうですか。まあ、連中はええ加減なことを言うもんで……」

理兵衛はとぼけようとしたが、千里丸はたたみかけた。

「なんで隠密が大坂の銅吹き屋なんぞに目を付けるんだ？　切支丹だから——そうだとしか思えねえんだが」

「……」

「公儀隠密がやっきになって嗅《か》ぎ回るといやあ、今の御時世、それだけだ。あんただって知ってんだろ。これほどの豪商が世事に疎《うと》いとは思えねえ」

「……あなた方は、どうしても私を切支丹にしたいらしい。なんでやろか」

やれやれと、理兵衛はため息をついた。千里丸と久遠に椅子《いす》をすすめ、自らも腰

をかけると、

「命の恩人にあまり言いたくはありまへんけども、ええ加減にしてもらえまへんか。銅吹きの技術が余所《よそ》より優《すぐ》れているだけで切支丹呼ばわりは、本心を言えば、とても不愉快や。うちの銅が立派なのは、職人一人一人が誇りを持って作り出した銅やから——ただ、それだけです」

「天地神明に誓って切支丹ではないと言えんのか」

「むろんです」

「だったら、なんで公儀隠密に狙われてる？」

「そやから、それはただの職人の戯れ言やと申し上げました。万が一、本当やとしても、理由なんぞは狙っている側に訊いてもらわんと、私には判りまへん。そもそも御公儀っちゅうのは、急に成り上がった商人のことはみな、嫌うものと違いますか。特に住友家のように、武士を捨てて成功した者のことを、武士は嫌う。なんでやろか。妬《ねた》み——と考えるのは私の傲慢《ごうまん》やろか。まあ、住友家が元武士の家柄と言うても、私自身は生まれながらの商人。お偉《えら》いお武家様の考えることは、まったく判りまへん。この銅吹き所なんぞに公儀隠密を潜《もぐ》り込ませるぐらいなら、町中の切支丹狩りにもっと人手を割《さ》いたほうが、どれほどか実りがあるやろうに」

よどみなく話す理兵衛を、向かいに腰をかけた千里丸はじっと見据《みす》える。次々と降りかかる災難にも冷静さを失わぬ男の、本音《ほんね》はどこにあるのか。

「……まあ、確かに、そこは貴殿の言う通りだな」切支丹は町の中にまだまだ隠れているという。

立ったままで棚の上に置かれた陶器の人形を眺めていた久遠が、理兵衛に向き直って言った。

「そして、貴殿の言うように、御公儀の考えというものは、いつも下々《しもじも》の者には判らぬものだ。連中はいつだって、本当の世間のことになんぞ目をくれず、己の見たいものしか見ようとはせん。――ただな、理兵衛殿。御公儀ではなく、拙者がなぜ、貴殿の切支丹の噂にこだわるかであれば、簡単に応えられるぞ」

「ほう、それはぜひ聞かせてもらえますかな」

「もともと銅吹き屋でなかった住友の先代は、銅吹き業を始めるやいなや、あっというまに大坂の名だたる同業者を追い抜き、我が国一の銅吹き屋にのし上がった――そうだったな？　しかし、その原動力となった南蛮絞りの秘術を、いったいどうやって手に入れたのか、住友家は一切《いっさい》公表していない。隠されれば、怪しいと思うのは人情だ。隠さねばならぬ事情があるのだろうと考えてしまう。その事情が知りたくなる」

「それで切支丹、ですか。安直な」

ばかばかしいと理兵衛は吐《は》き捨てる。もう不快さを隠そうとしない。

「切支丹でないと貴殿は言う。それならそれで、拙者はまた別の筋書きを考えざるをえなくなる。たとえば……そう、触れただけで銅をより分けられるような、異能の力を住友家は隠し持っている——などとも考えられる」

「……は？」

理兵衛は眉根《まゆね》を寄せて聞き返す。

千里丸も目を瞬く。なんだそりゃと思わず声が出そうになった。

「銅をより分ける異能の力……？」

あまりに突飛《とっぴ》な発想に、笑いさえ浮かびそうになった千里丸だったが、そこで気づいた。

(待てよ)

現実に、この銅吹き所には紅羽がいて、たった今、その力によって銅吹き所は守られたではないか。事実として、住友は異能の力を隠し持っている。

千里丸は目を瞬き、久遠を見据えた。

(こいつ、まさか紅羽のことを知っていて言ってんのか)

先ほど火を消したときには近くにはいなかったはずだが、元から知っていた可能性はある。そもそも、ここに来る前から久遠は、異能の者を探していると言っていた。

　理兵衛はしばし二の句を継げずにいたが、一つ咳払いをすると、眉間《みけん》に皺《しわ》を寄せて訊ねた。

「ええと、失礼ですが、波多野様……酔っておられるので？」

「拙者は酒は口にしておらん」

「となると、なおのこと、なんとお応えしたらええのか……少々、困りますな」

　苦笑混じりに首を一振りし、

「触れただけで銅を精錬できる者が、もしも本当におったなら、そらもう重宝《ちょうほう》でしょう。大きな銅吹き所を構えて、大勢の職人を雇い、朝から晩まで火を焚《た》いて働かせる必要なんぞありまへん。炉もいらん、薪《たきぎ》も炭《すみ》もいらん。そんな人間が見つかったら、どんだけの金を積んでも、住友で雇い入れます。けども、そんな化け物、おるわけがない。――おらんからこそ、これだけの銅吹き所が必要なんです」

「いや、いないとは言い切れん」

　あくまで真顔《まがお》で、久遠は反論した。

「古来、異能の力の持ち主というのは、間違いなく人の世の陰に存在し、ひそかに人の世を動かしてきたのだ。たとえば、有名なところでは、かの大楠公《だいなんこう》だ。あの偉大なる武将も、そういった異能の者たちを手足として使っていた。だからこそ、寡《か》兵《へい》で大軍と戦えたのだ」

「大楠公、ですか」

理兵衛は呆《あき》れたように頭をかいた。

「『太平記』なら私も目を通したことがありますが、しかし、私の知る限り、そのような話は書かれておらんはず……」

「貴殿が読むような紛《まが》い物の『太平記』には載《の》ってはおらんさ。それは後世に作り直された代物《しろもの》で、真実の『太平記』とは違うからな」

「……と、仰《おつしや》いますと？」

笑っていた理兵衛の顔が、わずかに揺れる。

「『太平記』には、時を越えて伝わるうちに、抜け落ちて、まるまる一巻分が欠けてしまった箇所《かしよ》がある。巻の二十二がそれだ。そこに書かれていたのが、異能の者たちの話。曰《いわ》く、大楠公の配下には、何十里も先まで見通すことができる者、遙か遠くの軍勢の足音を聞き分けられる者、獣《けもの》や鳥と言葉を交《か》わす者、さらには、未来を予知する者までもがいた。彼らの活躍により、大楠公はわずかな軍勢で敵の大軍を翻弄《ほんろう》した――」

一息に語ったあと、久遠は探るような目を理兵衛に向ける。

「どうかな、理兵衛殿。住友家にも似たような者がいるのではないのかな」

「お言葉を返すようですが、私が読んだ『太平記』には二十二巻目もちゃんとありましたし、そのような話は一切《いっさい》、載ってはおりまへんでした」

しばしの沈黙のあと、理兵衛は冷静に応えた。

久遠は肩をすくめた。

「偽物《にせもの》なのだよ、それは。今、二十二巻だとして世に流布《るふ》しているのは、幻《まぼろし》となった真実の二十二巻の代わりに、前後の巻から適当に抜き書きし、体裁《ていさい》を整えたもの。真《まこと》の二十二巻は、『太平記』が書かれてからわずか十年ばかりの間に何らかの理由によって抹消《まつしょう》され、人の目に触れることはなくなった。世間から消されてしまった。理由は単純だ。書かれていた内容があまりにも異端だったため、時の権力者に警戒されたのだ」

「――ま、仮に、大楠公については、波多野様のお話が正しいとしましょう」

また一つ咳払いをし、理兵衛は続けた。

「ただ、それと住友家とは関わりがない。私が問いたいのは、なんで波多野様が住友におかしな思い込みをお持ちなんか、ということです。――もしかすると、そういった異能の者とやらに、波多野様は実際に会《お》うたことがおありで？　そのうえで、住友との関わりを勘ぐられるのやろか？」

「……いや、拙者は異能者に会ったことはない。今はまだ、な」

「ああ、そうですか」

残念なことで、と理兵衛はようやく調子を取り戻し、笑みを浮かべた。

「会うたこともないのに、おかしなことを言わはる、と。それは波多野様がおかしな方やからやと思うしかありまへんな。……いずれにしろ、南蛮絞りはそのような神通力のごときものとは違います。何度でも言います。住友の銅は、大勢の職人が汗水垂《あせみずた》らして働いて作り上げるもの。そやからこそ、異国と張り合えるんです」

「その南蛮絞り術を、いったいどうやって手に入れたか知りたいと拙者は言っているのだ。誰かに教えてもらったのだろう？　その誰かがいったい何者なのか、切支丹にせよ異能者にせよ、何か普通ではない力が関わった結果が、今の住友家——そうではないか？」

「やれやれ……」

ふうと大きなため息とともに、理兵衛は椅子の背もたれに身を預ける。

しばらく、そのまま黙り込んでいたが、

「まあ、余所《よそ》の御方がそう思われるのも無理もありまへんな。時折、私自身もそう思うときもある。先代はどんな手を使って南蛮絞りを手に入れたのか——と」

「どういうことだ？」

久遠が眉をあげ、続きを促《うなが》す。

「南蛮絞りがどこから来たものか。私も――いや、私だけではなく、今、店におる者は誰一人として、知らんのですわ」

「なに――」

「そりゃ本当なのか」

黙って聞いていた千里丸も、思わず口を挟んだ。

「本当です、残念ながら。知っていたのは、私の父である、住友の先代ただ一人だけ。その先代は頑《かたく》なに口を閉ざし続け、五年前、死にました。そやさかい、今は誰も知らん、ということになります」

「跡継ぎのあんたにも、言わずに死んだのか」

「へえ。父が秘する知識の源をつきとめられれば、そこからさらに新しい銅吹き術を生み出せるかもしれん。そう考えた私は、父の秘密をなんとか探ろうともしました。しかし……未《いま》だにつきとめられん。口惜《くちお》しいことです」

理兵衛はゆっくりと言った。

知りたいのですがね、と自分に言い聞かせるように繰り返す。

嘘をついているようには見えない顔だと、千里丸は思った。

（けども――）

実際に、そんなおかしな話があるものだろうか。

「――ま、いずれにせよ、そんな話は、今はどうでもええ」

気を取り直したように、理兵衛は首を一振りした。

「それよりも、お食事にいたしましょ。いろいろとご迷惑をおかけしたお詫《わ》びです」

廊下に向けて、二度ほど手を打つと、待ち構えていたように足音が聞こえ、女中が酒肴《しゅこう》を運んできた。目の前に並べられる皿の数に目を瞠《みは》り、

「おいおい、悠長《ゆうちょう》に飯喰《く》っててていいのかよ。外はまだ、大騒ぎだろうに」

「心配はご無用に願います。お客様のもてなしは、また別のこと。ささ、ご遠慮のう」

気にせず食べてくれと、理兵衛は促す。

それでも、なんとなしに箸《はし》をとるのをためらい、千里丸は久遠と顔を見合わせた。

理兵衛だけはにこにこと屈託がなく、

「この屋敷がお気に召しましたなら、何日でもご逗留《とうりゅう》ください。いっそのこと、このまま、住友家に留《とど》まっていただいてもかまいまへん。いや、むしろ、そうしてもらえまへんか。千里丸様にうちの用心棒になっていただけたら、それにこしたことはありまへん」

「用心棒？　おれがか？」

予想外の言葉に、千里丸が聞き返すと、

「お二方ともに。けども、特に千里丸様がお引き受けくださったら、心強い」

「いや、用心棒なら、もう腕利《き》きのがいるじゃねえか」

千里丸は部屋の外を目で示した。蔵人は今も、部屋の外の廊下で控えている。片時も理兵衛の側《そば》を離れない、忠義者の男だ。そのうえ腕もあるのだから、不足はないはずだ。

「いえ、蔵人は私の用心棒。お願いしたいのは、この銅吹き所の用心棒で」

「銅吹き所の……」

「へえ。今回のような不穏《ふおん》な騒ぎがこれ以上起きんように、見張りをお願いしたいのです。以前は頼りになる用心棒がおりましたけど、五年前に死んでしまいましてな。それ以降、誰を雇うてもあてにならん。腕の悪い浪人なんぞを雇うと、始末する屍《しかばね》を増やすだけでして」

「物騒だな。用心棒まで殺されちまうってことか」

「へえ、まあ」

「五年前に死んだ奴ってのも、殺されたわけか」

「いえ。あの者は病《やまい》で暇《いとま》をとり、じきに亡くなりました。もう良《え》え歳《とし》でしたさかい、それは仕方のないこと。けども、あれほどに有能な用心棒は他におりまへんでした。役に立つっちゅう意味では、千里丸様よりも、遥かに上やったことは確実で」

理兵衛は深いため息をつく。

そういう言い方をされると、千里丸としては、心穏やかではない。

「よっぽどの剣客《けんかく》だったのか」

少々むっとしながら訊ねると、理兵衛は首を振った。

「いえ。剣術の腕はまったく」

「なら、柔術か何かか」

「いいえ、武芸の心得は何も。ただ、なんというか……勘の鋭い人物で」

「勘？　なんだ、そりゃ」

「へえ。曖昧《あいまい》に過ぎる言い方かもしれまへんが、大袈裟《おおげさ》にいえば、少し先の未来が判る……というような」

「未来が判る、だと」

「未来？」

久遠と千里丸の声が重なった。

「つまり予言者か？　やはりそういう者がいたのか。異能の力を持った者が」

久遠が身を乗り出した。

理兵衛は苦笑した。

「そないな大袈裟な話とは違います。あくまで勘が鋭いという程度。確かに、この店の未来について、阿蘭陀との商いを続けて行けば、何百年も後にも大坂の地に、いや、この日の本のあらゆる町に、泉屋の井桁《いげた》の紋《もん》が栄え続けるだろう、これは予言だ――なんぞと言い残しましたが、そんな夢語りのようなものを予知とは言えますまい。波多野様のいう異能の力とは、もっと確かなものでっしゃろ？　銅と銀を吹き分けられるような」

理兵衛は逆に久遠に問い、久遠はううむと唸《うな》る。

「左門《さもん》という名で、二十年近く前に店の近くで行き倒れになっていた男でしてな。元は旅の芸人だったとか。哀《あわ》れに思って助けてやったところ、泉屋のような敵の多い店に自分は役に立つと言い出しました。それ以来、ずっとうちの銅吹き所で働いてくれました。――そうそう、先ほどの、巽と紅羽の父親です」

さりげなく付け足された一言に、千里丸は息を呑んだ。

（紅羽の親が、予言者――）

となれば、紅羽の身に宿る力は、その父の血を継いだゆえか。異能の力は、血に伝わるのか。

「もっとも、あの兄妹《きょうだい》にはそういう力はありまへん。巽を雇うにあたっては少々、期待もしましたが……」

千里丸の考えを読んだように、理兵衛は先回りし、残念そうに言った。

「そうか。そりゃ期待はずれだな」

口ではそう応えながら、千里丸は内心、安堵していた。

どうやら、理兵衛は紅羽の力を知らないらしい。紅羽のためには良いことだ。理兵衛のような男に知られては、ろくなことになるまい。

「紅羽たちの母親ってのは、生きてるのか？」

ついでに訊ねてみると、理兵衛は首を振った。

「紅羽を産んですぐに、病で死にました」

「父親みてえな力があるってことは……」

「いえ。普通の百姓の娘ですわ。もともとうちの奉公人でしたから、よう知ってます。左門と良《え》え仲になり、近くで所帯を持ちましたが、巽を身ごもったときに村に帰りました。南河内《みなみかわち》の山間《やまあい》の村で、市中には親戚もおらんさかい、そのほうがええと左門が勧めましてな。今も女房の縁者は村におって、紅羽はそこで暮らしております。町に出る気になれば、いくらでも仕事を世話をすると言うてんのやけども、町の暮らしは性《しょう》に合いそうにないと頑固《がんこ》に言うんですわ。風の音や鳥獣の息吹《いぶき》が感じられない場所では暮らせない、と」

──だったら、紅羽はなぜあのとき、四天王寺にいたのか。

千里丸は気になったが、理兵衛に訊くべきことではないと判断して口をつぐむ。

「さて、ところで千里丸様、どないでっしゃろ。用心棒の件、なんとかお引き受けいただけまへんか」

理兵衛は話を戻し、千里丸に向き直った。

「──考えとく」

千里丸はわずかの逡巡の後、短く応えた。

〈里の衆〉である自分が、商家の用心棒になるなどありえない。だが、今はとりあえず、泉屋との縁を繋いでおきたかった。そうすれば、紅羽との縁も繋がる。

「そうですか。ほな、良え《え》お返事を、お待ちしてます」

理兵衛はそう言って、にっこりと微笑《ほほえ》んだ。

5

勧められるままに食事をとり、酒を呑んだ。初めて呑んだ阿蘭陀の葡萄酒とやらも、そう悪くはなかった。

結局、千里丸が住友屋敷を辞したのは、暮れ六つ（午後六時前後）も過ぎた後だった。辺りはすでに暗い。

久遠とは一緒ではない。久遠は今夜の宿をとっておらず、住友屋敷に泊まることになったのだ。千里丸も引き留められたが、さすがにこれ以上、長居はできない。

「用心棒の件、良《え》えお返事、お待ちしてます」

別れ際、南蛮菓子を土産《みやげ》に手渡しながら、理兵衛は何度目かになる言葉を、さらに口にした。

「また来るぜ」

千里丸は一言だけ応えた。

本当に来られるかどうかなど判らないが、ほろ酔い気分のせいか、用心棒をやってみることはできないものかとすら考えた。

士郎左《しろうざ》を通して御前《ごぜん》の許しを得、しばらくの間、泉屋に入り込むのだ。単なる豪商ではなく、公儀隠密も目を光らせている曰《いわ》く付きの店だ。御前も、もしかしたら、許可をくれるかも……。

「ありえねえ、か」

つぶやき、苦笑して歩き出す。

実現するはずもない望みだ。己から何かを望むことなど、下忍《げにん》には許されない。

しかも、今は他のお役目の最中だ。

それでも、目の前をやけにしつこく、紅羽の姿がちらついた。手には、抱き上げたときの温《ぬく》もりが、蘇《よみがえ》ってくるような気さえする。滑《なめ》らかな髪の手触《てざわ》りとともに。これも酔いのせいだろうか。

くだらねえこと、あんまり考えねえほうがいい。

千里丸は自分自身に言い聞かせた。

紅羽が気になるのは、初めて会った異能の者だからだ。同類だからだ。それだけだ。別にそれ以上の気持ちなんぞねえ。

そもそも、まだ乳《ちち》くせえ小娘のくせに、男ばっかりの銅吹き所に喜んで出入りしているんだ、顔に似合わねえ、とんでもねえあばずれかもしれねえ。言葉使いも田舎者《いなかもの》丸出しで、上品さのかけらもなかった。兄貴も、餓鬼のくせに、どうにもいけすかねえ野郎《やろう》だったし……。

そんなことまで考えかけて、千里丸は自分に慌てた。そういうことを気にしている時点で、すでに深みに足を踏み入れかけている。忍びが女に入れ込んで、良い結果になるはずがないのだ。

千里丸は思いを振り払うように頭を振り、さらに早足で歩いた。

理兵衛に渡された、住友の井桁の紋の入った提灯《ちょうちん》は、途中で堀に投げ捨てた。

持っているだけで人目を惹《ひ》くものだと気づいたからだ。特に、千里丸のような、何を生業《なりわい》にしているのか判らないような若者が、井桁の提灯を持ってふらふら歩くのは、奇異に見られそうだ。住友家の存在の大きさを、改めて千里丸は思い知る。

帰り着いた破れ寺の本堂には、明かりが点《とも》っていた。

門の周りに新しい足跡が残っていないことで、千里丸には、中にいる人物の予測がついた。己の痕跡《こんせき》は極力、残さない。忍びとしての基本だ。

蝶番《ちょうつがい》の外《はず》れかけた扉をあけ、本堂に足を踏み入れると、中には予想通り、士郎左がいた。刀の手入れをしていたが、入ってきたのが誰かは判っていたようで、顔も上げずに言った。

「遅かったな、千里丸。住友の屋敷はそれほど居心地《いごこち》がよかったか」

千里丸は顔をしかめた。

「なんで、知ってる」

「往来であれだけの騒ぎを起こして、町の噂にならないと思ったか。泉屋では火事騒ぎもあったようだが、お前、何か関わったのか」

「関わるってほどじゃねえ。まあ、火消しの手伝いくらいはしたが……」

千里丸が曖昧に応えると、士郎左はようやく顔を向けた。もっと詳しく説明をしろと、目で促している。予想通り、機嫌は悪そうだ。だが、日頃から常に仏頂面《ぶっちょうづら》で、にこにこしているところなんぞ見ない男だ。さほど気にする必要もない。

千里丸は入り口の近くに足を投げ出して座り込むと、今朝《けさ》からの出来事を順繰《じゅんぐ》りに話した。

とはいえ、すべてを話したわけではない。大事なことを一つ、隠したままだ。むろん、紅羽のことである。士郎左には言いたくなかった。

「公儀隠密が住友に目をつけている、だと」

無表情に聞いていた士郎左がまず反応したのは、千里丸の予想通り、その話だった。

「確かにそう言ったのか？」

「ああ。間違いねえ。おそらくは切支丹絡《がら》みだと思うんだが、あんたなら聞いたことがあるんじゃねえのか。おれよりはずっと、上の連中のこと、あれこれ知ってんだろ」

「……いや、何も聞いていないな」

「本当かよ？」

おれに隠してるだけじゃねえのかと、千里丸は探るように士郎左を見た。

「ああ。だが、考えられる話ではある。大坂の銅商人は、異国との交易の鍵《かぎ》を握る存在でもあるからな。ことに住友のように突出した大商人に切支丹の噂があるとなれば、公儀隠密も放ってはおくまい。――同じ大坂で動いている以上、今後、どこかで奴らと接触するかもしれん。公儀隠密は上様の直属ゆえ、揉《も》め事《ごと》になるとまずい。お前も充分に気を付けておけ」

「へえへえ。面倒《めんどう》くせえけどな」

千里丸は肩をすくめた。

「で、それだけか、千里丸？」

「何がだ」

何を問われているのか判らず、千里丸は聞き返す。

「お前が住友で見聞きしたことはそれだけかと訊いているんだ」

「それだけだが、何か気になることがあるのか」

「ほう……」

士郎左の口元が、かすかに歪《ゆが》む。

「他には何も、話すべきことはなかったんだな」

「ああ」

「おれに隠していることは、ないんだな」

「――ああ」

応えながら、千里丸はわずかに身体を硬くした。士郎左は頭の良い男だ。隠しごとをするのが容易《たやす》くないことは判っている――。

「なら、いい」

士郎左は一言だけ言うと、膝元の刀に目を落とした。

そのまま、しばし動かない。何かを考えているのかと思いきや、黙って刀を手に取り、再び手入れを始める。話はもう終わりらしいと、千里丸がほっとした瞬間、

「前から思っていたが、お前は嘘が下手《へた》だな」

士郎左は顔をあげ、薄く嗤《わら》った。

絶句した千里丸に、小馬鹿《こばか》にしたような笑みを向け、

「まあいい。お前が下手な嘘をついてまで何かを隠していると判っただけで、今は充分だ。どうせ、いずれすべて判る」

また刀に目を落とす。

しばし黙っていた千里丸は、わずかな間を置いて、肩をすくめた。

「――別にたいしたことじゃねえから、黙ってただけだ。勘ぐられるくらいなら話すさ」

士郎左が顔をあげたことを確かめた上で、続けた。

「実は、その久遠って奴が、おかしなことを口にした。住友が異能の者と関わりがあるんじゃねえか、住友が銅吹き業で名を成したのは、異能の力ゆえじゃねえのか

ってな」

「異能の力……？」

士郎左が眉をひそめる。

「ああそうだ。昔のおれみてえな特殊な存在ってことだ。いきなり飛び出した話だったから、さすがに驚いた。けど、お前には言いたくなかったんだよ。言えば、お前はまた、おれの千里眼がどうこうと、くだらねえ話をするだろ」

めんどくせえからな、と千里丸は吐き捨てる。

「理兵衛はもちろん、ばかばかしいと笑い飛ばしてたがな。それでも久遠はしつこく、異能の者は確かに存在すると言い張ってたな。あげくに、『太平記』にもそういう者たちについて書かれた箇所があるなんぞと話しはじめた。なんでも、一般には知られてねえ幻の巻ってのがあって、そこに書かれてるんだとか」

どうでもいい話だよなと千里丸は肩をすくめる。

だが、士郎左は硬い表情になった。

「その久遠という男、今もまだ住友家にいるのか？」

「そうだが……何か気になるのか？」

「確かめたいことがある」

「……やっぱり、異能の力にこだわるんだな」

くだらねえなと、千里丸は鼻で笑った。

士郎左はしかし、予想外のことを言った。

「いや、その男が『太平記』の幻の二十二巻について何を知っているのかが気になるのだ」

「二十二巻……？」

幻の巻とやらの、巻数まではっきりと自分は口にしただろうかと、千里丸は訝《いぶか》しんだ。いや、言ってはいないはずだ。

ということは……。

「『太平記』の幻の巻がどうこうってのは……お前も知ってる話なのか」

ああ、と士郎左はこともなげにうなずいた。

「『太平記』の二十二巻が消えたというのは、確かな事実だ。おれは御前から知らされた。ここへ来る前にな」

「御前から……」

「ああ、そうだ。このたびのお役目に関わる重要な話だとしてな。どう関わるか、お前に判るか」

「判るわけねえだろ」

どうせ答を期待しての問いではない。知識に関しては、下忍の千里丸には与えられていないものが多すぎる。同じ『太平記』に関しての情報も、与えられるものに差があって不思議はない。

「『太子未来記』の行方《ゆくえ》だ」

士郎左は間を置かず続けた。

「なに」

「大楠公の目に触れたあと『未来記』がどうなったか、その行方が詳細に書かれていたため、二十二巻は世の中から消され、御前ですら実際に目にしたことはないそうだ。もしもその男が真の二十二巻を目にしているなら、『太子未来記』の現在の在処《ありか》をも知っていることになる」

「……」

千里丸は目を剝《む》いた。

「本当なのか」

「ああ」

「『未来記』の行方……って、そんな重要な話が関わってんのかよ。『未来記』は四天王寺にあるんじゃねえのか。だから、おれたちは大坂に来たんだろう」

「表向きはそうなっている」

「表向き？　じゃ、裏があるってことか」

「そういうことだ」

「おい、待てよ……」

千里丸は額に手をあてて唸った。

「あんたはそれ、初めから知ってたのか？」

「まあ、そうだ」

「ふざけんな、お役目の根っこがひっくり返る話じゃねえか」

千里丸は嚙《か》みつくように言った。

「そう騒ぐな。お前の大声は外にまで聞こえそうだ」

「騒がずにいられるか。ってことはつまり、『未来記』はここにないと言った四天王寺の坊主は、嘘なんぞついてねえってことになるじゃねえか。刀まで抜く必要があったのかよ」

「よしんば昔通りの『未来記』が今は四天王寺にないとしても、その行方を四天王寺が知らぬということはありえない。奴らに手加減をしてやる必要はない。――どうした。お前にはためらいがあるのか。御前の命に従わぬ不埒者《ふらちもの》を成敗《せいばい》することに」

「それは……」

あると言うことは許されない。それは判っている。だが、どうにも、納得できない。

「御前の命は絶対だ。判っているな？」

「……ああ」

千里丸は渋々《しぶしぶ》ながらも、うなずいた。それ以外に、許される答はない。

御前への忠誠心に欠けると判断された場合、その場で斬り捨てられても仕方がない。下忍とはそういうものであるし、士郎左は下忍を処分する側の人間だ。

「よし。その答を忘れずにいろ」

冷徹に言い渡したあと、

「おれはこれから、その波多野久遠という男について、改めて上に報告しに行く。お前はここにいろ。ふらふら出歩くなよ」

「……今から行くのか」

「ああ、そうだ。『太子未来記』と異能の者――その二つに関わるものについては、ささいなことでも見逃せん」

士郎左は刀を手にとり、立ち上がると、千里丸の答を待たずに壊《こわ》れかけの戸へと歩き出す。

その思い詰めたような横顔に、千里丸は妙に落ち着かない気持ちになった。こいつを行かせちまっていいのか――なぜか、不安になる。

士郎左は戸を出たところで足を止め、振り返った。

じっと千里丸を見ているが、月明かりの陰になって、千里丸にはその表情が見えない。

「おい、なんだよ」

訝って問いかけると、士郎左は静かに言った。

「今の話をお伝えすれば、御前はさぞ喜ばれるだろう。求めていたものが、本当に得られる日が近づいているかもしれぬ、と」

「求めていたものってのは、『太子未来記』だよな」

そう念を押したのは、不安を抑《おさ》えたかったからだ。

四天王寺。波多野久遠。住友家。そして、紅羽――。

考えてみれば、大坂に来てから千里丸が関わりを持ったものが、すべて、異能の者という存在に結びつきはじめてはいないか。

これは偶然だろうか。

むろん、偶然であるはずだ。

（だが、もしかして……）

このまま事がすすんでいくうちに、おれは何か、とんでもない大事に巻き込まれちまわねえか。この二年、必死に隠していたものまでも、何もかも暴かれちまうようなことに――。

ふいに脳裏に、御前の顔が浮かんだ。枯《か》れたような皺だらけの顔から放たれる深い眼差しを思い出し、身が震える。幻を振り払うように、思わず頭を振った。

士郎左はそんな千里丸を見据え、ひどく静かな声で言った。

「千里丸。ゆめゆめ忘れるな。お前がどれほど己の宿命を拒《こば》み、忘れ去ろうとしても、お前が千里眼の千里丸だったことを、周りの者は決して忘れはせん。お前の存在は、常にお前の力と結びついている。おれにとっても――そして、御前にもだ」

それだけ言い置くと、答を待たずに歩き出す。

その姿が視界から消えるまで、千里丸はその場に立ち尽くしていた。

第三章　士郎左の使命

1

翌朝、夜明けとともに千里丸《せんりまる》は身を起こした。

寝転《ねころ》んで身体《からだ》を休めてはいたが、眠り込んでいたわけではない。何度も寝返りを打ち、いらいらとため息をつき、外の気配に耳を澄ましているうち、夜が明けてしまった。

士郎左《しろうざ》は、まだ帰っていない。

井戸で顔を洗い、千里丸は空を仰《あお》いだ。空気がねっとりと生暖《なまあたた》かい。雨が近そうだ。空は分厚《ぶあつ》い雲に覆《おお》われ、朝日は見えない。

朝食には、昨日の土産《みやげ》の南蛮《なんばん》菓子をかじった。ぼうろとかいう焼き菓子で、甘ったるい。高価な砂糖がたっぷりと使われているようで、まずくはないが、好みでもなかった。

町木戸《まちきど》が開き、水売りや青物売りが往来を歩く頃合いになって、ようやく士郎左は戻って来た。

朽《く》ちかけた本堂で、本尊の阿弥陀如来《あみだにょらい》を睨《にら》むようにして座り込んでいた千里丸に、士郎左は一瞬、たじろいだように見えた。

「ずっとここにいたのか」

「お前がいろと言ったんじゃねえか」

「そうか。――行くぞ」

士郎左は顎《あご》をしゃくり、踵《きびす》を返して外へ出て行く。上に告げてきたであろう久遠《くおん》のことは一言も話さない。どこへ行くかも口にしない。

しょうがねえよなとつぶやいて、千里丸は立ち上がった。この町に来たのはお役目のため、それがすべてだ。

気分は乗らない。

だが、これまでにいくらでも、やる気の出ないお役目はあった。そのたび、しょうがねえとつぶやき、御前《ごぜん》の命のままに手を汚してきた。今回も同じだ。

去り際に、なんとなしに仏像に掌《て》を合わせようとして、やめた。これから、坊主《ぼうず》どもに喧嘩《けんか》を売りに行く。仏様のご機嫌《きげん》をとったからといって、どうにもなるまい。仏敵とやらに、なるしかないのだ。

　士郎左の後に続き、本堂を出た。

　身支度《みじたく》はすでに済ませ、懐《ふところ》には棒手裏剣《ぼうしゅりけん》に鈎縄《かぎなわ》、その他の忍び道具。脇差《わきざ》しを腰に差す。

　崩れかけた門をくぐり、寺町《てらまち》を南へ下り、四天王寺《してんのうじ》を目指す。

「千里丸」

　しばらく歩いたところで、士郎左が振り返りもせずに呼んだ。

「なんだ」

「覚悟しておけ。血を見ることになろう。上の許しも得た」

「『未来記』は四天王寺にあるとは限らねえんだろ。それでも、強引にやるのか」

「いや、ある。昔通りの形かどうかは判《わか》らんが」

「どういう意味だ。繋《つな》ぎ役と話して、何か判ったのか」

　その問いには士郎左は応《こた》えなかった。ああそうかよ、と千里丸はつぶやいた。すべてを一から説明してもらえるとは思っていない。

「大坂にいる繋ぎ役ってのは、誰なんだ。上忍《じょうにん》の誰かなんだろ。親方や御前が、じきじきに大坂まで来てるわけじゃねえよな」

　試《ため》しに訊《き》いてみたが、これにも応えはない。

千里丸は舌打ちした。目の前のこと以外に興味を持つな。知ろうとするな。お役目全体のことを考えるのは、お前の仕事ではない。——下忍《げにん》の心得《こころえ》の一つだが、ここまで無視されると面白《おもしろ》くない。

「あの鷹《たか》がまた出てきたら、どうすりゃいい」

どうせ無視だろうと思って問うと、これには答が返ってきた。

「鷹がなんだ。鳥の一羽くらい、斬《き》れんのか？」

「そういうわけじゃねえが……どうもな」

「斬りたくないのか。それはなぜだ」

「判らねえ……」

千里丸は口ごもった。

確かに、ただの鳥だ。それは判っているのだが……斬りたくない。思い出すだけで、どうにも嫌《いや》な胸騒ぎがある。聖徳太子《しょうとくたいし》の生まれ変わりだなどと、本気で信じているわけではないが、斬りたくない。士郎左は、そうは思わないのだろうか。

「千里丸、お前はあれが本当に太子の化身《けしん》だと思うのか？　何百年も前に死んだ人間の魂魄《こんぱく》が、今もこの地に残っていると？」

「……あるかもしれねえだろ。とんでもねえ力を持った奴《やつ》ってのは、たぶん本当にいるんだ」

ぽつりと応えた千里丸は、自然に一人の少女の姿を脳裏《のうり》に思い浮かべていた。白鷹《はくよう》が現れるとしたら、紅羽《くれは》もきっと現れる、そんな気がする。なぜかは判らないが。

そうなれば、千里丸は紅羽と対峙《たいじ》することになる。

それだけは避けたいと思う反面、それでもいいから紅羽に会いたいとも思う。た
とえ敵味方であっても、もっと紅羽を知りたい。

千里丸は空を見上げた。

南の空には視界を遮《さえぎ》る建物はなく、四天王寺の五重塔が見える。その中に紅羽が
いるかどうか、この位置からでも、やろうと思えば千里丸には視《み》える。

だが、千里丸はあえて、しなかった。

先に確かめておく必要はない。どうせ、行けば判るのだ。

四天王寺に着いたときには、空からぽつぽつと雨粒《あまつぶ》が落ち始めていた。ただし、
本降りになる気配はまだない。このまま止《や》むことを期待してか、境内《けいだい》をそぞろ歩く
参詣人《さんけいにん》も、手ぬぐいを頭にかぶりながら、呑気《のんき》に出店を冷やかしている。
士郎左は辺《あた》りの様子など気にかけぬ顔で、まっすぐに目的の本坊へと向かった。
周囲の警戒は充分にしているはずだが、それを態度には見せない。

千里丸は一歩後ろで、思う存分きょろきょろと辺りを見回す。

警戒していることが周囲から見てあからさまであっても、千里丸は頓着《とんちゃく》しない。いつもそうだ。警戒の仕草《しぐさ》から人が想定する範囲より遥《はる》か遠くまで、実際には千里丸には視えている。それだけで、充分に人の裏をかくことはできる。

あちこちに目を走らせ、視える範囲には見知った顔がないことを千里丸は確かめた。

それから思い切って、境内のまんなかにそびえる五重塔にも目を向ける。

どの層にも、窓辺に人影はなかった。

空も見渡したが、あの白鷹の姿はない。

失望と安堵《あんど》を同じだけ感じた。本当は何を期待しているのか、自分でも判らなくなってきていた。

(こいつは、迷うことなんぞねえんだろうな)

目の前を歩く士郎左の背中を睨みながら、口の中でつぶやいた。

御前に心から忠義を尽くし、一心にお役目に励んでいる士郎左が、羨《うらや》ましい気もした。哀《あわ》れな奴だと思いもするが。

本坊へ着くと、険《けわ》しい顔の僧侶が出迎えた。一昨日《おととい》、道啓《どうけい》を守ろうと出てきた三人組のうちの一人だ。

士郎左と千里丸が境内に入ったことを、すでに誰かが先回りして告げていたようだ。

「お待ちしておりました」

言葉は丁重《ていちょう》だが、顔には敵意が剝《む》き出しだった。

二人が通されたのは前と同じ座敷だった。一昨日には満開だった桜は、今は花の半分ほどを池の面《おもて》に落としていた。

隣室と隔《へだ》てる襖《ふすま》が、今日は開け放してある。奥に人の姿はなく、床《とこ》の間に軸《じく》が掛かっているのが見えた。どういう意味を持つのか、空、と一文字だけ書いてある。

千里丸は座敷には入らず、先日と同様に、従者として濡れ縁《ぬえん》に控《ひか》えた。強引《ごういん》に士郎左の側《そば》に付きそうことも考えたが、空が見えるほうがいいと思い直したからだ。

やはり、あの鷹が気になる。

しばし待たされたあと、濡れ縁を渡って道啓がやってきた。

三人の僧侶を供に連れていた。前回、襖の向こうに隠れていた者たちが、初めから姿をあらわにしたことになる。千里丸の前を通り過ぎる際、それぞれが刺すような視線を向けてきた。

千里丸も負けじと睨み返した。お役目自体に迷いを抱いているとしても、一人の忍びとしての意地や自負はある。対峙する相手に、むざむざ勝ちを譲ろうとは思わない。

三人の僧侶は座敷の中まで入り、士郎左の背後をとる形で並んで着座した。道啓はむろん上座に座り、士郎左の前後を挟《はさ》む形になる。

士郎左が刀に手をかけようとすれば、すぐに阻《はば》まれる配置だ。士郎左にもそれは判ったはずだが、口の端《はし》にかすかに笑みを浮かべただけで、振り返って背後を確かめることもしなかった。

口を切ったのは、道啓のほうだった。

「早瀬《はやせ》殿、たびたびのご足労、いたみいる。その後、お考えは改めていただけましたか」

「それはこちらの台詞《せりふ》だ。考え直していただけたものと思い、『未来記』を受けとりに来た。さっさとお渡しいただこう」

道啓の口調は穏やかだったが、士郎左のほうはあからさまに喧嘩腰《けんかごし》だ。一昨日よりもさらに好戦的な態度に、千里丸は呆《あき》れた。

(もうちょっと慎重《しんちょう》に事を運ぼうとは思わねえのかよ)

士郎左はこの手の交渉事には向かないのではないか。御前は何を考えて、こいつに——しかも組むのが千里丸だけで、こちらも話し合いなんぞは不向きだと自覚している人間だ——重要なお役目を任せたものか。

（そろそろ耄碌《もうろく》してきたんじゃねえのか、御前）

そうだったら、いっそ楽なんだがな。御前がいなくなりゃ、〈里の衆〉の結束も弱まるだろう。思い切って、〈里〉を抜けることだって、本気で考えてみてもいい。

……などと考えながらも、千里丸は座敷の内外に絶えず目を走らせ、警戒は怠《おこた》らなかった。

この寺は何を隠しもっているか判らない。空からいきなり敵が舞い降りてくるくらいだから、今度は地の底から湧いて来てもおかしくはない。——まあ、いくらなんでも、それはないと思うが。

「そうか。お気持ちは、変わらぬか」

道啓は深く息をついた。

静かな眼差《まなざ》しで、じっと士郎左を見つめる。

そのまま双方が黙った。

座敷の中の誰も、動かない。喋《しゃべ》らない。

沈黙の中、ふいに、風が吹き、庭の木々が揺れた。

千里丸はどきりとして軒先を仰《あお》ぐ。あの白鷹が現れたのではと思ったのだが、淀んだ空に、白い翼は見えない。

（もしや、紅羽……？）

考えてみれば、紅羽が四天王寺の味方なのであれば、その力を使って、鷹よりももっと効果的に、気に喰わぬ来訪者に脅《おど》しをかけることはできよう。あの少女は、刀を持った忍びが束《たば》になっても敵《かな》わぬほどの力を持っている。

「判りました。ならば、お渡しいたそう」

道啓が言った。

「――なに」

士郎左が目を瞠《みは》る。

千里丸も思わず、え、と小さく声をあげた。

「聞こえませんでしたかな。お渡ししようと言ったのだ」

道啓は穏やかに繰り返すと、士郎左の後ろに控える僧侶の一人に、小さく合図をした。

奥にいた年配の僧侶がうなずいて立ち上がり、いったん隣室に下がる。さらに奥の部屋に行ったのが足音で伝わってきたが、さほど座敷の者たちを待たすことなく戻って来た。

手に、恭《うやうや》しげに黒塗《くろぬ》りの文箱《ふばこ》を抱《かか》えている。

僧侶はその文箱を道啓に手渡し、自分は元の場所に戻った。

道啓は文箱を手に取り、一瞬だけ迷いを含んだような目でそれを眺めたが、

「お望みのものにござる」

すぐに己《おのれ》の前に置くと、ずいと士郎左の膝元《ひざもと》へ差し出した。

「上様にご献上《けんじょう》いただきたい」

蒔絵《まきえ》も何もない漆《うるし》塗りの文箱である。蓋《ふた》は黒い紐《ひも》で固く結《むす》ばれ、結び目には紙と蠟《ろう》で封《ふう》が為《な》されていた。

士郎左は黙って文箱に目を落とし、しばし見据えていたが、改めて目をあげ、

「『太子未来記』はここにはないと、一昨日、言われたはずだが、あれは偽《いつわ》りか」

「一昨日の返答は一昨日のもの。今日の返答は、また違うもの」

禅問答のような応えだった。

士郎左は眉《まゆ》をひそめ、道啓を睨んだ。

千里丸も、濡れ縁から、道啓と、その前に置かれた文箱とを交互にながめた。

道啓の顔には、動揺の徴《しるし》は見えない。先日と同じだ。呼吸の乱れも汗《あせ》の滲《にじ》みも、まったく見てとれない。

差し出された文箱はといえば、傷一つなく艶《つや》やかで、そう長い年月を経《へ》たものには見えなかったが、箱だけが後世に作られたものだとすれば、新しくても不思議はない。

中に本当に、聖徳太子が遺《のこ》した予言書があるのか――。

あまりのあっけなさに、千里丸はにわかに信じられなかった。道啓は真実、『太子未来記』を差し出したのか？

千里丸が抱いた疑問は、当然、士郎左の頭にも浮かんでいたようだ。

「中身は間違いなく『太子未来記』なのだろうな？」

「お望みのものだと申し上げた。上様に、ご献上いただきたい」

「『太子未来記』だと御仏《みほとけ》に誓《ちか》えるのだな？」

「お望みのものだと申し上げた」

念を押す士郎左に、道啓は微笑を浮かべて繰り返した。

士郎左が苛立《いらだ》ちをあらわに、さらに何か言いかけたところで、道啓が先に続けた。

「改めて言うまでもなきことだが、道中、決して封を解かれることのないように。このまま、上様にお渡し願いたい」

「箱のなかに何が入っているか、上様の御前まで確かめるなと？」

「お望みのものだと申し上げ……」

「もういい」

士郎左は強引に遮った。

「お為《ため》ごかしはたくさんだ。茶番《ちゃばん》につきあう気もない。本当にこの中に『未来記』が入っているのかどうか、この場で確かめさせて貰《もら》うぞ」

文箱に手を伸ばした士郎左だったが、一瞬先に、道啓の手が文箱を押さえた。

「開けることはならぬ」

「なぜだ。本当は『未来記』が中にはないからか」

「控えよ、『太子未来記』は一介の使者が目にしてよい書物ではない！」

いきなりの一喝《いっかつ》だった。

士郎左が絶句し、動きを止める。

「未来を知ることを許されるのは、未来を担《にな》う力のある者のみ。それ以外の者が封を解くことはまかりならぬ」

辺りを圧する声音《こわね》だった。

「それゆえ、上様に直接、と申し上げた。たとえ、天海大僧正《てんかいだいそうじょう》であろうと、軽々《けいけい》に目にすることは許されぬ。封を解かず、このまま上様のもとへ持参なさることだ。道中の護衛には、そこな三名を付ける。中のものについては、この道啓がすべての責任を持つ。念のため、文箱の他に書状をしたためよう。それを持って帰られることだ。それで、貴殿《きでん》らは、役目を果たしたことになろう」

「――」

士郎左はすぐには何も言わず、千里丸も、気圧《けお》されたまま、封印された箱を見つめた。

冷静に考えて、箱の中身が本物の『太子未来記』である可能性は低い。一昨日、あれほど頑《かたく》なだった道啓だ。たった二日の間にあっさり考えを翻《ひるがえ》すわけもない。

だとすると、

（時間稼《かせ》ぎ……か）

江戸までは忍びの足でも三日はかかる。将軍家へ献上した箱の中身が判り、その反応が四天王寺に返ってくるまで、十日弱はあろう。

その間に、四天王寺は次の手を打つことができる。

時間さえ稼げれば、四天王寺が本気で幕府を牽制《けんせい》する手はあるのだ。いうまでもなく、この寺は朝廷と深い繋がりがある。だからこそ、聖徳太子の宝剣も、ここにおさめられている。さらに、将軍家が今もっとも警戒している南龍公《なんりゅうこう》こと徳川頼宣《よりのぶ》の本拠地は、四天王寺からさほど遠くない紀州だ。地の利を活《い》かして手を組むこともありえよう。

江戸へ付きそう三人の僧侶は、そのための捨て石になる覚悟なのか。

（……ここはいったん、退《ひ》くしかねえか……？）

箱の封印を開けられぬ使者としては、まずは退き、上の指示を待つのが良策のはず。

千里丸はそう思ったのだが、士郎左は眉間《みけん》に皺《しわ》を寄せ、黙り込んだままだ。

「……馬鹿にされたものだな」

ややあって、押し殺した声が士郎左の口から漏《も》れた。

「高僧の誉《ほま》れ高い道啓殿が姑息《こそく》な真似《まね》をなさる。だが、このような小細工《こざいく》で我らを欺《あざむ》けると思ったのならば、大間違いだ」

「小細工とは心外な。拙僧は誠意を持ってお応えしただけだ」

「何が誠意か、ばかばかしい。ごまかしが我らに通用すると思うな」

「ほう。……では、どうなさるおつもりか」

余裕をにじませた道啓の言葉に、士郎左はさらに忌々《いまいま》しげに顔を歪《ゆが》めた。使者風《ふ》情《ぜい》に何ができると、道啓がたかをくくっているのが判るだけに、腹が煮える思いなのだろう。その気持ちは千里丸にも判る。だが、やはりどうしようもなかろう。

しかし、士郎左は引き下がらなかった。ちらりと座敷の外に視線を向け、小さく一つ息を吐《つ》く。

腹を決めたような顔だと、千里丸は感じた。

「道啓殿」

道啓に向き直り、士郎左は改まった口調で呼んだ。

「どうやら、貴殿には、告げておかねばならぬことがあるようだ。——ご承知だろうか。天海大僧正は、『太子未来記』の真の意味をすでにご存じだ」

「真の意味……」

道啓が眉根を寄せた。

「どういうことであろうか……？」

「秘された真《まこと》の姿といってもいい。四天王寺の僧侶の中でも、限られた者にしか伝えられぬそうだな。真実を記した古《いにしえ》の史書も、今では世から抹消《まっしょう》されてしまった。だが、御前はご存じだ。『太子未来記』が、ただの予言書というだけではない、ということをな」

「……」

道啓が小さく息を呑《の》む。

士郎左は座敷の外へとまたも視線を投げた。

道啓もつられるように、士郎左の視線を追って庭を見やる。

千里丸も気になり、士郎左の視線の先を探して、背後を振り返った。一昨日のことがあるだけに、庭からまた、何かが現れたのかと思ったのだ。

しかし、何もない。空も見上げたが、重苦しい雨雲しか見えない。

いったい何を見ているのかと、再び士郎左に目を戻した千里丸は、そこで気づいた。士郎左の目は、濡れ縁の上の一点――すなわち、他でもない千里丸のことを見ているのだ。

（おれ――？）

動揺する千里丸にかまわず、士郎左は続けた。

「道啓殿。そこな従者は、名を千里丸と言う。幼い頃より天海大僧正の子飼いの忍びとして、育てられた男だ。通り名を、千里眼《せんりがん》の千里丸――その名を聞いて、何か思いあたることはないか」

「千里眼の、千里丸……だと？」

道啓が目を見開き、まさか……とつぶやく。

「千里眼という言葉の意味は、むろん道啓殿ならご存じであろう。遙《はる》か先にあるものを眼前と同様に視ることができ、さらに、壁《かべ》や屋根に遮られた先のものも、見通すことができる異能の力。仏教では天眼通《てんがんつう》ともいい、菩薩《ぼさつ》の持つ神通力の一つであると同時に、御仏を守護する四天王の一人、広目天《こうもくてん》がその眼《まなこ》を持つとも伝えられている」

つまりだ、と勿体《もったい》付けた口調で、士郎左は続けた。

「その千里眼の持ち主である千里丸は、この文箱の中に何が納められているのか、封印を解かずして、見抜くことができるということだ」

「おい――」

思わず驚愕《きょうがく》の声をあげたのは、ほかならぬ千里丸本人だった。

「士郎、何を――」

腰を浮かせ、驚愕のままにわめく千里丸を、士郎左は落ち着き払った顔で見、言葉を続けた。

「道啓殿。それを知ってもなお、貴殿は、この中に確かに本物の『太子未来記』があると、言い張ることができるか」

2

（どういうつもりだ、士郎）

千里丸は混乱していた。

何を血迷って、こんなところで千里眼の話なぞ始めたか。しかも、箱の中を見透《みす》かすことができるなど、

（おれの目には、餓鬼《がき》の頃だって、そんな力はなかったぞ）

苦し紛《まぎ》れのはったりにしても、もう少し、まともなことを考えつかないものか。

「箱の中が見える、と……？」

思った通り、ありえないと言いたげなつぶやきが、道啓の口から漏れた。下座の三人の僧侶も、目を丸くして千里丸を見る。

ほらみろ、と千里丸は舌打ちしたい気分になった。唐突《とうとつ》に千里眼などと言い出して、簡単に相手が信じるはずがない。誰も真《ま》に受けちゃいねえじゃねえか。士郎左のように、かつて己の目で見た者ならばともかく、普通の人間は異能の力など容易に信じはしない。千里丸はそのことを、生まれた村で思い知らされている。

――いや、待てよ。

千里丸はそこで、思い出した。そうだ、この寺には紅羽がいた。となれば、道啓や寺の者たちは、異能者の存在を知っていてもおかしくはない……。

「信じるかどうかは、そちらの考え次第。だが、道啓殿、『太子未来記』を守る役目を担《にな》ってきたこの寺の僧侶であればこそ、ご存じのはずだ。この世には、尋常《じんじょう》ならざる異能の力を持った者が存在する。千年の昔から、今にいたるまで、いつの世にもな」

「――」

道啓は押し黙ったままだった。

その表情をうかがった千里丸は、驚いた。

先ほどまでとは明らかに違う色が、道啓の顔にはっきりと浮かんでいたのだ。困《こん》惑《わく》――いや、動揺か。額《ひたい》に、じわりと汗が滲み始めている。

(なんで……)

まさか、士郎左の言葉を信じたのか。いや、違う。たった今、士郎左は何か妙なことを言わなかったか。『未来記』を守る役目だからこそどうこうと……。

「念のために申し上げるが……」

士郎左は淡々《たんたん》と続けた。

「千里眼で箱の中を確かめ、中身が『太子未来記』でないと判った場合には、貴殿には、偽りの品を上様に献上しようとした責めを負っていただかねばならん。この場で、本物の『太子未来記』を、貴殿の首に添えて差し出してもらう」

「なんと――」

「無礼なことを申すな！」

「不埒者《ふらちもの》め……」

沈黙を続ける道啓の代わりに、下座の三人がいきりたち、口々に怒鳴《どな》った。手前の若い僧侶などは、腰を上げ、士郎左に摑《つか》みかかろうとまでしたが、

「控えておれ！」

道啓が一喝《いっかつ》した。

三人ははっと息を呑み、動きを止める。

千里丸は驚いた。

道啓の怒声にではない。その声を発した道啓が、ひどく切羽《せっぱ》詰まった顔をしてい

ることに、だ。先ほどまでの悟り澄ました色が、まったく消え去っている。何がこれほどに、この男を追い詰めたのか——。

士郎左はふんと嘲《あざけ》り、さらにたたみかけた。

「私の言葉が信じられぬのであれば、この場で真実を明かしてやろう。——千里丸、その場所からでもお前には視えるはずだ。箱の中には何が入っているか、正直に言え。この坊主どもに、千里眼の力を見せてやるのだ」

「士郎、おい……」

他人の表情をうかがっている場合ではなかった。箱の中の透視など、千里丸には不可能だ。千里眼の力を使ったとしても、無理だ。どう応じるべきなのか……。

（士郎は知っていたはずだ）

千里丸にはどんなことができて、どんなことができないのか。力を使うときの癖《くせ》や、どのくらいの時間なら力を使い続けられるかまで、士郎左はすべて知っていた。

幼い頃、千里丸は士郎左を、兄のように慕《した》っていた。〈里〉には珍しい武家育ちの上品さや優《やさ》しげな物腰《ものごし》に、淡《あわ》い憧《あこが》れさえ感じていたのだ。みなが馬鹿にするほど病弱でおとなしい少年だった士郎左が、次第に里に慣れ、めきめきと武芸の腕を上げ始めたときには、我がことのように嬉《うれ》しく誇《ほこ》らしく、だからこそ、己が力を洗いざらい見せた。いつか共に戦うことを心から望んで、後になって悔《く》やむことになるなど、思いもせずに。

（……はったりで乗り切れってことか？）

むやみに士郎左の足を引っ張ることは本意ではない。力のことを隠してはいるが、敵ではないのだ。お役目を後腐《あとくさ》れなく遂行《すいこう》したいのは、千里丸も同じだ。

しかし、通用するのか。道啓は名高い高僧、簡単にごまかせる相手ではなかろう。

「待たれよ」

下座の僧侶のうち、もっとも奥に座る年配の一人が、沈黙したきりの道啓に痺《しび》れを切らしたように、再び割り込んできた。

「千里眼などと、にわかには信じがたい。本当にその若者に千里眼なる力があるというなら、この場でまず、それを証《あか》してもらおうではないか。そうでなければ、信じられるものではない」

今度は道啓も、制止はしなかった。僧侶の鋭い視線は、容赦《ようしゃ》なく千里丸を貫《つらぬ》いてくる。

「証《あかし》を見せられぬと言うのなら、その方らが箱の中身を視たと言い張ったところで、それはただの戯《ざ》れ言《ごと》にすぎぬ。――いや、それだけではない」

道啓が止めに入らないと見て、僧侶はさらに声を張り上げる。

「恐れ多くも上様への献上物を偽物《にせもの》呼ばわりした不埒者ということになる。相応の責めを負ってもらわねばならん、その身をもって」

首を差し出せと脅した士郎左の言葉を逆手《さかて》にとったように、嵩《かさ》に掛かって言いつのる。

千里丸は舌打ちした。面倒なことになってきた。

だが、士郎左はなお、余裕めいた表情を変えない。それどころか、待っていたとばかりに口の端に笑いを浮かべると、言った。

「貴殿のいうことはもっともだ。よかろう。ご要望の通り、千里眼の力を見せてやろう。――千里丸。この坊主どもの望みを叶《かな》えてやれ。その濡れ縁から、五重塔が見えるだろう。まずは、その塔の中に何があるのか、当ててみろ。お前にならたやすいはずだ」

「な――」

「どうした。千里眼の千里丸。できなければ、その身を差し出さねばならなくなるぞ、この坊主どもに」

「士郎、てめえ……」

千里丸の口から、呻《うめ》き声が漏れた。

ようやく気づいたのだ、士郎左の本当の狙《ねら》いが何か。

この茶番は、道啓を揺さぶるためだけのものではない。寺僧との諍《いさか》いを心底では避けたがっている千里丸を追い詰め、千里眼の力をさらさせる、そのための仕掛けなのだ。

(冗談じゃねえぞ……)

千里丸は歯がみした。ここまで隠し通してきた力、簡単に引きずり出されてたまるか。

「千里丸」

士郎左は千里丸の嚙《か》みつくような形相《ぎょうそう》に構わず、さらに続けた。

「一昨日、お前はこの場所から、あの五重塔を見ていたな。お前の目には、何かが視えていたはずだ。塔の中に、何か気になるものがあったのではないか？　それはなんだ？　今も同じものが視えるのか？　何か御公儀にとってよからぬものではないのか？　正直に応えろ。でなければ、この聖なる場所を血で汚《よご》す争いをすることになる」

千里丸は口を開かない――いや、開けない。握りしめた拳《こぶし》が震えた。

それを見て、先ほどの僧侶は何か勘違いをしたようで、すかさず言いつのる。

「早瀬殿、おぬしの従者は怯《おび》えているぞ。千里眼というのは、やはりでたらめらしい。――では、千里丸とやら。その身で偽りの代償を払ってもらおうか。覚悟はよかろうな」

　僧侶が千里丸に向けたのは、底光りするような目だ。

「おぬしらが二度とそのような恐れ多い嘘《うそ》を口にできぬよう、その目をいただくぞ。闇《やみ》の中で己の罪を恥じ、御仏の慈悲にすがるがよい」

　言葉と同時に、僧侶がゆっくりと立ち上がる。

　千里丸はとっさに身構えた。僧侶が懐に手を入れたのだ。何か、刃物を隠しているかもしれない。

「逃げられぬぞ」

　僧侶は笑う。残りの二人も、いつのまにか身構えている。

　こいつら本気だ。僧侶ゆえ殺生《せっしょう》はしないだろうが、目を潰《つぶ》すことくらいなら、本気でするだろう。『未来記』と道啓の命がかかっているのだから。

　三人の敵意を間近で感じているであろう士郎左は、千里丸を助太刀《すけだち》する気配などいっさい見せず、ただ成り行きを見ている。

　ああ、そうかよ。

　小さくつぶやいた。

　士郎左もまた、本気なのだ。千里眼の力を目の前に引きずり出すために、手段を選ばない。

（だったら、いっそのこと、こっちも本気で暴《あば》れてやろうか）

坊主どもも士郎左も、己の味方ではない。だったら、遠慮してやる義理なんぞない。〈里〉なんぞ裏切る覚悟で――。

半ば自棄《やけ》で、千里丸は傍《かたわ》らにおいた脇差しに手をのばしかける。

「一昨日、お前は塔の中を視たのか」

そこで、いきなり声が割って入った。

誰の声かは確かめずとも判る。目の端に映る、道啓だ。

「視たのか、千里丸とやら。あのとき、塔の中を」

道啓は繰り返した。

千里丸は応えなかった。何と応えればいいのか判らなかったのだ。

「――視たのだな、あの者の姿を」

三度目、念を押すように言った言葉にはっとなり、思わず道啓に目を向けた千里丸は、そこで息を呑んだ。

士郎左にどんな脅しを受けても、目の前に刃《やいば》を振り下ろされたときでさえも、冷静な態度を崩さなかった高僧が、今、その眼《まなこ》に、激しい感情を滾《たぎ》らせていた。

三人の僧侶のそれとは比べものにならぬほどに強烈なそれは、千里丸への敵意だった。

千里丸はとっさに刀を摑み、後ずさった。

身体《からだ》の芯《しん》から、恐怖を感じたのだ。

先日来の穏やかな態度は、この僧侶の本性などでは決してない。今、目の前にある、全身からあふれ出す、周《まわ》りを圧するような迫力。力ずくで降魔《ごうま》を行う不動明王《ふどうみようおう》を思わせる気迫。こいつはただの人間ではない。

道啓の口が小さく動いた。

何を言ったのかは、聞き取れない。

だが、同時に、真上から、雷光《らいこう》のように落ちて来る光があった。

淀んだ空から落下する白い光が何なのか、千里丸はすぐに察した。

――やはり、来た。

「仏敵、退散」

道啓はそう言ったのだ。

あっと思ったときには、鷹《たか》は目の前にいた。

白い翼《つばさ》が風を起こし、鋭《するど》い爪《つめ》がまっすぐに千里丸の目を狙う。冷静に対峙すれば、恐れるほどの敵ではない。ただの鷹だ。

そうと判っていながら、次の瞬間、千里丸は息を呑む。

脇差しにかけた手が動かない。一昨日と同じだ。鷹の姿に魅入《みい》られたように、指先が震える。

(やられる——)

とっさに裸足《はだし》で庭に逃げようとしたが、焼けるような痛みが走ると同時に、流れ出した血が目に入り、視界が濁《にご》る。鷹の爪が、額を抉《えぐ》ったのだ。

まずいと思い、庭先に転がり出た。

だが、はっとなったときには、再び、迫り来る鷹の姿を見た。

今度こそ、両目を抉られる。

覚悟した瞬間、目の端に、別の光が見えた。

刃の光だと気づいたときには、目の前に士郎左の姿があった。ためらいなく刀を抜き、千里丸と鷹の間に割って入ると、士郎左はそのまま刃を振りぬいた——。

「やめろ、士郎」

千里丸は思わず叫《さけ》んだ。

同時に、けたたましい声が辺《あた》りに響く。鷹の啼《な》く声だと察した瞬間、千里丸はぞっとするような冷気を感じた。

濁る視界に、ざっと白い羽根が舞う。

(斬りやがった)

自分が助けられたことよりも、鷹が斬られたことに息を呑む。士郎左はあの鷹に、何も感じないのか。畏《おそ》れを抱《いだ》くのは、おれだけなのか。なぜ、おれだけがこれほどに恐れてしまうのだ。

傷ついた鷹は、ふらふらと空へ舞い上がっていく。斬り殺したわけではない。だが、あの深傷《ふかで》でどこまで飛べるものか……。

千里丸は呆然と鷹を見上げた。

鷹は何かを求めるようにして羽ばたき続ける。その行く手には、五重塔がある。ふらふらと、鷹が塔に近づいていく。

（まさか）

千里丸は塔の窓辺へと、目を凝《こ》らそうとした。

——そのときだった。

いきなり、つむじ風が吹き抜けた。

恐ろしいほどの突風が、足下の砂を舞いあげ、人をなぎ倒す勢いで渦《うず》を巻く。

千里丸はとっさに飛ばされぬように身を伏せつつも、再び五重塔を振り仰いだ。気を高め、千里眼を使い、必死に塔の中を視る。

最上層の窓辺に視えたのは、やはり、その姿だった。

連子格子《れんじごうし》の奥に立つ、白装束《しろしょうぞく》をまとった姿。胸元で組まれた両手は怒りに震え、悲痛に強張《こわば》った顔の周りで黒髪がうねって蛇《へび》のようにうごめく。全身から、炎《ほのお》のような敵意を感じた。

「紅羽《くれは》……！」

千里丸は思わず、声を上げていた。

（あの鷹が、斬られたからだ）

それ以外に理由はあるまいと、千里丸には判った。紅羽は怒っている。あれだけ近づけば、普通の目でも充分に見えるはずだ、あの傷ついた姿が。

颪はさらに勢いを増し、ついに瓦屋根《かわらやね》が飛び始めた。僧侶たちも悲鳴をあげ、柱がきしむ。

なんとか紅羽を止めなければ、大惨事になる。だが、どうすればいい。五重塔まで駆けつけることなど不可能だ。

「くそっ……」

地に這《は》いつくばりながら、千里丸は歯ぎしりをする。

そのときだった。

――やめるのだ、紅羽。

千里丸の頭の中に、いきなり声が響いた。ぎょっとして、千里丸は紅羽から目を放し、振り返る。

今のは道啓の声だ。だが、耳からでなく、頭に直接、声をたたきつけられた気がしたのだ。

　――紅羽。

　もう一度、頭の中で声が反響し、たまらず千里丸は悲鳴をあげた。

　道啓は立ち上がり、濡れ縁にまで出てきていた。風に飛ばされぬように柱に手をかけながら、目を閉じ、祈るように胸の前で数珠《じゅず》を握っている。

　――やめなさい。

　言葉が繰り返されるごとに、千里丸の頭の中に、耐え難い響きが走る。これはいったい何だ。

　慌《あわ》てて士郎左や僧侶たちの様子を確かめ、千里丸は驚いた。どうやら、道啓の言葉は、千里丸以外の者には届いていない。すぐ脇で同じように身を伏せている士郎左も、他の僧侶たちも、道啓に目を向けてはいないし、頭を抱《かか》えてもいない。荒れ狂う風にだけ気を取られ、飛び交《か》う石や瓦を避けるのに必死だ。

（なんで、おれにだけ聞こえる……）

　そもそも、肝心《かんじん》の紅羽にはこの声が届いているのか。これだけ離れたところから、五重塔の中まで、この声は届くのか。

　――やめなさい、紅羽。太子《たいし》様の力で人を傷つけるな。それに、お前の身体が持たぬ。

もう一度、道啓の声が聞こえた。
再び塔へと目を向けると、紅羽が虚空《こくう》を見つめるようにして叫ぶ姿が見えた。
「道啓様、でも……御魂《みたま》様が……」
むろん、声は千里丸には聞こえない。口元の動きで、何を言ったか判るだけだ。
千里眼の一つの活用法として、幼い頃から読唇術《どくしんじゅつ》は身に付けていた。
(御魂様……ってのは、あの鷹か?)
――やめなさい、紅羽。
道啓は、額に脂汗《あぶらあせ》を浮かべ、肩で息をしながら、制止の言葉を重ねるだけだ。
紅羽と会話にはなっていない。言葉は一方通行だ。
――紅羽。私の声が聞こえるなら、もうやめるのだ。私の言葉に従えないのか。
大丈夫だ、御魂様は決して死にはしない。
その言葉が響いた瞬間、紅羽は泣きそうに顔を歪めた。胸で組んだ手をほどき、
顔を覆《おお》った。格子に倒れかかるようにして、足下に崩れ落ちていく。窓の下にうず
くまってしまえば、千里丸にはもう、その姿を視ることはできなかった。
始まったときと同様、唐突《とうとつ》に風は止んだ。
辺りを見回せば、庭の木は折れ、燈籠《とうろう》は倒れ、酷《ひど》い有様《ありさま》だ。士郎左も僧侶たち
も、呆然《ぼうぜん》としている。

そういえば、あの白鷹──御魂様とやらはどうなったのか。

四方を見回したが、鷹の姿はない。どこへ消えたのか。あれだけ飛べたのだから、すぐに死ぬことはなかろうが、遠くまでは行けまい。

再び塔の中に視線を戻したが、紅羽の姿もやはり、もう視えない。

身体がもたぬぞ、と道啓が叫んでいたのが気になった。昨日も、力を使ったあと、紅羽はしばし意識を失っていた。

「……今のは、何だ」

押し殺した声がした。

千里丸がはっと振り向くと、傍《かたわ》らで地面に片膝《かたひざ》をつき、鷹の血に染まった刀を手にしたままの士郎左だった。その顔は、まっすぐに道啓に向けられている。

「どういうことだ、道啓。貴様、何をした」

低く、凍《こお》ったような声とともに、士郎左は刀の切っ先を道啓に向けた。

3

「今の風は、貴様がやったことか」

士郎左は道啓を見据えながら問うた。

道啓は応えない。上空を睨んだまま、荒い息を整えている。ほんのわずかの間にひどく疲れた顔になり、柱にすがるようにして立っている。

消耗《しょうもう》は今の呼びかけのせいだと、千里丸には判った。紅羽も昨日、風を起こしたあと倒れていたし、千里丸も同様の経験はある。道啓の今の呼びかけも、おそらくは体力をすり減らすものだったのだ。

沈黙を通す道啓に、士郎左は詰め寄ろうとした。

「応えろ、道啓。いったい何をした。貴様でないなら、誰が何をやったのだ」

その行く手を、素早く三人の僧侶が遮《ひ》る。

士郎左は刀を構えたが、僧侶たちも退こうとしない。血の気の引いた顔だが、一歩も引かぬ覚悟があらわだ。

動かぬ道啓の視線の先に、空にそびえる五重塔がある。

士郎左はそれに気づき、目を細めた。

「あの塔の中に、何がいる。あの者とさっき言ったな。それは、誰だ」

「――」

「応えられんか。ならば……」

士郎左の目が、続いて千里丸に向いた。

「千里丸。お前には視えているはずだ。塔の中に、誰がいる」

千里丸はたじろいだ。千里丸自身も、何がどうなっているのか、すべては把握《はあく》しきれずにいる。

「あの塔の中にいる何者かが、鷹を操《あやつ》り、風を起こしたのか」

「……いや、誰もいない。何も視えなかった」

千里丸はかすれ声とともに首を振った。

道啓が、驚いたように目を見開く。

士郎左はさらに怒鳴った。

「本当のことを言え。おれを騙《だま》せると思うな」

「本当だ。おれには視える。この距離なら、はっきりとな。士郎――あんたにはもう判ってるだろう。おれには本当は、もう視える。昔とまったく同じとはいかねえが……あんたには見えねえものも視える。あんたがとっくに気づいてたようにな」

一言ずつ嚙みしめながら、千里丸は言った。

士郎左をごまかしきることは、やはりできなかった。

昨夜、士郎左自身が言った通りだ。千里丸が忘れようとしても、周りは決して忘れない。それが、生まれもった宿命だ。力ゆえに〈里〉に売られた忍びの運命《さだめ》だ。

（けど、紅羽は……）

紅羽は千里丸とは違う。人を人とも思わぬ忍びの世界なんぞに、引きずり込まれる謂《いわ》れはない。寄り添って生きる身内がいる。道啓も、紅羽を大事に思っているようだ。今のままでいられるように、してやらなきゃならねえ。

「士郎、異能者なんぞ、そう簡単にはいねえ。おれだって、自分以外に、そんな奴は知らねえ。そもそも、人が風を起こすなんざ、できるわけがねえ」

「いや、いる。ここにはいる」

士郎左は、しかし、引き下がらなかった。

「それこそが、『太子未来記』の真の意味なのだからな」

「……どういう意味だ？」

またも妙なものいいをした士郎左に、千里丸は眉をひそめた。なぜここで『太子未来記』が出てくるのだ。

「早瀬殿……」

道啓が、まだ脂汗の引かぬ顔のまま、何か言おうと口を開く。

士郎左は、それを待たず続けた。

「『太子未来記』は、聖徳太子の予言の書。すなわち、太子が未来を見通す異能の力を身に備えていたことの証。時を越えて『未来記』を受け継ぐことは、異能の力を受け継ぐことを暗に意味する。それこそが、未来記の真の姿。真の意味」

士郎左は刀を構えたまま、道啓を見据えて言葉を継ぐ。

「過去に、ただ一人、『太子未来記』を読み、戦《いくさ》に勝利した武将がいた。いわずと知れた大楠公《だいなんこう》だ。だが、その勝利は、予言書を目にして未来を知ったがゆえではない。四天王寺を訪ねた折、『未来記』に代々その名を書き記された、太子の血を引く異能者たちの存在を知り、その者たちを自軍に引き入れたからだ」

「……なに」

千里丸は思わず声をあげた。

士郎左はちらりと千里丸を見たが、すぐに道啓へと視線を戻し、

「『太子未来記』が厳重に秘されてきたのは、記された予言を畏怖《いふ》してのことではない。書き伝えられた異能者の存在を世間から隠すためだ。大楠公以後、『未来記』が表に出てこぬのは、異能者を戦に使うことの恐ろしさを知ったこの寺の者たちが、『未来記』を封印することを決めたからだ。だが、それは正しい判断か？　国が異国の脅威《きょうい》にさらされ、再び民《たみ》が戦に巻き込まれかけているこの時に、なおすべてを秘し続けることが、真《まこと》に聖徳太子の望みといえるのか？　――道啓よ。天海大僧正はすべてを知った上で『未来記』を望んでおられる。おとなしく、従え。『未来記』と異能者を差し出すのだ。この国の民と未来を守り、南蛮人を打ち払うために」

千里丸はただ呆然と、士郎左の言葉を聞いていた。

(異能者の存在を書き伝える……)

『未来記』にそんな意味があったなど、信じられない。

だが、士郎左の思い詰めたような顔を見れば、偽りでないことは明らかだ。千里丸には判る。士郎左はこういう顔で嘘は言わない。

そして、道啓もまた、わずかな沈黙のあと、手を額に当てながら、苦しげな声を漏らした。

「なぜに、天海殿はそのような恐ろしい望みを抱かれたのか。異能の力を戦に使うことがどれほど恐ろしいものであるか、大楠公の引き起こした惨禍《さんか》を見れば明らかであろうに。老いて善悪もお判りにならなくなったか」

「黙れ、御前を愚弄《ぐろう》するか」

「早瀬殿。天海殿がいかに優《すぐ》れた人物であるか知っているからこそ言うのだ。確かに『未来記』は、ただの予言の書にあらず。太子の血を引き、異能の力を持って生まれついた者の名が代々記されてきた封印の書。——ゆえにこそ、このまま闇に葬《ほうむ》られるべきなのだ。争いのためになど、二度と使われてはならない。大楠公が戦に負けたあの時に、焼き捨てられるべきであった。人目にさらされなければ良いと考え、寺府に封じたのが間違いであったのだ。今の将軍家は、『未来記』を手にすれば、必ずや、異能の力を無残な争いの種とするだろう。しかし、それは間違った行いなのだ。――千里丸と言ったな」

いきなり名指しされ、千里丸はたじろいだ。

道啓は哀れむような目を千里丸に向けた。

「お前の身にはどうやら、真実、千里眼の力が備わっているようだ。大楠公の敗北以後、その配下に集《つど》った異能の者たちは、ちりぢりになり、国中に逃げのびた。お前はおそらく、そういった者たちの末裔《まつえい》だろう。『未来記』のもとを離れた、白き鷹の迷い子。――千里丸。お前はなぜ、その力を争いのために使おうとする。誰よりも和を重んじ、民と国を愛した太子様の血に遺された力を、争いのために使うことが、本当に正しいと思うのか」

「おれは……」

言いかけて、千里丸の言葉は途切《とぎ》れた。

異能の力ゆえに売られ、利用され、生かされた。正しいだの正しくないだの、考えたことはない。命じられたから使い、それが嫌《いや》になれば隠した。それだけだ。そもそも、自分の力が聖徳太子の血脈《けつみゃく》に繋がるものだなどとも、初めて聞いたのだ。

『未来記』の真の意味とやらも――。

「その力を誤ったことのために使うのであれば、お前はこの先、仏敵として、その身に仏罰を受けることになろうぞ」

「仏罰……」

その言葉を繰り返した千里丸は、次の瞬間、はっとして額の傷に手をあてた。鷹の爪に抉られた傷だ。混乱の中で忘れていた鋭い痛みが蘇る。

「お前の力は、仏敵を鎮《しず》め、民を守り、国を愛し、和をなすために使われるべきもの。仏敵とは和を乱し、争いを為す者のこと。千里丸、よく考えるのだ」

幼子《おさなご》を諭《さと》すかのような口調だった。

千里丸は呆然と、道啓を見据えた。己の目に——この千里眼に、古の貴人より託された使命があるというのか。

「黙れ！」

士郎左の怒声が、憤然《ふんぜん》と割り込んだ。

「仏敵を鎮めるのが聖徳太子の望みであるならば、なおのこと、今すぐに『未来記』を差し出せ。知っていよう。今、この国の民は、異国の仏敵に狙われ、危機にさらされている。南蛮人どもは、こうしている間にも、切支丹《キリシタン》を禁ずるこの国を攻め滅《ほろ》ぼす準備をしている。その脅威から国を守ることこそが、聖徳太子の願いに沿うもの。そうに違いない」

「否《いな》」

道啓は険《けわ》しい声音《こわね》で即答した。

「早瀬殿。それは違う。貴殿も天海殿も、そして上様も、間違っている」

「貴様は、この国が滅んでも良いと言うか」

「国は滅びぬ。南蛮人とでも、戦をせずに判り合うことができるはずだ。将軍家にそれが判らぬだけだ」

「南蛮人にそんな言葉が通じると思っているのか！」

士郎左はさらに激高《げっこう》した。

「南蛮人はこの国の民など牛馬同然にしか思っていない。この国の持つ銀や銅を手に入れるため、伴天連《バテレン》を送り込み、切支丹を増やし、大砲を積んだ船で商人を脅し、すべてを思うままに操ろうとする。すでに多くの国をそうやって支配してきた鬼畜《きちく》のごとき連中だ。そんな奴らに、戦以外でどうやって話をつける。『未来記』の力は、南蛮人を討つためにこそ使われるべきなのだ」

「いや、違う――」

「煩《うるさ》い！」

なお反論を続ける道啓を遮って、士郎左は続けた。

「良いか、道啓。三日だ。三日、待つ。それまでに、『未来記』に今、記されているすべての異能者をこの寺に集め、我らに引き渡すのだ。本物の『未来記』も、ともにな。――拒《こば》めば、そのときは、天海僧正の命のもと、日を置かずして、この寺を軍勢が取り囲むと思え。坊主の我欲《がよく》がいつまでも通ると思ったら大間違いだ」

士郎左は一方的に言い放つと、構えていた刀をおろし、刀身を一振りして鞘《さや》に戻す。刃についていた血が、辺りに散った。あの鷹の血だ。千里丸の身体に、もう一度、震えが走る。

「千里丸、来い」

士郎左は、顎をしゃくって千里丸を呼んだ。

返事を待たず、そのまま歩き出す。

「……来いって、どこへ……」

「五重塔だ。そこに何があるのか、確かめる」

「なに……」

千里丸は慌てた。

「待てよ、士郎。塔には何もないと言っただろう」

「ないかどうかは、行けば判ることだ」

「おれには行かなくても視える。おれの千里眼を信じねえのか。お前があれほどこだわった力だぞ」

「笑わせるな、何が千里眼だ」

士郎左が足を止め、振り向いた。

「そんな力はもうないんじゃなかったのか、千里丸。お前はそう言っていたではないか」

「それは……」

「おれはお前を信じたかった」

たたきつけるような一言に、千里丸ははっとなる。

「だが、判った。お前には、〈里〉の者を騙して己の身を守ることだけが、何より大事だったのだ。ここの坊主どもと同じだ。世のために力を使おうともせず、己の保身だけを考えて生きる。そういう輩《やから》の気持ちが、おれには理解できん。お前はあの冬、己だけが生き残った意味を、少しでも考えたことがあるのか。仲間を見殺しにした身で、己の安全だけを願ってのうのうと生き延びることを、恥とは思わないのか」

「黙れ！」

さすがに聞き捨てならず、千里丸は怒鳴った。

「ふざけるな、てめえに何が判る。見殺しにしたんじゃねえ……知らなかっただけだ」

今でも消えはしない。千里丸の夢には何度も何度も仲間たちが現れる。なぜお前だけが生きている。なぜ生き残っている。奪ってやった力まで、己が命を守るために取り戻し、なおも生き延びる。そこまでして生にしがみつくか。――優しかったはずの仲間たちが、修羅《しゅら》の顔になって責め立ててくる。許しを請《こ》う言葉すら見つからない。異能が戻ってからは、余計にひどくなった。

その苦しみを、もしかしたら、士郎左だけは判ってくれるかと思っていた。

だが、再会したあの日から、士郎左は一度も、死んだ仲間たちのことを口にはしなかった。

初めて口にしたのが、今日だ。今の一言だ。

「……許さねえぞ、士郎」

「おれの台詞《せりふ》だ、千里丸」

士郎左は冷ややかに吐き捨てた。

「おれの言葉に怒りを感じるなら、まずは己の生き様を省《かえり》みろ。己の身命《しんめい》をかけて国と民を守るために働き、仲間たちの死に報《むく》いてみろ。桜《さくら》はそうやって死んでいった。己の罪を償《つぐな》ってな。お前は桜を非道な上忍の娘だと決めつけて嫌《きら》っていたが、あの娘は世を乱す切支丹を討ち、民に平和を取り戻すため、命をかけた。己の幸せよりも、世の泰平《たいへい》を願って死んだ。恥知らずなお前と、どちらがまっとうな生き方だ。よく考えてみろ」

士郎左はそう言い放ち、再び踵を返し、歩き出す。

去って行く背を見ながら、千里丸は動けなかった。

己のことだけを考えているのは、士郎左のほうだ。見殺しにされた仲間のことも忘れ、冷酷な〈里〉の上忍たちに取り入り、成り上がるために周りを踏みつけにしていく士郎左のほうだ。桜だって、同じ人でなしだ。

そう思っていたというのに、それはおれのほうだと言うのか……。

「千里丸」

道啓の声がした。

振り返った千里丸に、道啓は低く続けた。

「五重塔にはすでに誰もおらぬ」

安心しろと言わんばかりの口調に、千里丸は驚いた。こちらの胸中を見透かされているかのようだ。

道啓はゆっくりと庭に降り、千里丸に近づいて来た。すでに身体は回復しているようで、足取りは確かだ。呼吸も落ち着き、表情も穏やかだ。千里丸であれば、力を使った疲れはそう簡単にはとれないのだが、道啓は驚くほどに回復が早い。

道啓は動けずにいる千里丸の前に立ち、おもむろに己の袖《そで》で額の傷から流れる血をぬぐい、傷に指で触れた。すうっと痛みが引いていく。千里丸はぎょっとした。

「なんだ、これ……」

「行きなさい」

道啓は問いには応えず、視線で促《うなが》した。目が向けられているのは五重塔だ。

「けど……」

ためらいつつ額に手を当てた千里丸は、息を呑んだ。傷がふさがっている。消えたわけではないが、もう血は流れていない。

「あんた……」

「行きなさい」

道啓は、再度、促した。

千里丸は迷ったが、うなずいた。

「――判った」

道啓に訊《たず》ねたいことは、山ほどある。何から口にしていいか判らぬほどに。

だが、今すべきことは、士郎左を追うことだと感じた。あいつをこのままにしておけない。

千里丸は踵を返し、五重塔へと足を向けた。

後を追ってくる者はいない。

道啓は、その場から動かない。ただ、駆け去って行く千里丸の背を、厳しい目で見つめていた。

4

千里丸が駆け出すと同時に、ざあっと音をたてて雨が降り始めた。

紅羽が舞い上がらせた砂埃《すなぼこり》が、あっというまに雨粒にからめ取られ、地に戻っていく。

千里丸は足を止めることなく、塔へと向かった。

顔も身体もすぐにずぶ濡れになる。

五重塔は、金堂《こんどう》や講堂を回廊《かいろう》で繋いだ伽藍《がらん》の中にある。

辺りは参詣人が自由に歩いているが、塔の内部への立ち入りは禁じられているため、入り口に近づく者は少ない。

さらに、いきなりの土砂降《どしゃぶ》りとあって、ざっと見回した限り、近くに人影はないようだ。

入り口を見張っていたとおぼしき若い僧侶が一人、塔の壁にもたれるようにうずくまっている。そっと近づくと、気を失っていた。

「士郎か……」

普段の士郎左らしからぬ、乱暴なやり方だ。参詣人がいつやってくるか判らない場所で、気絶させて放り出しておくのはまずい。

士郎左がなぜそれほど狼狽《うろた》えているのか、千里丸には判らなかった。焦《あせ》るべきは、むしろ千里眼がばれた千里丸のほうではないか。

余裕のない士郎左のせいで、逆に千里丸は心が落ち着いてくるのを感じた。

僧侶の身体を塔の内部に引きずり入れ、入り口近くの壁にもたせかけるように座らせた。幸い、まだ目は覚まさない。

上層へ繋がる階段の、上のほうから足音が響いてくる。一心に上を目指して急ぐ音だ。それほどに、塔の中にいるかもしれない者が気になるのか。

千里丸がさほど慌てずにすんでいるのは、紅羽はもういないと言った道啓の言葉を信じているからでもある。道啓が嘘を言う理由は思い当たらない。士郎左が紅羽を見つけることはないはずだ。

千里丸は駆け足で士郎左を追った。

懸念《けねん》があるとしたら、紅羽以外の者がいるかもしれないということだ。今の士郎左は、相手が誰であろうと刀を抜きかねない。

だが、幸い、誰の姿も塔の中にはなかった。各層の狭い空間には仏像や位牌《いはい》が置かれているだけだ。

士郎左は、一層ずつ丁寧に、隅々《すみずみ》まで確かめているようで、次第に千里丸との差が縮まってきた。

最上層にたどりついたときには、千里丸には士郎左の背中が見えていた。

そこも無人だと察した士郎左は、忌々《いまいま》しげに舌打ちをし、腹立ち紛《まぎ》れに壁を蹴《け》りつける。追いついた千里丸には、何も言わなかった。

千里丸も黙って、士郎左の脇を通り、連子窓《れんじまど》に近づいた。

さっき、紅羽は確かにここに立っていた。

（どこへ行ったのか……）

身体は大丈夫なのだろうか。

格子越しに見渡せる限り遠くまで、千里丸は目を凝らす。紅羽を視界の内にとらえられないかと思ったのだ。あの後すぐに塔を離れたのだとしても、まだ、さほど時間は経っていない。近くにいる可能性は高い。

塔の上は、千里丸には格好《かっこう》の場所だ。遙か遠くまで見通せるのが千里眼とはいえ、町中では、一里も先まで見通せる場所など、ほとんどない。すぐに障害物につきあたるからだ。

高処《たかみ》からなら、思う存分、遠くまで視ることができる。

だが、残念ながら、紅羽の姿は見つけられなかった。

雨はいよいよ本降りになり、往来からは人の姿が消え始めている。通り沿いの店か軒下《のきした》に入り雨を避けるか、傘《かさ》を差すかだ。どちらにしても、上空からでは顔は見えなくなる。

（しょうがねえか……）

千里丸は小さくため息をつく。

何気なく振り返り、そこで士郎左と目が合い、はっとした。

士郎左は、千里丸の表情と視線から、何をしているのか察していたようだ。さすがに、やることに隙《すき》がない。冷静さを失っているように見えても、そのくらいのことはする。

そういう男だ。千里丸の秘密を見破るくらい、実にたやすいことだったろう。

その上で、士郎左はもうずっと、千里丸に怒りと苛立ちを感じ続けていたのだろうか。恥知らずな奴だ、と。

「なあ、士郎、さっきの話……」

思い切って口にすると、士郎左は黙って踵を返した。そのまま階下へ降りるつもりだと察し、千里丸は声を荒らげた。

「おい、待てよ。『太子未来記』の真の意味っての……お前は初めから、すべて知った上で大坂に来たのか」

「そうだ」

士郎左は階段の手前で足を止めたが、振り向くことはしなかった。

「千里丸、お前もたった今、目にしたはずだ。人ならざる異能の力を、この寺は今なお掌中《しょうちゅう》に秘している。その力ゆえに、将軍家をも畏《おそ》れない。すべて、『未来記』あってのことだ」

「御前が南蛮人との戦いに異能の者を使おうとしてるってのも本当か。そのための『未来記』なのか」

「むろんだ」

「――」

千里丸は右手を己の目に当てた。

南蛮人の優れた武器に対抗するため、異能の力を使う。そんなことを考えつく者がいるとは。

確かに、紅羽のように風を自在に操れる者が一人いるだけで、戦の勝敗は大きく動く。海を越えて攻め込んで来る異国が相手となれば、その威力は計り知れない。

「上様も同じ考えなのか。この国の未来を知るために、『太子未来記』を欲しがったってのは嘘で、本当は異能者が欲しいのか」

「ああ、そうだ」

士郎左はそこでようやく、千里丸を振り向いた。

「ただ、上様は御前と違い、異能者を少々、怖《こわ》がっておられる。あの方は臆病なのだ。己を害するかもしれない力のすべてが恐ろしくてならんのだ。公儀隠密《こうぎおんみつ》ではなく、我らが四天王寺に遣《つか》わされたのも、そのためだ。異能者が本当に役に立つのであれば、〈里の衆〉の手で江戸まで連れてこいと上様が仰《おお》せでな。今、故《ゆえ》のない恐怖に惑わされず、国と民を守る正しい選択ができるのは、異能の者について充分な知識を有している御前と我らだけだ」

「我らってのは、〈里の衆〉か」

「そうだ」

「病《やまい》の子供たちさえ見殺しにする〈里の衆〉に、民を守る正しい選択ができると、あんたは本気で思ってるのか」

「そうやって御託を並べ、目の前の危機から目をそらし、やるべきことをやらずに過ごすことこそ愚《おろ》かだ。生き残った者は、死んだ者の分まで正しく生きねばならん」

「あいつらを殺した連中の言いなりになってか」

「己の身だけを守り続け、世の流れから目を背《そむ》け、いずれ異国に滅ぼされるほうがいいとでも？」

「――」

　何か言い返そうとしたが、言葉がすぐには見つからなかった。

「……なあ、おれの目が昔と同じに視えること、親方も御前もとっくに知ってたのか」

「疑いはお持ちだ。だが、お前にも判っているだろう、異能の力は、それを持つ者が隠そうとすれば、他の者には暴き出す手立てはない」

「なら、士郎、お前は、いつからおれの嘘を……」

「降りるぞ」

　士郎左が突き放すような口調で遮った。千里丸の答を待たず、すでに踵を返し、階段を降り始めている。

「待てよ」

　千里丸にはまだ、話したいことはある。

　慌てて士郎左の後に続いた。

　早足で地上に降りたつと、入り口ではまだ、先ほどの僧侶が気絶したままだ。悪《わり》いなとつぶやき、僧侶の身体をまたいで、千里丸は外に出る。

　士郎左は先に出て、周りの様子を窺《うかが》っていた。

　幸い、出てきた二人を見とがめる者はいなかった。

勢いを増した雨のため、すでに塔の周りから、参詣人の姿は消えている。千里丸も、塔の軒先にいるため濡れずにすんでいるが、歩き出せば、傘もないから、再びずぶ濡れになるだろう。

士郎左は動かず、何かを話そうともしない。ただじっと、立ち尽くしている。ここで雨やどりでもするつもりだろうか。雲の流れから見て、遠からず止《や》みそうではあるが。

「これからどうするんだ、士郎」

訊ねたが、応えはない。

「道啓には三日後にまた来ると言ったよな。だが、奴らは絶対に、素直に言うことなんざ聞きゃしねえぞ。御前の命令だといくら脅したところで、異能の者の引き渡しはもちろん、『太子未来記』だけにしたって、簡単に渡すとは――」

「黙れ」

士郎左が乱暴に遮った。

おれとはもう話もしたくねえのかと思った千里丸だったが、そこで、やっと気づいた。

近くに人の気配がある。同じ塔の軒下に、息を殺して誰かが潜《ひそ》んでいる。直下にいたため、上からでは見えなかったのだ。

今まで気づかなかった自分に、千里丸は呆《あき》れた。

どうやら自分も、冷静なつもりでいながら、かなり逆上しているようだ。こんなあからさまな気配に気づかないとは、忍び失格といっていい。

(さっきの坊主どもか？)

道啓には争う気はなさそうだったが、例の三人組はそうは見えなかった。邪魔者《じゃまもの》は消してしまえ――勝手にそう判断したとしても、おかしくはない。

千里丸がそっと目配《めくば》せを送ると、士郎左はうなずいた。

脇差しに手をかけ、千里丸は気配のほうへ一歩、踏み出そうとした。

だが、千里丸が動くよりも先に、相手のほうから近づいてきた。しかも、無造作《むぞうさ》に足音をたて、歩みよってきたのだ。

建物の陰から現れた小柄《こがら》な影を見て、千里丸は目を丸くした。

「……あんた、なんで……」

「やはり千里丸だったな。会えてよかった。昨日は世話になった」

着古した小袖にぼさぼさの髪、無精髭《ぶしょうひげ》も昨日と同じだ。

波多野久遠《はたのくおん》だったのだ。

ただ、荷物はなく、手にした傘は真新しい。井桁《いげた》の紋がついているから、住友《すみとも》家のものだ。まだ住友家に逗留《とうりゅう》しているということか。

「なんでここにいやがんだ。しかも、なんで隠れてた」

「別に隠れていたわけではない」

心外だというように久遠は言った。

「昨日、おぬしが四天王寺の話をしていただろう。それで、拙者《せっしゃ》も詣でてみたくなってな。もともと興味のあった寺でもある。一人でやってきて境内を歩いていたところ、おぬしらしき人影を見つけたのだ。すぐに声をかけたかったが、やけに思い詰めた顔で塔に入っていったから、きっと何か大事な用向きでもあるのだろうと、下で待っていた」

「本当かよ」

脅《おど》すように睨みつけたが、久遠は気にせずうなずく。言っていることに矛盾《むじゅん》もないし、どうやら信じてもよさそうだ。

久遠はさらに勢い込んで続けた。

「今日はどうしてか、面白い出会いが続いてな。先ほどは、もう一人、意外な人物を見た。この五重塔から、寺の坊主たちに抱きかかえられるようにして担ぎ出された姿を見たのだが……誰だと思う。千里丸。おぬしも会ったことのある人物だ、驚くぞ」

千里丸は息がとまりそうになった。まさか……。

「若い娘だ」

千里丸が遮る間もなく、久遠はさらに続けた。

「まだ十四、五だが、純白の百合《ゆり》を思わせる美しさ――そう、あの紅羽《はば》だ。昨日、住友家の銅吹き所で会った娘だよ。声をかけようにも、坊主たちに阻まれてできなかったのだが、不思議な白装束《しろしようぞく》を身にまとっていてな。なんだか、異様な雰囲気《ふんいき》だった」

「み、見間違いじゃねえのか、こんなところにいるはずが……」

「いや、あの可憐《かれん》な顔を見間違えるはずがない」

なんとかごまかそうとした千里丸の言葉を、久遠は強く否定した。

「紅羽というのは、住友家の娘か？」

士郎左が口を開いた。

いきなり割り込んできた男に、久遠は物問いたげな顔を向けたが、

「失礼、私は千里丸の連れだ。早瀬士郎左という。昨日は千里丸が世話になったようだ。お話はうかがっている」

「早瀬殿か。拙者は波多野久遠と申す。いやいや、世話になったのはこちらのほうだ。拙者は浪々《ろうろう》の身だが、千里丸殿のおかげで今は大坂一の豪商に世話になってお

るからな。ありがたいことだ。——紅羽は住友の娘ではない。千里丸が昨日、火事の中から救い出した娘で、銅吹き所の職人の妹だ」

「ほう……昨日の銅吹き所での出来事は、あらかた話してもらったつもりだったが、その娘については聞いていないな。どうして言わなかった、千里丸」

「別にわざわざ話すようなことでもねえと思ったんだよ」

千里丸は焦りを抑えつつ、早口に応えた。

「別にそいつだけを助けたわけじゃねえし、どんな女だったとか、いちいち言う必要もねえだろ。ちょっと綺麗《きれい》な顔立ちだったが、ただの百姓の小娘だぜ」

「いや、ただの小娘ではないと拙者は思う」

久遠が割って入る。

「住友理兵衛《りへえ》が言っていただろう、紅羽の父親は予言の力を持っていた、と。そういう血を引く娘が、この四天王寺にいたというのが拙者は気に掛かる。実は昔から、この寺は異能の者と縁があるようでな。それに加え、実は先ほど、拙者は見た。向こうの本坊のほうで、不思議なつむじ風が起きた。御堂《みどう》の瓦が飛ぶほどの突風が、いきなり吹き荒れ、いきなり消えたのだ。風を起こす異能の者がいたとの話は、『太平記』にも出ている。もしも、紅羽にも父譲りの異能の力があるとしたら——」

「黙れ！」

千里丸は堪《こら》えきれず怒鳴った。

しかし、もう手遅れだ。

隣に立つ士郎左が今どんな顔をしているのか、見なくとも千里丸には容易に想像が付いた。千里丸があれこれと隠していたもののかなりの部分を、士郎左は察してしまったはずだ。

「……拙者は何か、まずいことを言ったらしいな」

千里丸と士郎左の顔を慎重に見比べながら、久遠は言った。

「おぬしらも先ほど異能の者がどうこうと話していたようだったから、興味があるだろうと思って話したのだが……」

「てめえ、やっぱり盗《ぬす》み聞きしてたんじゃねえか」

「確かに興味はある。有意義な話を聞かせていただいた」

千里丸は嚙みついたが、士郎左はさらりと認めた。

「ついては波多野殿、もう少し、貴殿と話をしたい。貴殿は異能の者についての古き言い伝えに詳《くわ》しいようだ。いろいろと教えていただければありがたい。むろん、それなりの礼はさせていただく」

「礼などはいらんが……」

首を振ったあと、久遠はもう一度、士郎左と千里丸を交互に見た。

「貴殿ら、いったい何者だ？　まず、それを教えてもらわねばな」

「それも含めて、ゆっくりと話をしようではないか。場所は――そうだな、住友の屋敷はどうだ。その紅羽という娘について、住友家の者にも訊ねてみたいゆえな」

「うむ」

久遠はうなずいた。

「拙者には差し障《さわ》りはない」

「ならば、すぐに参ろう。――住友屋敷で昨日、おれの従者が何をしたのかについても、改めて、御当主に詳しく聞いておいたほうがよさそうだ」

強引に話をすすめる士郎左の目は冷え切っている。千里丸はぞくりと背筋をふるわせた。もう、ごまかしは通りそうにない。

第四章　『未来記』の秘密

1

境内《けいだい》を出る時には小降りながらまだ残っていた雨も、長堀端《ながほりばた》に近づくころには止《や》んだ。しかし、雨雲は重く垂《た》れ込めたまま、いつまた降り出してもおかしくはない。

「今の雨は、先ほどのつむじ風と関わりがあったのだろうかな」

士郎左《しろうざ》の一歩後ろを歩きながら、久遠《くおん》が不思議そうに空を見上げ、つぶやく。

あるわけねえと千里丸《せんりまる》は思ったが、考えてみれば、風が操《あやつ》れるのだから、雲を自在に動かすことができても不思議はない。いずれにしろ、久遠と言葉を交《か》わす気にはならず、むっつりと黙り込み、歩いた。

「波多野《はたの》殿はなぜ異能の者に興味があるのか、聞かせてもらえるか。『太平記』に書かれた異能者の記録についても詳《くわ》しいと、千里丸から聞いたのだが」

士郎左が歩調を緩《ゆる》めて久遠と肩を並べ、訊《たず》ねた。

「そうだな。確かに詳しい。だが、語るほどの理由はないよ。以前に自《みずか》らを異能者だと名乗る者に会ったことがあってな。ただ、それが本物かどうかは判《わか》らなかったのだ。それ以来、どうしても気にかかっている」

「ほう。その人物は、どういう力の持ち主だったのだ？」

「さて……実際に力を見せてもらったわけではないからな。判らんよ」

久遠は首を振ってはぐらかした。

士郎左も、それ以上は追及しなかった。初対面の男にあれこれ問われ、簡単に答えそうには見えないと判断したのだろう。

千里丸は二人の会話を無視し、黙って歩き続けた。

住友《すみとも》屋敷には、じきに着く。

着けば、士郎左は紅羽《くれは》についてあれこれと聞きたがるだろうし、久遠も久遠で、四天王寺《してんのうじ》で見たことを理兵衛《りへえ》に話してしまいそうだ。

（どうすりゃいい……力のことは誰にも言わねえと、昨日、紅羽に約束したのに……）

このままでは紅羽の秘密が暴《あば》き立てられてしまう。なんとかしたいが、手のうちようがない。

久遠一人なら力ずくで黙らせることも可能だが、士郎左がいる。すでに紅羽の存在をかぎつけてしまった士郎左は、仮に今、止めたとしても、どんな手を使ってでも住友家に接触し、紅羽と会うだろう。

（それに……）

本音《ほんね》を言ってしまえば、千里丸自身、紅羽の正体を知りたい気持ちはあるのだ。

四天王寺にいたということは、紅羽こそが、『未来記』に記《しる》され、存在を伝えられてきた異能者そのものと考えていいのか。道啓《どうけい》は、異能者のことを太子《たいし》の血を引く者だと言ったが、だとしたら、紅羽と千里丸とは同じ血に連なるのか。紅羽の父も、やはり『未来記』に記された存在だったのか。

住友理兵衛ならば、少なくとも、紅羽の父のことはよく知っているはずだ。

（確か、もとは旅芸人だと言っていたな……）

千里丸の親と、何か繋《つな》がりがあったとも考えられる。今さらながら、自らの親のことが何も判らぬのが悔《く》やまれた。

あれこれと考えながら歩くうち、もう住友屋敷は目の前だった。

門には番人がいて、出入りする者を一人ずつ検《あらた》めている。千里丸と久遠の顔はちゃんと覚えており、すぐに門を通してくれた。

母屋《おもや》へ向かって歩きながら見た限りでは、銅吹き所はさすがに、まだ昨日の火事の片付けに追われているようだ。職人たちは忙《せわ》しげにしているが、昨日のような煙や蒸気は上がっていない。

巽《たつみ》のことを、千里丸は思い浮かべた。

昨日はなんとなくいけすかない印象だけが残った男だが、今はそんなことにこだわってはいられない。紅羽本人はここにはいないだろうから、なんとか兄のほうと接触して、今の状況を知らせたい。

が……そんな機会は、作れそうになかった。

三人は昨日と同じ座敷に通され、南蛮風《なんばんふう》の椅子《いす》を勧《すす》められた。しばらく待つように言われたが、ほどなく慌《あわ》てた様子で理兵衛が姿を見せた。昨日と同様、用心棒の蔵人《くろうど》がぴったりと付き従っている。

「千里丸様。ようお越しくださいました。きっと来てくださると思っていました。……こちら様は、千里丸様のお連れ様で?」

「ああ。おれの連れ……というか、まあ、主人だ」

「さようでございましたか。ご挨拶《あいさつ》が遅れました。住友理兵衛と申します」

「早瀬《はやせ》士郎左だ。昨日は千里丸が世話になったようだ」

「いえいえ、お世話になったのはこちらのほうで。改めて御礼を申し上げます」

士郎左の身なりから、それなりの武士と判断したようで、理兵衛の対応は丁重《ていちょう》だ。

士郎左のほうは、慇懃《いんぎん》に挨拶を交わしつつ、視線は理兵衛ではなく、蔵人を探るように動いた。一瞬、訝《いぶか》るような顔をしたあと、微妙に身体《からだ》の向きを変える。蔵人が死角に入らぬようにしたのだ。油断ならぬ相手だと見抜いてのことだ。蔵人のほうも、警戒を強めたのか、今日は廊下《ろうか》で止《とど》まらず、部屋の中まで理兵衛についてきた。

「さて、千里丸様。早速のお越しということは、昨日お願いした用心棒の件、お引き受けいただけると思てもええのやろか」

「いや、それはまだ思案中だ、悪《わり》ぃな」

千里丸は軽くかわしたが、士郎左が怪訝《けげん》な顔をしている。これもまた、士郎左には告げていなかった話だからだ。

理兵衛はがっかりしたような顔になった。

「そうでしたか。それは……残念です。実は今、銅吹き所のほうが少々、立て込んでおりましてな。ゆっくりお話をする時間がありまへん。店の者に支度《したく》をさせますよって、今日のところは、ゆるりとお食事でもして、おくつろぎください」

用心棒の件でなければ、話をしている時間が惜《お》しいということらしい。

「立て込んでるってのは、なんだ。また騒ぎでも起きたのか」

「また……というのとは違います。言うてみれば、昨日の後始末《あとしまつ》でして」

いったんは言葉を濁《にご》した理兵衛だったが、

「ああ、そういえば……確か千里丸様は昨日、巽と紅羽に会《お》うてはりましたな」

思い出したように、その名を口にした。

「その折り、何か怪《あや》しいところはありまへんでしたか」

「……怪しいってのは、どういうことだ？」

焦《あせ》りを面《おもて》に出さぬように注意しながら、千里丸は問い返した。

「実は、昨日の火事をしかけたんは、巽やないかと……」

「なんだって」

千里丸は目を剝《む》いた。

「そんな馬鹿な。あいつ、自分でも火に巻かれたうえ、怪我《けが》をしていたじゃねえか。自分でやったはずがねえだろ」

「その怪我が怪しい。あのとき巽がいた場所を考えたら、それだけの怪我ですむのはどうにもおかしいんです。前もって火が出ることを知っとったさかい、うまく避けられたのと違うか、そのうえで、怪しまれんように軽い怪我だけしてみせたのと違うか……と」

いや、それはねえ。

千里丸は思わずそう言いそうになった。巽が軽傷だったのは、おそらく側《そば》にいた紅羽が守ったからだ。

だが、その真相を巽は口にできまい。

「千里丸様は、私らが見つけるより先に、巽とお会いになったはず。本当に何も、おかしなところはありまへんでしたか」

「……ねえよ」

「そうですか。まあ簡単にばれるような振る舞いもしないでしょうが」

すでに火付けの張本人と決めつけたような口ぶりだ。まずいなと千里丸は思った。

「奴《やつ》は自分ではなんと言ってるんだ」

「むろん、違う、と。厳しく問い詰めてますけども、いっこうに白状しようとしません」

「妹はどうだ。関わっているのか？」

久遠が横から割り込んだ。

「紅羽ですか？　いえ、あの娘については何も。巽とは、日頃は離れて暮らしてますし、火付けだ何だと恐ろしいことに関わるような娘とは思えまへんな。まあ、巽も父の代から泉屋《いずみや》と縁のある者。むやみに疑うことはしたくないんですが……」

理兵衛は深くため息をつく。

「会わせてもらえねえか」

あれこれ考えるより先に、千里丸は言った。久遠がここで紅羽の話を始めるのを、止めたかったためでもある。

「……巽に、ですか？」

「そうだ」

「何か気になることでも？」

「信じられねえんだよ、あんな餓鬼《がき》が火を付けた、なんてのは。それに、おれは昨日の火事で、結構、危ない目にも遭《あ》ってんだ。他人事《ひとごと》ってわけでもねえ。会わせてくれたっていいだろ」

「お気持ちは判りますが、巽が素直に話をするとは……」

「それでもいいから、会わせてくれ」

強引《ごういん》に、千里丸は言いつのった。理兵衛や他の者たちのいる前では、踏み込んだことを話すのは難しかろうが、可能であれば、窮地《きゅうち》から救ってやりたかった。紅羽の兄なのだ。

「千里丸様がそうまで仰《おっしゃ》るなら仕方ない。こちらへいらしてください」

しぶしぶながら要求を受け入れ、ついてくるようにと理兵衛は千里丸に言った。

座敷を出て歩き出すと、当たり前のように久遠と士郎左もついてくる。蔵人も当然のように、理兵衛の側から離れなかった。

2

案内されたのは、銅吹き所の裏手、蔵《くら》の並ぶ一角だった。

近づく前から、千里丸は眉《まゆ》をひそめていた。厳しく問い詰めるというのがどういうことなのか、見るまでもなく見当が付いたのだ。血の臭《にお》いと、何かを打ち叩《たた》く音がする。

はたして、蔵の裏手にまわると、無残な光景が目に飛び込んできた。

見事な枝振りの古い桜の木。その枝の一本に縄《なわ》がくくりつけられ、その先に、両手首を縛《しば》られた巽が吊《つる》されていた。縄は巽が地に膝《ひざ》を突くほどの長さだが、すでに身体からはぐったりと力が抜け、吊られた腕だけが身体を支えている状態だ。手首からは血が滲《にじ》み、腕を伝《つた》っている。

巽の背後には割り竹を持った男が二人いた。交互に背を打つ。白状しろ、正直に言えと怒鳴《どな》りつけながら。

「まるっきりの拷問《ごうもん》じゃねえかよ」

千里丸は吐き捨てた。

巽が身に着けているのは股引《ももひき》だけで、上半身は裸《はだか》だ。すでに長い間責めたてられているようで、髪は乱れ、脂汗《あぶらあせ》にまみれた顔には血の気がない。小柄《こがら》で華奢《きゃしゃ》な身体ゆえ、ことさらに痛々しくみえる。目はうつろで、おそらく意識も朦朧《もうろう》としているだろう。時折、巽の正面に仁王立《におうだ》ちになり場を仕切っている大柄な男が、桶《おけ》の水をぶっかけて正気に戻そうとするが、ほとんど動かない。

拷問を目にすること自体は、千里丸は慣れている。里の者が敵を相手にやる拷問はこんなものではない。縛って吊すなど悠長なことはせず、柱に手のひらを釘《くぎ》で打ち付けるくらいは当たり前。打つのも、音だけ派手な割り竹などは使わず、肉を抉《えぐ》るように刺《とげ》を埋め込んだ革の鞭《むち》を使う。

だが、商人の家で、おそらく無実であろう若者が痛めつけられているのは、気持ちの良いものではない。

やめさせろ――千里丸はそう怒鳴ろうとした。

そのとき、巽がわずかに顔をあげた。千里丸の姿を見つけ、表情が揺れる。胸を突かれた。睨《にら》むように目を細めた巽が、一瞬の眼差《まなざ》しで何を告げようとしたのか、千里丸には読めたのだ。

余計なことを喋《しゃべ》るな、紅羽に関わることを何も話すな――。

己《おのれ》の命をかけてでも、こいつは妹の秘密を守りたいのだ。

「旦那様《だんなさま》」

水をかけていた男が、理兵衛に気づき、近づいて来た。

「どないや。何か話したか」

「いいえ、何も。餓鬼の割りに、しぶとい奴で」

「そうか。話すまで続けるのや。ええな」

「へえ」

男は神妙にうなずき、割り竹を持った二人に向き直ると、手加減《てかげん》すんなと命じる。

うなずいた男が、ひときわ力を入れて割り竹を振り下ろす。血が辺《あた》りに飛び、再び意識をなくしかけていた巽の喉《のど》から、かすれた悲鳴が漏《も》れた。

「おい、理兵衛殿。こういうやり方に、貴殿《きでん》は何か意味があると思うのか」

堪《こら》えきれぬというように、久遠がかすれ声で言った。

「暴力も痛みも、後ろ暗いことのない者には意味がない。身体をいくら痛めつけても、心強き者は決して屈したりはせんぞ。――それが貴殿には判らんのか」

己の胸を押さえ、青ざめながら話す久遠は、手まで震えていた。

久遠だけではなく、騒ぎを知って様子を見に来、幾重《いくえ》にも人垣《ひとがき》を作っている職人たちも、一様に青ざめていた。吐《は》き気をこらえるように口を覆《おお》う者や、耐えられずに顔を背《そむ》ける者もいる。

理兵衛はそんな職人たちを、追い払おうとはせず、むしろ、見せつけているようでもある。

「意味がないとは、私は思いまへん」

むしろ、みなに聞かせるように言った。

「この銅吹き所にわずかでも傷をつけた者を、私は許す気はありまへん。八つ裂《ざ》きにしてもあきたらん。銅吹き所は住友の命や。それを潰《つぶ》そうとするものを、私は決して許さん――それをこういう形で示しているだけのこと。たとえ相手が御公儀《ごこうぎ》の命を受けた隠密《おんみつ》であろうと容赦《ようしゃ》はせん、と」

「隠密だと……」

千里丸は息を呑《の》む。

「まさか、あんた、こいつが公儀の隠密だと思ってんのか」

職人たちも、いっせいにざわめいた。

「巽が、隠密……」

「まさか、あんな餓鬼が……」

「ありえねえぞ」

千里丸は慌《あわ》てて言い足した。

ありえない。餓鬼だから、という理由ではない。千里丸自身、巽ほどの年齢のときには、一人前の〈里の衆〉として働いていた。

だが、忍びとしての勘で、巽は違うと思うのだ。

そもそも、泉屋に公儀隠密が入り込んでいるらしいと、千里丸に知らせたのは紅羽だ。その場には巽もいた。隠密であれば、部外者の前であんな軽々しく隠密云々を口にはすまい。

紅羽は巽が隠密であると知らなかった、という可能性もあるが、兄妹《きようだい》の間にそんな溝《みぞ》があるようにも思えなかった。

「隠密とは思えねえ。……それにな、理兵衛さんよ。もしもこいつが本当に公儀隠密だとしたら、判ってんのか、こんなふうに痛めつけりゃ、公儀を敵に回すことになるんだぞ」

「判ってます。当然のこと」

理兵衛はみじんも揺るがなかった。

「すべてはこの銅吹き所を守るため。今、この住友銅吹き所は、この国の銅商《あきな》いを支えてますのや。今は禁令で異国との銅取り引きは一時、止められてますけども、いずれは再開するはずや。そのとき、ここが潰れてしもてたら、異国と対等の銅商いはできんようになる。ここを守ることは国を守ること。そのためなら、この住友理兵衛、たとえ相手が御公儀でも、一歩も譲るつもりはありまへん」

高らかに言い切った理兵衛を、千里丸は唖然《あぜん》として見つめた。

（昨日の騒ぎで、頭に血がのぼっちまったか……）

立派なことを言っているようだが、要は公儀に喧嘩を売っているのだ。

（こいつ、やっぱり本当に切支丹《キリシタン》じゃねえのか）

島原《しまばら》で戦《いくさ》を起こした者たちに通じる恐ろしさだと、千里丸には感じられた。この国を治める者に、堂々と逆《さか》らいやがる。怖《こわ》い物知らずにもほどがある。

見回せば、さすがに職人たちもしんとなっている。

当然だ。とんでもない不遜《ふそん》な主人を持ったと、呆《あき》れ果てているのだろう。

――千里丸はそう思ったのだが、

「そうや、今この国で、まともな銅を作れるのは儂《わし》らだけや」

ぽつりと、年嵩《としかさ》の職人がつぶやいた。

「儂らだけが、異国人と渡り合える。この住友銅吹き所だけが」

「確かに、そうや」

「儂らの銅だけが」

ささやくような声が、あっというまに職人たちの間に広がった。

「公儀隠密がなんぼのもんじゃ、住友銅吹き所、潰せるもんなら潰してみい」

「御公儀が怖くて、井桁《いげた》の紋《もん》が背負えるか」

そんなことまで言い始めた職人たちに、千里丸はさらに呆気《あっけ》にとられた。

なるほど、これでは住友家が公儀に目を付けられても当然だ。

切支丹であるかどうかにかかわらず、身の程知らずに増長した商人を、公儀は決して見逃したりはしない。遠からず、泉屋は公儀に潰され、南蛮絞《なんばんしぼ》りは幕府の掌《て》に収まるだろう。それが今の世の秩序の作り方だ。正しいかどうかは、ともかくとして。

ただ、そのために入り込んだ公儀の隠密が巽だとは、千里丸にはどうしても思えなかった。

巽への責めはなおも続き、吊られた手首からも血が流れ出している。巽はもう、完全に気を失い、ぴくりともしない。

すぐに助けなければ、まずい。

焦りを覚え、千里丸が巽に駆け寄ろうとした、その刹那《せつな》――。

巽の後ろで割り竹を振るっていた二人の男の足下に、突然、風が舞った。

「うわ……っ」

男たちが悲鳴をあげる。

「なんだ？」

職人たちの目が――理兵衛や久遠らの目も――、そちらに向く。

皆の視線の先で、宙《ちゅう》に浮いた二人の身体が、あっという間につむじ風に巻き上げられた。そのまま、背後に立つ蔵の壁《かべ》に勢いよくたたきつけられる。

何が起きたのか判らず、誰もが呆然《ぼうぜん》とした。悲鳴を上げる者すらいない。

だが、千里丸にはもう判っていた。

紅羽だ。

3

「な、なんや……」

「何が……」

職人たちが呆然とつぶやきながら、壁にめりこみそうなほどの勢いでたたきつけられた男たちを見つめる。

手に割り竹を持ったまま、二人の男は壁からずり落ち、地面にくずおれる。一人は頭から血を流し、もう一人は、腕がありえない角度に曲がっている。

理兵衛も目を見開き、動けずにいた。

蔵人が素早く動き、ぴたりと理兵衛の脇に寄り添ったのはさすがだった。

士郎左も刀に手をかけ、すでに身構えていた。驚いた顔はしていない。千里丸と同様に、事態の予測が付いているのだ。四天王寺で同じことが起きた。あのときは、士郎左が鷹《たか》を斬《き》ったのがきっかけだった。

「おい、これは、四天王寺のときと同じつむじ風ではないのか」

久遠が大声をあげ、慌てて辺りを見回す。

「紅羽……！」

誰かが悲鳴のように叫《さけ》んだ。

同時に、職人たちの人垣が、引き攣《つ》った顔で左右に分かれた。まるで、何かに道を譲るかのように。

その向こうからゆらりと現れた姿を見て、千里丸は絶句した。

先ほど四天王寺で視《み》たときとは違い、昨日と同様の、少年めいた質素な身なりだ。ただし、美しい顔は憤怒《ふんぬ》に歪《ゆが》んでいた。激情を向ける相手はむろん、先ほどと同じく、彼女の大事なものを傷つけた輩《やから》だ。

「紅羽……」

理兵衛が呆然とつぶやき、

「旦那様、お下がりください」

蔵人が理兵衛の腕を摑《つか》んで引く。

千里丸は我に返り、怒鳴った。

「やめろ、紅羽、落ち着け――」

怒りのままに暴れても意味がない。ここは人目も多過ぎる。巽を助けたいなら、冷静になるべきだ。

だが、紅羽は止まらない。その眼差しはまっすぐに、理兵衛に向けられていた。

「住友理兵衛……」

震える声とともに、胸元で組まれた紅羽の手元から、風が巻き起こる。

「この銅吹き所をずっと守っていくつもりだった、私も、兄さんも。それが、父様《とうさま》の願いだったから。なのに……」

突風はまっすぐに理兵衛に向かう。

理兵衛が吹き飛ばされなかったのは、とっさに蔵人が、己の身体ごと、理兵衛を地に押し倒したからだ。

蔵人は同時に、脇差《わきざ》しを抜き放って紅羽へと投じたが、むろん、あっけなく風に弾《はじ》き飛ばされた。

「化け物……」

信じられぬというように、蔵人がつぶやいた。続いて刀に手をかけはしたが、抜くことはしない。そんなものでどうにかなる相手ではないと悟《さと》ったのだ。顔を歪め、ただ紅羽を凝視《ぎょうし》している。

職人たちは、悲鳴をあげて逃げ惑うばかりだ。巽の拷問を仕切っていた男も、悲鳴を上げて逃げていく。

千里丸は紅羽の正面に飛び出した。

「落ち着け、紅羽。巽を助けたいなら、こんなやり方じゃねえ、もっと他に――」

言い終わらぬうちに身体が一瞬で宙に浮き、そのまま持ち上げられ、千里丸は頭から地面にたたきつけられそうになる。とっさに手をついて身を捻《ひね》り、何とかことなきを得る。

地に伏せながら、千里丸は呆然としていた。

近づくことすらできない。こんな力を持った相手に、ただの人間が敵《かな》うわけがない。――いや、ただの人間でない千里丸にも、どうしようもない。千里眼《せんりがん》など、なんの役にもたたねえ。

己の無力さに、思わず笑いが漏れた。異能者とは、この圧倒的な存在にこそふさわしい名だ。これならば確かに、南蛮船すら討ち滅《ほろ》ぼすこともできよう。戦の切り札になろう。まさに、神仏にのみ許された降魔《ごうま》の力に等しいものを、紅羽は持っている。

(待てよ)

ふと、千里丸の脳裏《のうり》に蘇《よみがえ》ったことがあった。

あのとき、塔の中からつむじ風を起こした紅羽に、道啓は何を言った。確か、そうだ、お前の身体がもたぬ——そう、言ったのではなかったか。

千里丸は慌てて身を起こし、声を張り上げた。

「紅羽、だめだ。お前、やり過ぎちゃまずいんだろ。死んじまうぞ」

だが、やはり紅羽は千里丸に目を向けず、地に這《は》いつくばったままの理兵衛だけを見ている。

「父様の予言は、もう叶《かな》わない。あるはずだった住友の未来なんか、消えればいい。兄さんを傷つけた住友のすべてを、私が消してやる」

呪詛《じゅそ》を思わせるような響きの言葉に、理兵衛がはっとしたように顔をあげた。

「左門《さもん》の予言……」

理兵衛は怯《おび》えたように後ずさり、紅羽はゆっくりと近づいていく。

「紅羽、よせ」

千里丸は必死に叫んだ。

正直なところ、住友銅吹き所や理兵衛がどうなろうと構わない。紅羽の怒りが理兵衛に向くのは当然のことだ。

だが、紅羽の身が危険にさらされるのは、耐えられなかった。

「さっきも散々、力を使ったばかりだろ。お前が死んじまうって、道啓も言ってたじゃねえか——」

「道啓……？」

我を忘れていた紅羽が、その名にはびくりと反応を示した。歩みが止まり、千里丸に顔を向ける。そこでようやく、先ほどから叫んでいるのが千里丸なのだと、気づいたように見えた。

「貴方《あなた》は……どうして、貴方が道啓様の名を。……その傷は」

紅羽の目が己の額《ひたい》に吸い寄せられるのを、千里丸は感じた。あの白鷹《はくよう》に抉《えぐ》られた傷痕《きずあと》があるはずだ。道啓に治してはもらったが、まだ痕は残っている。

「まさか、さっき御魂様《みたまさま》を傷つけたのは——」

驚きのゆえか、一瞬、風が止《や》んだ。止《と》めるなら今だ。千里丸は紅羽に飛びつこうとしたが、一瞬早く、視界の端《はし》から何かが飛び、紅羽の身体に絡《から》みついた。鉤縄《かぎなわ》だ。

悲鳴をあげた紅羽は、そのまま鉤縄に引かれ、地面に倒された。そのまま引きずられる。

「士郎！」

千里丸は叫んだ。

鈎縄を投げたのが誰か、千里丸には視《み》えたのだ。

士郎左は紅羽に身を起こす間を与えず、右手で刀を抜き、仰向《あおむ》けに倒れた紅羽に馬乗りになり、喉元に刃《やいば》を突きつける。

「おかしな真似《まね》をするなよ、女。殺すぞ」

「放せ！」

紅羽は叫んだ。

怒りのままに、また力を使うのではないかと千里丸は思ったのだが、風は起こらない。刀に怯えたわけでもなく、身をよじって必死にもがいているのに、風はそよとすら吹かない。

(力を、使えないのか)

紅羽は鈎縄に身体の自由を奪われている。思い出してみれば、紅羽が風を起こすときは、いつも祈るように両手を組んでいた。修験者《しゅげんじゃ》が印《いん》を結ぶように。ああしないと無理ということか。

「暴れるな！」

なおももがき続ける紅羽を鎮《しず》めようと、士郎左が鈎縄を握ったままの手で首を絞《し》め上げた。

「う……」

紅羽の喉から呻《うめ》き声が漏れた。

「士郎、やめろ」

千里丸は慌てて、士郎左に駆け寄ろうとした。殺すつもりはないはずだ。士郎左は異能者を手に入れたがっている。欲しいのは紅羽の力だ。とりあえず、おとなしくさせようとしているだけだ。

しかし、士郎左にのしかかられて苦しんでいるのを、放ってはおけなかった。とんでもない力を持っているにせよ、紅羽はか弱い少女なのだ。

「紅羽……！」

そのとき、かすれ声で、誰かがその名を呼んだ。

ぞくりとするほどの殺気を感じ、千里丸は動きを止めた。

士郎左もはっと、声のほうへ目を向ける。

巽だった。嬲《なぶ》られ、ぐったりと動かなかった巽が、顔をあげ、妹を見ている。いや、妹の上に馬乗りになり、首を絞め上げる士郎左を見ている。

「紅羽を放せ」

巽の喉から、もう一度、声が漏れた。

言葉にできぬ悪寒《おかん》を、千里丸は感じた。乱れた髪の間から、底光りする目が士郎左を見ている。

まずい、と直感が告げる。

「士郎——」

紅羽を放せ、と言葉にする寸前に、それは起きた。

千里丸は息を呑んだ。

何が起きたのか、判らなかった。

異変が起きたと認識した瞬間には、すでに終わっていた。

その場に残されたのは、倒れたままの紅羽と、抜き身の刀——士郎左が持っていたはずの刀だ。

しかし、持ち主はどこにもいない。

「士郎——?」

千里丸の喉から、上ずった声がこぼれた。

応《こた》える者はいない。

士郎左の姿は、消えていた。まるで、初めからその場にいなかったかのように、姿がなくなっている。

「士郎……」

千里丸は名を呼び、辺りを見回した。

人が消える。そんなことはありえない。

だが、どれだけ辺りを見ても――千里丸の目で視える範囲をくまなく見回しても、早瀬士郎左の姿はすでになくなっている。

誰も動くことができない。

千里丸は呆然と巽に目を向けた。

「何をした」

声が上ずった。

「てめえ、士郎に何をしやがった！」

巽が何かをやったのだ。だから士郎左は消えた。千里丸はそう確信していた。

「士郎をどうしたんだ！」

詰め寄ろうとした千里丸を、巽の視線がとらえた。その目に、薄く笑いが浮かんだ。どこか得意げな……。

背筋《せすじ》が震え、足が止まる。

こいつも異能者だ。しかも、想像もつかねえような。次は自分も、士郎左のように消されるかもしれねえ。

「――！」

背後で悲鳴があがった。

紅羽の声だと気づき、振り向くと、蔵人が刀を手に紅羽に斬りかかるのが見えた。紅羽はまだ、鈎縄に搦《から》め取られ、地に倒れたままだ。

巽の目が再び紅羽に向いたが、それより早く、千里丸が動いた。刀を抜き、蔵人に投げつける。

蔵人は己の刃でそれを弾き返した。

「邪魔をするな、小僧。こいつは化け物だ。殺さねばならん」

「うるせえ、てめえは引っ込んでろ」

千里丸は続いて懐《ふところ》の手裏剣《しゆりけん》を放ちながら、紅羽の側へと駆け戻る。

蔵人はそれもはね返したが、その隙《すき》に、千里丸は場に残されていた士郎左の刀を掴み取った。

怒号とともに蔵人に斬りかかると、蔵人は背後に飛びすさって躱《かわ》す。

千里丸はすかさず紅羽を抱き起こし、絡みついた鈎縄を切ろうとした。

「小僧……！」

蔵人が吠《ほ》え、再び斬りかかってきた。

「化け物を助ける気か」

「紅羽は化け物じゃねえ！」

千里丸は紅羽を背にかばいながら、襲《おそ》ってきた蔵人の刀を受ける。剣戟《けんげき》の音が響き、衝撃《しょうげき》に一瞬、千里丸はたじろぐ。予想以上に、相手の動きが速い。侮《あなど》れない相手だ。

「たかが素浪人《すろうにん》の用心棒がっ……」

「化け物をかばうか、小僧。見ただろう、貴様《きさま》の仲間は化け物に消されたのだぞ」

「うるせえ！」

千里丸は激高《げっこう》した。

確かに士郎左は消された。紅羽も巽も尋常《じんじょう》でない力を持っている。かばうのが正しいのかどうか判らない。

それでも、紅羽を斬らせたくはない。異能の力を持っているというだけで、殺されていいわけがない。

じりじりと鍔迫《つばぜ》り合いをする二人に、

「蔵人、退《ひ》け」

新たな声が割り込んだ。

はっとして千里丸が顔を向けると、地に伏せていたはずの理兵衛が目に入った。立ち上がり、青ざめた顔でこちらを見ている。足下がふらつくのか、傍《かたわ》らに寄り添う奉公人に支えられていた。

だが、声の主《ぬし》は理兵衛ではない。

理兵衛の一歩前に、主人をかばって立つ二人の男——その手に鉄砲があるのを見、千里丸は息を呑んだ。理兵衛の前に並んで立ち、こちらに銃口《じゅうこう》を向けている。警告したのは、その男のどちらかのようだ。騒ぎを聞きつけ、駆けつけてきたのだ。

(鉄砲まで備えてやがるのか、住友理兵衛)

怯《ひる》むより呆《あき》れた。一介の商人の分《ぶん》を遙《はる》かに超えている。いったいどこから手に入れたのか。やはり、異国の手先なのか。

あれこれと考えている暇《ひま》はなかった。すでに火縄に火が付けられている。

蔵人が素早く飛びすさる。銃口の前から退いたのだ。

千里丸は紅羽を抱くようにかばうと、地に伏せた。

間髪《かんはつ》容れず、銃声が響く。

「紅羽——」

耳を打った声は、理兵衛のものと思った。

違う、巽だ——そう気づいたと同時に、千里丸は目の前が真っ暗になるのを感じた。

腹の中に手を突っ込まれたかのような、強烈な不快感を臓腑《ぞうふ》に感じた。吐き気がこみ上げ、全身に痛みが走り、わんわんと耳鳴りがする。

それでも紅羽の身体だけは放さなかった。
抱きかかえ、名を呼ぶ。
不快感と痛みがさらに増し──次の瞬間、ふ、と身体が楽になった。
耳鳴りが止み、かわりに、静寂《せいじゃく》が辺りを包む。
身に起きた異変が終わったのだと察し、千里丸は顔を上げた。
今のはなんだ。鉄砲はどうなった。蔵人がまた襲ってくるかもしれない。
素早く辺りに目を走らせ、
「え──」
思わず、声をあげていた。
ほんの一瞬前まであったものが、何一つ、目に入らなかった。
目の前から、すべてが消えていたのだ。

4

銅吹き所の建屋《たてや》。巽が吊された桜の木。集まっていた泉屋の職人たち。理兵衛に蔵人に久遠に鉄砲を持った男──何一つ、千里丸の目には映《うつ》らなかった。
代わりに視界にあるものは、年を経《へ》た木々。鬱蒼《うっそう》と茂る木立《こだち》。草木に覆われた山《やま》肌《はだ》。空を仰げば、木立の隙間から日が差し込んでいる。空気はひんやりとしていた。しめった土の匂いがする。

「なんだ、これ……」

つぶやきが口から漏れた。かすれ声だった。

千里丸は目をこすり、頭を振り、もう一度、目を開ける。

だがやはり、何もない。

ありえねえ。

「どうなってんだよ……」

どこかの山奥としか言いようがない場所だ。

さっきまでは確かに、長堀端の住友銅吹き所にいたのだ。大勢が目の前にいた。身体に震えが走る。現実を受け入れられなかった。おれの目は——いや、頭まで、おかしくなっちまったんだろうか。感覚のすべてが、いかれちまったみてえだ。

そこで、己の身体の下で、何か気配を感じた。

我に返り見下ろすと、紅羽だ。千里丸がかばった体勢のまま、苦しげに眉間《みけん》に皺《しわ》を寄せ、ぜえぜえと息を整えている。

紅羽……と呼ぶと、応えようとしてか、紅羽は小さく咳《せ》き込んだ。

千里丸は慌てて紅羽の身体から離れ、手を貸して抱き起こした。

手にしたままだった刀で、紅羽の身体に絡まる縄を切る。ようやく両腕の自由を取り戻した紅羽が、胸を押さえ、なおも咳き込みながら、大きく息をついた。

「大丈夫か？」

今の得体《えたい》の知れない不快感を、紅羽も感じたのだろうか。このとんでもない状況で、紅羽だけは守らなければと、強く思う。

「どこか痛むか？」

そっと肩に手を置き、できる限り落ち着いた声で、千里丸は問うた。

平気、と紅羽は小さく首を振った。

「私は慣れてるから」

「慣れてる？」

千里丸は眉《まゆ》をひそめた。

「慣れてるって、何に……」

「これ」

「これ……？」

「私たちを、ここへ飛ばした力。人を遠くへ飛ばす力。兄さんの力。——でも」

声が震えた。

「兄さんの力は他人にしか使えない。自分が逃げることはできない。あんな酷《ひど》い目に遭っているのに、私だけを逃がすなんて……なんで、兄さんはいつも、こんなふうに……」

唇《くちびる》をかみ、肩を震わせた。泣くまいと堪《こら》えるように。

「巽が、おれたちをあそこから、この山ん中まで飛ばしちまったってのか」

千里丸は改めて、辺りを見回した。

人気《ひとけ》のない山中だ。大坂の市中から、かなり離れているのではないか。そこへ、人を二人、いきなり飛ばす。神隠しのように。

そう、まるで、神隠しを起こす天狗《てんぐ》の所業そのものだ。両腕に鳥肌が立つのを覚え――そこで、はっとした。

「だったら、士郎もそうなのか。おれたちみてえに、どこか遠くへ――他の場所へ飛ばされただけで、生きてるんだな。姿が消えたからって、死んだわけじゃねえんだな」

思わず紅羽の肩を摑み、声を荒《あら》らげると、

「どうして、あの男のことを心配するの」

低い声で、紅羽が言った。強い眼差しが、乱れた髪の隙間から千里丸を睨《にら》みつける。肩に置かれた千里丸の手を振り払うと、

「あの男が御魂様を斬ったんだ。江戸から来た忍びの二人連れで、一人は太子様の

力を持つ者。そうでない者のほうが御魂様を斬った。それだけしか、お寺の師兄様《しけい》方は教えてはくれなかったけど、あの男のことに間違いない」

「それは――」

「『未来記』を奪いに来たんだって聞いた。異能者を戦に使うために」

紅羽は千里丸の言葉を聞かず、続けた。

「どうして、そんなことを考えるの。太子様の血の力は、そんなことのためにあるわけじゃないのに。どうして、そんな馬鹿なこと……！」

「待てよ。ちょっと落ち着けって……」

「兄さんはあんな目に遭わされて、四天王寺には御魂様や道啓様に害をなそうとする者が来て……どうして――」

紅羽の感情が再び激したようだ。胸の前で両手の細い指が組まれると同時に、風がざわめき、紅羽の周りで枯葉《かれは》が浮き上がりはじめる。

「やめろ」

千里丸は慌てて大声をあげた。

「むやみに力を使っちゃいけねえんだろ。道啓はあのとき、お前を必死に止めようとしてたじゃねえか。それに、おれはお前と、争いたくはねえ。言っただろう、おれはお前と、同じなんだ」

そう言いながら、千里丸は急いで刀を傍らに置いた。士郎左のもので、鞘《さや》はここにはないから、抜き身のままで置くしかない。両手を紅羽の前に出し、敵対する気はないのだと示しながら、必死に続けた。

「士郎が鷹を斬ったことは謝《あやま》る。謝って済むことじゃねえかもしれねえが……。だが、判ってくれ。異能の力を欲する理由が、おれたちにもある。今、この国には切支丹の南蛮人が攻めてこようとしている。切支丹は侮《あなど》れねえ敵だ。島原でも大勢が死んだ。南蛮人の持つ優《すぐ》れた武器に対抗できる者がいなければ、この国は滅びちまう。そのために、力が必要だ。だから、来たんだ」

なんとか紅羽をなだめようと口にした言葉だったが、言った後、千里丸は自分でひどくむなしくなった。異国がどうこうというのは、御前《ごぜん》や士郎左の考えだ。彼らの望みだ。千里丸の思いではない。

千里丸自身は何も知らず、何も考えず、ただ上の命令に従っていただけだ。己の意志など何もない。士郎左の言ったことを鸚鵡《おうむ》返しに、まるで自分の思いであるかのように紅羽に告げるのは、恥ずべきことだ。

だが、情けないことに、千里丸には他には何も、語れる言葉がなかった。そのことに、愕然《がくぜん》とする。

「何を馬鹿なことを。南蛮人なんか、攻めて来やしない」

紅羽は胸の前で両手を組んだまま、声を荒らげた。

「そんなこと、判らねえ。奴らはこの国の銀や銅を欲しがってる。喉から手が出るほどにな。今までは商いという形で手に入れていたものが、鎖国令《さこくれい》でだめになっちまった。だったら力ずくでも手に入れようと、軍を率《ひき》いてくるに違いねえ。そうなったとき、今のこの国には立ち向かえるだけの……」

「攻めてはこない。私は知ってる」

紅羽はきっぱりと言い切った。その迷いのない口調にたじろぎつつも、なお千里丸は反論しようとし、そこで、はっとした。

「まさか、それ、予知だっていうんじゃねえだろうな」

「そうだよ、父様が見た未来。異国との戦なんか起こらない。南蛮人は攻めては来ない。この国は南蛮人との関わりを絶ったまま、泰平《たいへい》の時を過ごす。これから長い間、ずっと。この国には長い泰平が約束されてる」

「なに……」

千里丸は絶句して、紅羽を見つめた。

本当に、そうなのか。この娘は、この国の未来を知っているのか。将軍家が必死になって知りたがっている未来を、もう知ってしまっているというのか。――それが、聖徳太子《しょうとくたいし》の血を引く者の力なのか。

「徳川の将軍が、少なくともあと十人替わる間、この国は他国と戦はしない。戦のない世は続き、将軍家は安泰《あんたい》で続く。――どうしたの、公儀の手先なんだったら、徳川の世が続くことは嬉《うれ》しいんじゃないの」

挑発するように問われ、千里丸は口ごもった。

「それはそうだが……しかし、未来なんて簡単に判るはずが……」

「簡単に判ったわけじゃない。父様だから見えたんだ」

「お前の父親の予知能力は、たいしたものじゃなかったと住友理兵衛が言っていたぞ」

「隠していたんだ。当たり前だよ」

紅羽はぴしゃりと言った。

「大き過ぎる力は、良い結果をもたらさない。だから、父様は旦那様にはわずかな言葉しか残さなかった」

「本当は違ったってのか」

「そうだよ。――そもそも『太子未来記』を奪いに来たくせに、未来予知を疑うの？」

「『未来記』は、本当は予言書じゃねえと聞いたぞ。異能者の名前を記した書だ、と」

「太子様が亡くなられたあと、異能の者がその血脈《けつみゃく》に残ること自体、未来を見通さなければ判らないことだよ。それを見越し、大きな力が悪人に利用されるのを防ぐために、太子様は『未来記』を残された。『未来記』の存在自体、未来を予知した結果として生まれたものなんだ」

千里丸は応える言葉が見つからず、口をつぐんだ。紅羽はおそらく嘘《うそ》は言っていない。四天王寺で聞いたこととも合致《がっち》する。

だが、やはり受け入れがたい。

「未来を知ることが、怖《こわ》いの？」

紅羽の口調が、やや柔《やわ》らかくなった。

「怖くなんかねえ。ただ……」

続く言葉が、出てこなかった。

「たいていの人が、未来の予言を耳にしたときに、そういう顔をするよ」

心底から不思議そうに、紅羽は言った。

「どうして素直に予言を受け入れられないのか、私には判らないけど」

「……しょうがねえだろ」

千里丸はぐしゃぐしゃと頭をかきむしった。

「お前は昔から、身近に予言者を見て生きていたんだろうさ。でも、おれはそうじゃねえ。おれには千里眼の力があったが、両親は早くに死んでいて、村では化け物扱いされた。力を欲しがった忍びの親方に金で買われたが、そこでもおれだけが特別だった。同類に会ったのは、お前が初めてだ。予言なんてのを、実際に耳にしたのも、今が初めてなんだよ。簡単に受け入れられなくても、しょうがねえだろう」

「初めてだから、怖いの？」

「別に怖いってわけじゃ……」

むきになって再度、言い返そうとし、千里丸は続きを飲み込んだ。

もしかすると、本当に、おれは怖いのかもしれない。千里眼なんぞより、もっと途方もないことのできる者が次々に現れて——おまけに、何百年も先のことまで断言されて、怖くなっちまってるのかもしれねえ。

「ああ、そうだな。怖い」

素直にうなずくと、気持ちが少し、軽くなった気がした。

「おれは何も知らなかったんだ。自分の千里眼の力がどうして備わっているのか、その目的だの意味だのも、一度も考えたことがなかった。『未来記』の秘密も、聖徳太子の血の力なんてことも、知らなかった。ずっと、一人だった。この力がいきなりなくなっちまったときも一人だったし、また視えるようになったときも一人だった。誰にも、何も言えなかった。わけが判らねえまま、ただおろおろしてた」

本当は、知りたくてたまらなかった。おれの力は本当に、死んだ仲間たちに奪われちまったのか。じゃあ戻って来たのはなんでだ。あいつらが許してくれたってことか？　そんなわけ、あるのかよ。許されるはずなんか、ねえのに……。

「誰も、側《そば》にいてくれなかったんだね」

紅羽が確かめるように言った。責めているわけでも、馬鹿にしているわけでもない口調だ。そのことに安堵《あんど》しながら、千里丸はうなずいた。

「ああ、そうだ。教えてくれる者はいなかった。だが、本当はそれだけじゃねえ。自ら知ろうとしなかった。……少なくとも御前は『未来記』の真の意味を知ってたんだ。おれだって士郎みてえにがむしゃらに上を目指し、御前の側までいきゃよかった。そうすりゃ、知識はきっと手に入った。目を背《そむ》けさえしなければ、もっと知ることはできた」

言葉にしたことで、ようやく、その事実を認められる気がした。士郎左が言うように、おれは確かに、愚《おろ》かだった。愚かで身勝手で、自分のことしか見ていなかった。千里眼が聞いて呆《あき》れる。馬鹿みてえだ。

「そう……」

紅羽は小さくうなずいた。

「ずっと一人でいたのなら、仕方ないのかもしれない。私だって、兄さんや父様、それに道啓様がいなかったなら……」

紅羽は怯えたように小さく身震いした。

それから、細い指をゆっくりと解《ほど》き、手を膝に下ろす。異能を使う意志をなくしたということだ。千里丸を見あげる目から、険《けわ》しさが和《やわ》らいだ。

千里丸はほっと息をついた。

とはいえ、事態はさほど好転したわけではない。

ここがどこかはまったく判らないし、泉屋や巽がその後どうなったのかも気になる。久遠はどうしただろう。士郎左も千里丸も消えてしまい、途方に昏《く》れているだろうか。

天を仰げば、木立の向こうには、青空が広がっている。泉屋にいたときは空は曇っていたが、この辺りは雲がない。だいぶ遠くに来たのだろうか。

視界のきく場所を探し、辺りを見回した。今いるのは、なだらかな斜面だ。登り切ってみれば、その向こうに何か見えるかもしれない。

千里丸は刀を拾って立ち上がった。

「とりあえず、ここにいてもしょうがねえ。もうすぐ、日が暮れる。その前に山を降りたほうがいい。ここがどこかも判らねえが、集落に降りてみれば、なんとかなるだろう」

「――判るよ、どこなのか」

紅羽が言った。

「なに」

「兄さんはわざと私をここに飛ばしたんだ。……父様のところへ」

「父様……？」

千里丸は目を丸くした。

「――って、未来予知のできる父親のことか？　おい、そいつはもう、死んでるんだよな？」

紅羽はその問いには応えなかった。立ち上がり、裾《すそ》に付いた落ち葉を払うと、黙って歩き出す。

千里丸は慌てて後に続いた。

5

住友理兵衛の目の前で、銃声が響き、銃弾が放たれた――その瞬間、みなが紅羽を見ていた。

銃口に狙《ねら》われた、恐るべき力を持つ少女。

その少女が、千里丸とともに消えるのを、大勢が見た。

「……なんや、これは」

理兵衛は呆然と、声を震わせた。

「また人が消えた……」

理兵衛だけではない。誰もがみな、目の前で次々に起きる変事を受け止めかね、呼吸さえ忘れて立ち尽くしていた。

「化け物が……」

ややあって、いちばんに我に返った蔵人が、低く唸《うな》った。視線を向けたのは、両手を吊されたままの巽だ。

巽は応えなかった。紅羽と千里丸が消えたあと、がくりと頭を垂れ、動かない。再び気を失ったようだったが、近づいて確かめる者はいなかった。

その場の者たちの脳裏には、先ほど千里丸が巽に詰め寄ろうとしたときの叫び声が焼き付いている。

——士郎に何をしやがった！

千里丸は、どうしてか、あれを巽の仕業《しわざ》だと確信していた。

それは、確たる証拠がないにしろ、場にいた者の共通する認識でもあった。

「勘弁《かんべん》してくれ……！」

誰かがかすれた悲鳴をあげた。

それが引き金となり、まだその場に残っていた職人たちが我先にと駆け出した。腰を抜かし、這うようにして逃げていく者もいる。誰もみな、青ざめた顔で、慌てふためいていた。

「おい、待て――待たんか」

ふらつく理兵衛を支えていた年嵩《としかさ》の奉公人が必死に止めたが、誰も聞く耳を持たない。

「門を開けるな、誰も外に出すな！　騒ぎを外に漏らしたらあかん！」

大声での指示を、隣にいた若い奉公人が、慌てて門番に伝えにいく。

騒ぎの中で、蔵人が刀を手にしたまま歩き出した。まっすぐに巽に近づいていく。

その様子に不穏《ふおん》なものを感じ、久遠が慌てて声をかけた。

「おい、おぬし、何をする気だ」

「化け物を殺す」

短く、蔵人は言った。

「待て。いきなりそれはなかろう」

聞く耳を持たない蔵人の前に、久遠は飛び出し、両手を広げて立ちふさがった。

「どけ、素浪人」

「だめだ。いくらなんでも、殺すのは浅慮《せんりょ》に過ぎる」

「寝呆《ねぼ》けたことを。すでに三人もの人間が、その化け物に消されたのだ。次は誰がやられるか判らん」

「消えただけだ。死んだわけではない。おそらく、どこか遠いところに飛ばされただけだ。神隠しのようなものさ。そういう力を持った者に関する記述が、『太平記』にもある。闇雲《やみくも》に怖がる必要はない」

「だが化け物には違いない。どかぬなら、貴様も斬る」

蔵人は凄《すご》み、久遠は気圧《けお》されるように一歩退《ひ》いたが、それでもなお、

「待てと言っておるだろうに――」

「旦那様、蔵人の言う通りです。早く、奴を始末するべきです」

久遠の言葉を遮《さえぎ》って、理兵衛の傍らで鉄砲を構えた男が怒鳴った。黙ったままの主人に焦《じ》れたようで、火縄を確かめる仕草《しぐさ》からは、巽を撃ちたがっている様子がありありと見える。

「おい、待て。撃つな。……理兵衛殿、なんとかしろ」

久遠は青ざめ、狼狽《うろた》えながら、まだ呆然としている理兵衛を懸命に呼んだ。

「蔵人――」

ようやく理兵衛が口を開いた。

「刀を降ろしなさい。鉄砲もや。撃ったらあかん」

声はまだ上ずっている。

「な――」

「旦那様、それでは……」

「巽は生かしておく。今のうちに身動きのできんように縛りあげて、店の奥に閉じ込めるのや」

「閉じ込めるだけで化け物を封じられるものか」

蔵人は刀を降ろさぬままで声を張り上げたが、理兵衛は揺らがなかった。

「封じる必要はない。途方もない力を持った者は、生かして使ってこそや。御公儀と渡り合うためにも、この先、きっと役に立つ。手放すことはできん」

そう言った顔には、落ち着きが戻り始めていた。おぼつかなかった足下も、再びしっかりと、地面を踏みしめる。

蔵人は歯噛みし、鉄砲を構えた二人も、納得がいかない様子で互いに顔を見合わせる。

「小助《こすけ》、吉次《きちじ》。巽を母屋に運ぶのや。目を覚《さ》まさんうちに、早《はよ》うな」

理兵衛は構わず、鉄砲の二人に冷静に命じた。

「しかし……」

主人の命令であっても、とても巽に近づく気にはなれぬようで、二人ともその場から動かない。吉次お前が行けと、年嵩のほうが顎《あご》をしゃくるが、吉次も怯えて強張《こわば》ったままだ。

「大丈夫だ。気を失っている間は何もできんはずだ」

久遠が口を挟《はさ》んだ。

「それに、目に映った相手以外に何かすることはできんはずだ。後ろから近づけば、怯える必要はない。目隠しをすれば、なお安全だ」

「そんな話があてになるものか。化け物相手に……」

小助は顔をしかめ、吉次も言う。

「ならば浪人、お前がやれ」

「――判った。やろう」

久遠はうなずいた。

本気かと、小助も吉次も目を剝《む》いたが、久遠はゆっくりと巽に向き直り、歩き出した。

「怖くないんか……」

吉次が呆然とつぶやいた。

久遠は一間《けん》（約一・八メートル）ほどの距離になると、動かない身体を見下ろしながら、足音を忍ばせるようにして、背後に回り込んだ。巽の視界に入らない位置に立ったのだ。

「おい、死んだわけではないな？」

久遠は巽の耳元で、恐る恐る訊ねた。理兵衛も蔵人も、その他の者も、みな、固《かた》唾《ず》を呑んで見つめる。

巽はぴくりとも動かない。

久遠はさらに二度、三度と肩や背をつつきながら巽の名を呼び、それでも反応がないと知ると、耳をぐいと巽の口元に近づけて、呼吸の音を確かめた。

「気を失っているだけだ」

久遠は安堵したようだったが、複雑な空気がその場に流れた。生きていることを手放しでは喜べないのだ。勝手に死んでくれたなら、それはそれでよかったと思う者もいる。

久遠は腰の刀を抜くと、巽の両手を吊り下げていた縄を、さびの浮いた刃《やいば》で切った。意識のない巽の身体はその場に崩れかけたが、久遠は慌てて手をさしのべ、血まみれの身体が地に倒れる前に抱き留めた。

そっとその場に横たえ、脂汗が浮かんだままの額を袂《たもと》でぬぐってやる。背に回し

た手がべったりと血で濡《ぬ》れたのを確かめ、やりきれぬというように顔をしかめると、

「……なあ、理兵衛殿。貴殿はどうしてこんな馬鹿げたことをした。痛みでもって人の心を曲げようとするなんぞ、何よりくだらんことだぞ」

大きな息を吐きつつ、久遠は理兵衛に訴えた。

「とはいえ、そのおかげで、拙者には判ったよ。貴殿は切支丹ではない。切支丹であれば、こんな愚かな拷問は、決してせん。痛めつけられた同志の苦しみを知っているからな」

「何を勝手に納得されているのか判りまへんが、私はそもそも初めから、切支丹などではないと何度も申し上げてます。波多野様が思い込みで言っていただけ」

理兵衛の声は冷静だった。

「そうだな。そうだった」

久遠は苦笑を浮かべた。

「確かに拙者の思い込みだ。——だがな。同じ思い込みでも、もう一つのほうは当たりだった。住友家はやはり、異能の者と繋がりがあった」

久遠は巽の手首の縄を慎重《しんちょう》に解《ほど》いてやりながら言った。

理兵衛は顔をしかめた。

「繋がりなど、とんでもない。私は紅羽の力も、巽の力も、先ほど初めて知った」

「確かにそのようだが、拙者は何も、紅羽と巽のことだけを言っているわけではない。なあ、理兵衛殿。そろそろ白《しら》ばっくれるのはやめたらどうだ」

久遠は巽を膝に抱いたまま、怪訝《けげん》そうな理兵衛に向き直った。

「貴殿は数年前から、なぜだか知らんが異能の者に強い関心を持ち、躍起《やっき》になって調べまわっていたな。二年前には我が故郷、筑後《ちくご》の、とある小さな村にまで人を寄こした。古くから異能者の伝説が残っていた村だったからだ」

「……はて、何のことやら」

「とぼけても無駄だ。確かに住友の者だった。ただし、身分を偽《いつわ》り、名も、城州《じょうしゅう》浪人三田信之助《みたしんのすけ》と名乗っていた。まだ三十路《みそじ》になったばかりの優男《やさおとこ》だ。異能者の言い伝えの残る家の血を引く最後の一人に会いに来た。すなわち、拙者の許嫁《いいなずけ》、お幸《こう》にな」

「……」

「拙者はそのころ郷《さと》を離れていたのでな。直接その男に会うことはなかったが、後からお幸にすべて聞いた。三田信之助の正体は大坂の豪商住友家の手代《てだい》で、住友の当主は異能の者に強い関心を抱き、その力を欲しているようだ、とも」

「……その男が嘘をついたんでしょう。実は豪商住友の手代だといえば、甘い汁《しる》が吸えるとでも思たに違いない」

「いや、そうではない」

久遠はどこか悲しげに首を振った。

「男は最後まで正体を隠し通していた。お幸は己の力で知ったのだ。生まれながら持っていた、異能の力でな」

「え――？」

一瞬、理兵衛は久遠の言葉を理解しかねたようだった。

「……今、なんと？」

「異能の力と言ったのだ。相手がどのような過去を持っているのか、その歩んできた道が、お幸にはすべて読み取れたのだ」

一言ずつ、嚙《か》みしめるようにゆっくりと久遠は言った。

「その力の持ち主が、本当にいたと……」

理兵衛の声が震えた。信じられぬというように、目を瞬《また》き、

「しかし……五兵衛《ごへえ》は私に何も言わなかった」

そう言ったあと、すぐに理兵衛は口を滑《すべ》らせたことに気づき、はっと息を呑む。

小助や吉次、それに蔵人も、思わず理兵衛に目を向けた。

「語るに落ちたな、理兵衛殿」

久遠は小さく笑った。

「そうだ、その五兵衛だよ。名を偽り村に住み着いた住友の手代だ。お幸をたぶらかしたあげく、身重のお幸を捨てて逃げた男だ。村にはもう百年以上、言い伝えにある異能者など現れていないとお幸が告げたとたん、故郷に戻ると言って去ったそうだが、本当は貴殿のところに知らせに行ったようだな。そして、それきり戻らなかった。必ず帰るとお幸には言ったそうだが、結局、帰ってこなかった。拙者が村に戻ったときには、お幸は病《や》みやつれ、一人で歩くこともかなわぬほどだったよ。腹にいた五兵衛の子が月足らずで天に還《かえ》り、そのせいでお幸の身体はぼろぼろになったのだ。それでもお幸は待ち続けていたよ、五兵衛のことを。五兵衛は嘘つきだったが、この恋だけは本物だったと言っていた。息を引き取る、その瞬間まで」

久遠は話しながら、巽の身体を横抱きに抱え上げた。立ち上がり、ゆっくりと理兵衛のほうへと歩き出す。

たじろぐように、理兵衛は数歩、後ずさった。小助と吉次が、戸惑《とまど》いつつも、主人をかばうように前に出る。

「それで、波多野殿は、許嫁を弄《もてあそ》んだ住友家を恨《うら》み、復讐《ふくしゅう》をしようとここへ来たと……?」

「……そういうわけではない」

久遠は静かに首を振った。

「そもそも、拙者にはそんな資格もない。お幸とは許嫁だったが、裏切ったのは拙者だ。拙者はお幸を捨てて、己の信じるもののために郷を離れた。傷ついたお幸がその傷を癒《いや》してくれる者と出会い、恋をし、その恋に破れたからといって、復讐など口にできる立場ではない。看取《みと》ってやれただけでもよかったと思っているよ。お幸が心を許すような男であれば、根っからの悪党ではなかったのだろうしな。ただな。……五兵衛、か」

歩きながら、久遠は噛みしめるように、改めてその名を口にした。

続けて何を言い出すのか、警戒するように理兵衛が眉根を寄せる。

「本当にいたのだな、その男は」

そう言ったあと、怪訝そうな理兵衛から目をそらし、久遠は続けた。

「五兵衛という名は、お幸が拙者に密《ひそ》かに告げたものだ。信之助の過去を覗《のぞ》いて得た本当の名だと言ってな。しかし、拙者は――実のところ、たった今まで、半《なか》ばほどしか信じてはいなかった。当然だ。一度は夫婦約束まで交《か》わしたお幸に、そんな途方もない力があったなんぞ、そのときまで拙者は知らなかった。お幸の家に異能者の言い伝えが残っていることは知っていたが、そんなものはただの昔話だと思っていたのでな。しかも、かの有名な大坂の豪商住友理兵衛が、本気で異能の者を探していることなど、にわかには信じられるわけがない。拙者に捨てられ、旅人にも弄ばれたお幸が、心を病んで作り出した妄想《もうそう》なのではとさえ考えた。しかし……どうやら本当に、信之助は五兵衛で、貴殿は異能者を探していたらしい。となると、お幸は本当に人の頭の中を覗く力を持ち、そして……」

そこで、久遠は小さく息を吐いたあと、続けた。

「本気でその五兵衛に惚《ほ》れたのだろうな、恋い焦《こ》がれて命を落とすほどに」

第五章　先祖が眠る地

1

巽《たつみ》を閉じ込めるために理兵衛《りへえ》が選んだ場所は、屋敷の奥から渡り廊下《ろうか》で繋《つな》がった小さな蔵《くら》だった。

「元は金蔵《かねぐら》に使っていたところですが、数年前の大雨で地下に水が入ってからは放《ほ》ったらかしで」

頑丈《がんじょう》な戸を開けるとすぐ、地下に降りる梯子《はしご》が見えた。その下に、四畳半《よじょうはん》ほどの広さの空間がある。窓は上のほうに明かり取りのものが二つ。

巽を横抱きにし、理兵衛の後についてきた久遠《くおん》は、顔をしかめた。

「もう少し、まともなところはないのか。これでは、あんまり……」

「そうしたいのは山々ですが、他の者が容易に近づけん場所でないと……」

理兵衛は難しい顔をして、首を振る。

仕方がないなと久遠は肩をすくめた。

「まあ、物騒《ぶっそう》な奴《やつ》だからな。だが、酷《むご》い扱いをするのはもうやめてくれ。胸が痛む。異能者に生まれたのは、こいつのせいではないのだ」

「……心しておきましょう」

番頭が蔵の鍵《かぎ》をあけ、灯《あか》りを手に先に梯子を降り、久遠が巽を肩に担《かつ》ぎ直して、慎重《しんちょう》に後に続いた。

床板《ゆかいた》は張ってあるが、湿気《しっけ》を含んで傷《いた》んでしまっているようで、一歩踏み込むごとに、沈むような感触がある。

久遠は巽をそっと、床に横たえた。仰向《あおむ》けに寝かせ、番頭が手渡した着古しの小《こ》袖《そで》を、剝《む》き出しの上半身を覆《おお》うようにかけてやる。傷のせいか、熱が出ているようだと察し、眉《まゆ》をひそめる。

と、かすかな呻《うめ》き声がした。巽が意識を取り戻したのだ。

番頭が怯《おび》えてひぃっと小さく悲鳴をあげる。念のため、巽には目隠しをし、両手首も、今度は少々気を遣《つか》って柔《やわ》らかな布で縛《しば》り直してあった。それでも怖《こわ》がり、慌《あわ》てふためき梯子を駆け上がろうとしたため、久遠は慌てて引き留めた。

「待て。逃げるなら、灯りを置いて行け。拙者《せっしゃ》は少し、この者と話がしたい」

番頭の手から手燭《てしょく》をもぎ取り、自らは巽の側《そば》にしゃがみこむ。目隠しの布に覆われた巽の顔を灯りで照らしながら、そっと声をかけた。

「おい、目を覚《さ》ましたのか。気分はどうだ」

巽はもぞもぞと身じろぎした。両手がまだ縛られていることと、目をふさがれていることは理解したようで、大きく息を吐《つ》いたあと、かすれ声で言った。

「……紅羽《くれは》は？」

「消えたままだ。お前さんがどこかへ逃がしたんだろう。違うのか」

その問いに答はなかったが、ほっとしたような息が唇《くちびる》から漏《も》れた。

「お前さん、たいした力を持っているんだな。住友《すみとも》の旦那《だんな》はめっぽう、驚いていたぞ。むろん、拙者もだが」

「……ここはどこだ。銅吹き所じゃないのか」

「住友家の蔵だ。屋敷の奥の地下牢《ちかろう》みたいな場所だ。金持ちの家にはおかしなものがある」

「あんた、誰だ」

「拙者は波多野《はたの》久遠。住友家の客人だ。幼なじみに、おぬしのような異能者がいてな。おぬしと会えたことを嬉《うれ》しく思っている」

「ふうん……」

巽は思案するように間を置いたあと、

「……その声、覚えているよ。昨日もうろうろしていた浪人だな。幼なじみというのは、さっき紅羽をかばった奴か。確か千里丸《せんりまる》とかいった……」

「いや、違う。もう死んだ女だ」

「違うのか……あいつ、千里眼《せんりがん》の持ち主だと言っていたから、そうかと思ったんだが」

つぶやいたあと、巽はもう一度、大きく息を吐いた。身体《からだ》が痛むのか、苦しげに喘《あえ》ぐ。

久遠は続けて問うた。

「お前さんが消してしまった三人は、今、どこにいる？　死んだわけではないのだろう？」

久遠の問いを聞き、巽の口の端《はし》にかすかに笑みが浮かんだ。

「紅羽と千里丸は、親父《おやじ》のところに行かせた。侍《さむらい》は、おれの知ったことじゃない。いけすかない野郎《やろう》だったから、何も考えずに適当に吹っ飛ばした。地の果てまで行ったか、案外、すぐ近くにいるのか、おれにも判《わか》らない」

「そんなこともできるのか。おっかないな。――ただ、お前さんの父親はもう死んでいるんじゃなかったのか」

その問いにも、巽は薄く笑っただけで応《こた》えない。妹を無事に逃がしたことに安堵《あんど》しているようだった。

「もし、波多野様」

呼ばれて久遠が見上げると、番頭が梯子の上から手を伸ばすようにして水差しと湯飲みを差し出してきた。

「湯飲みの中に、化膿《かのう》止めの散薬《さんやく》が入っております」

番頭の隣には理兵衛が立ち、じっと巽を見下ろしている。蔵人《くろうど》も傍《かたわ》らにいて、まだ警戒心をあらわに巽を睨《にら》んでいた。

久遠は水と薬を受け取ると、再び巽の脇《わき》に座り込んだ。湯飲みに水を汲《く》み、薬を溶《と》かした後、

「聞こえたか。薬が届いたぞ」

そう言って仰向けになった巽の口に流し込んでやると、半分ほどはこぼれたが、ごくりと喉《のど》が鳴った。よしよしと、久遠は満足げにうなずき、もう一杯、今度は水を飲ませてやる。それから、袂《たもと》で濡《ぬ》れた口元をぬぐってやった。

「お前さん、公儀《こうぎ》隠密《おんみつ》なんぞではないのだろう？　違うなら違うと、はっきり言ったほうがいい」

「何度も言った。信じない馬鹿ばかりで困る」

「そうか。だが、今なら信じるのではないか。なんといっても、おぬしはとんでもない力を持っていながら、それを住友の者たちを害するためには使わなかった。妹が危険にさらされるまでは、な。おぬしが住友に敵対する者ではないからだろう」

「おれはここの旦那は嫌《きら》いだよ。紅羽に色目を使うからな。ぶん殴《なぐ》ってやりたいと思うことのほうが多かった」

目隠しをされたままの巽は、理兵衛が近くにいることを知らぬためか、遠慮のないことを口にする。

「銅吹き所を守れと親父に言われたから奉公してやったが、今日という今日は愛想《あいそ》が尽きた。おれに濡《ぬ》れ衣《ぎぬ》をきせたことは大目に見てやるとしても、紅羽を撃とうとしたことは許せない」

「おぬしらが銅吹き所を守ってやらなかったら、住友家の未来は変わるのか。紅羽が先ほど、そんなことを口にしていたようだが……」

「住友銅吹き所を、おれと紅羽が守っている未来を、親父は見たそうだ。銅吹き所には今よりも多くの炉《ろ》があり、異国人が大勢出入りして、おおいに繁盛《はんじよう》していたらしい。さらに遠い先、町の様子も暮らす人々も変わってしまった時代にあっても、泉屋《いずみや》の井桁《いげた》の紋《もん》は大坂の町にあふれている……そんなことも言っていたな。親父はそれを喜んでいたよ。住友に恩を感じていたからな。だから、おれも紅羽も、親父の予言通りに住友家を守ってやるつもりだった。それが世のためだと言われたからだ。一つの楔《くさび》が抜ければ、来るはずの未来は変わる。おれたちがここにいることがあるべき未来であったなら、それが変われば未来は変わる。親父が目にしたものはもう現実にはならない」

饒舌《じょうぜつ》に語ったあと、巽は大きく息をつき、熱に浮かされた口調でさらに付け足した。

「公儀隠密が潜《もぐ》り込んでるってことは、住友は将軍家に嫌われているんだろう。まあ、将軍家じゃなくたって嫌うさ。南蛮絞《なんばんしぼ》りは確かにたいした技《わざ》だが、それを使って銅取り引きを独占し、大坂中――いや、国中の銅吹き屋に恨《うら》みを買った。己《おのれ》の利益しか考えていない強欲《ごうよく》な商人だ。踏みつけにしたものの恨みを負って、本物の公儀隠密の手で潰《つぶ》されてしまえばいい。ざまあみろだ」

「本物の公儀隠密が誰か、お前さん、知っているのか?」

「知るわけがない。おれはただの下っ端《ぱ》職人だ」

「だが、とんでもない異能の力の持ち主だ」

「こんなのはたいしたもんじゃない。二、三度使えば、次に使えるのは一月《ひとつき》後か、二月《ふたつき》後か、自分でも判らないくらいだ」

「ほう。そう言って、周《まわ》りを油断させる手か?」

笑いながら久遠が言うと、巽も小さく笑った。

「浪人さん、田舎者《いなかもの》らしいのに、頭が良さそうだ」

「お褒《ほ》めにあずかり光栄だ」

「あんたの幼なじみの女の人は、幸せに暮らしていたのかな……」

つぶやくような問いには、久遠は応えなかった。

しばし沈黙が続くと、巽は大きく息をついた。一気に喋《しゃべ》ったせいで、疲れたようだ。眠ってしまったのかと思うほどに黙っていたあと、

「……義理はもう、充分に果たしただろ、親父……」

呼びかけた相手が近くにいるかのようにつぶやくと、再び口を閉ざす。

やがて、苦しげな呼吸《いき》の音だけが唇から漏れはじめた。

喋りたいだけ喋り、力つきるように眠りに落ちてしまった巽を、久遠はしばし眺めていたが、おもむろに頭上に灯りを掲《かか》げた。

「理兵衛殿。今の話、聞こえたな？　まだこいつを、公儀隠密だと思っているか？」

「いえ。そもそも、これほどの力の持ち主をたかが商家の探索に使うほど将軍家が阿呆《あほう》なはずがない。巽の力を知ったときに、そう気づきました」

「そうか。だが、貴殿《きでん》の間違った判断のせいで、すでにこの店の華麗《かれい》な未来は消えたようだぞ」

「さて……私は、左門《さもん》の予言なんぞ、本気で信じてはおりまへん」

「それにしては、紅羽の言葉で青ざめていたようだったがな。……まあいい。信じるも信じないも、人それぞれ。それでこそ、予言というものだ。確実に当たる予言は、未来を操《あやつ》ることと同義でな。予言とは言わん」

久遠は独《ひと》り言《ごと》のようにつぶやき、再度、巽に目を落とした。小袖を身体に掛け直し、水差しは枕元に置く。その後、縛られた手では届かないと気づき、身体の脇に置き直した。そこならば、わずかに手を動かすだけで届く。

ゆっくり休めよと小声でつぶやいたあと、立ち上がった久遠は、さりげない口調で理兵衛に言った。

「ところでな、理兵衛殿。さっきの話を続けてもいいか」

「さっき、とは……？」

「お幸《こう》を捨てた、五兵衛《ごへえ》の話だ」

「ああ、それ……」

理兵衛は顔をしかめたが、久遠は答を待たずに続けた。

「五兵衛は異能者の中でも特に、人の過去を覗《のぞ》く――つまり、お幸と同じ力を持つ者を探していたようだな。だが、五兵衛自身も、己の主人が何のためにそう命じたかを知らなかったため、お幸は住友家の目的を知ることができなかった。理兵衛殿。

貴殿はいったい何のために、特にその力の持ち主を探していた？」

「……その答を知ったとして、波多野様はどうなさるおつもりで？」

「どうもせんさ」

　久遠は肩をすくめた。

「ただ、お幸が気にしていたからな。五兵衛の性根《しようね》が悪党でないことは判るが、五兵衛の主人のことまでは判らない。異能者を何か悪い目的のために使いたいのだとしたら許されないことだ、と。お幸の家には、どのような力を持って生まれても、その力を決して我欲のために使うなかれ、人を害するために使うなかれと、先祖代々、厳しい戒《いまし》めの言葉が伝わっていたそうだ。もしも……」

　そこで久遠はいったん言葉を切り、わずかに迷ったあと、続けた。

「もしも何かまっとうな目的のためだと判ったなら、お幸は五兵衛に自分の力について正直に告げたかもしれん。大坂にともに行こうとも、言えたかもしれん。だが、そうと判らなかったために惚《ほ》れた男に本当のことが言えず……結果として、捨てられた。さぞ心残りだっただろうよ」

「お幸さんという方には、うちの手代《てだい》が本当に申し訳ないことをしたと思います。ただ、実は五兵衛も筑後《ちくご》から戻る途中で病《やまい》にかかり、大坂に着くとすぐに亡くなりました。筑後に戻りたがっていたとは聞いていましたが、まさかあの村で出会った娘さんとそのように深い仲になっていたとは知りませんでした。知っていれば、すぐにでも使いをやりましたものを」

話をすり替えての答だったが、久遠は目を丸くした。

「死んだ……おい、拙者を騙《だま》すための作り話ではあるまいな」

「残念ですが、違います。まったく、無念でなりませんよ。五兵衛がそのお幸さんを大坂に連れてきていれば、私は切望する力を手に入れることができた。お幸さんも惚れた男と引き裂かれることはなく、おそらく若い身空《みそら》で死ぬことにもならなかった。五兵衛も旅路を急ぐあまり無茶《むちゃ》をして病になることもなかった。異能者の血を引く赤子《あかご》も、死なせずにすんだかもしれまへん。……五兵衛は本当に大馬鹿者や」

「五兵衛がとんでもない大馬鹿野郎だという意見には、まったく異論はない」

久遠は呻くように言った。

「お幸が泉屋に来て幸せになれたかどうかは別として、五兵衛とやらは、生きていたならこの手で絞《し》め殺してやるつもりだった。とっくに死んでいたとはな。今ごろ、お幸と向こうで出会えただろうか……」

声を震わせ、久遠は黙り込む。そのままうつむいていたが、気を取り直したように、

「それで、理兵衛殿。拙者の問いに応える気はないのか。貴殿がお幸の持つような力にこだわった理由を」

「……」

「やはり黙《だんま》りか。……つまりは、お幸が懸念《けねん》したような、我欲にまみれた薄汚い目的か。人を踏みにじり、己がのしあがるためか」

「違います」

間髪《かんはつ》容れずに、理兵衛は応えた。

「住友の商売の目指すところは、そのようなものとは違います。私らの商《あきな》いは、人のためになるものです」

「綺麗事《きれいごと》を言うものだな。しかし、これでも拙者は、少しは貴殿の商売について調べたのだ。切支丹《キリシタン》の噂《うわさ》以外にもな。さっき巽が言った通り、住友は強引《ごういん》に銅取り引きを独占し、代々続いてきた大坂中の銅吹き屋を蹴落《けお》とし、多くの者を泣かせた。いくら優《すぐ》れた技術を生み出そうと、これまで町を支えてきた者たちの屍《しかばね》の上に嬉々《きき》として立つようでは、まっとうな商人とは言えんだろう。違うか。そのうえに、どこでその存在をかぎつけたか知らんが、異能の力まで調べて手に入れようとは、強欲《ごうよく》に過ぎる――」

「旦那様――」

そこで、ばたばたと大きな足音をたて、奉公人が渡り廊下を駆けてくる音が聞こえた。

「なんや、騒がしい。どないした」

理兵衛が渋面《じゆうめん》で問うと、若い奉公人は身を縮《ちぢ》めながら、

「旦那様、先ほどの騒ぎ以後、門は固く閉ざし、一切《いつさい》の出入りができんようにしておりましたが、強引に中に入ってきた者がいまして、怪我人《けがにん》が」

「賊《ぞく》か。こないなときに……」

理兵衛が顔をしかめ、背後に控えていた蔵人も、表情を険《けわ》しくする。

奉公人は慌てたように首を振った。

「いえ、賊ではなく……ただ、どないしよかと思てるうちに、無理矢理にお屋敷の中に……」

「はっきり言わんか、いったい何者や」

苛立《いらだ》ったような理兵衛の言葉の途中で、はっと気づいたように表情を変えたのは久遠だった。素早く目の前の梯子に手をかけ、手燭を片手に、急いで地上へと戻る。

そこへ、慌てたような複数の足音が近づいて来た。

「あの、お侍様……」

取り乱した様子の女中や奉公人たちを前後に引き連れる形で、長身の男が廊下の向こうに姿を現す。制止する者たちを振り切って、強引に屋敷の奥まで乗り込んできたのだ。

予想通りの姿に、久遠は声をあげた。

「無事だったか、早瀬《はやせ》殿。おぬしか千里丸か、どちらかが戻って来たのだろうと思ったのだ」

大股《おおまた》で廊下を渡り近づいてきたのは、早瀬士郎左《しろうざ》だった。

表情は険しいが、怪我などはないようだ。身なりも変わりはない。腰の刀だけはなくなっている。刀を置いたままで消され、その刀は千里丸が手に取り、こちらは刀ごと消えたのだ。

「早瀬様……よくご無事で」

理兵衛も、ほっとした顔になる。士郎左が無事に戻って来たとなれば、巽の力への恐怖はやや軽くなる。

「おぬし、ここから消えたあと、どうなったのだ」

久遠の問いに、士郎左は軽く肩をすくめ、

「酷《ひど》く不快なめまいを感じ、気がつくと、町外《はず》れの山の中にいた。周囲の地形を見れば宰相山《さいしょうやま》の辺《あた》りだと判ったが、さすがに、驚いた」

大坂市中の東にある、大坂の陣の主戦場でもあった地名を、士郎左は挙《あ》げた。周りの風景と太陽の位置から方角を読み、場所の見当を付け、急いでこの屋敷に帰ってきたのだという。驚いたと言いながらも、口調は冷静だ。

「何が起きたか、おぬし、すぐに判ったのか？」

「巽とかいう輩《やから》の力だろう。こういう力を持つ者がいることを知ってはいたが、自分の身で体験するとは思わなかった。……それで、奴はどうなった。まさか、殺したのではなかろうな」

士郎左は地下の暗がりに横たわる巽に目を落とし、眉間《みけん》に皺《しわ》を寄せて訊《たず》ねた。

「いや、眠っているだけだ」

「そうか」

「安心したか？　おぬしは、誰かさんと違い、異能者は化け物だ殺せ始末しろと怒《ど》鳴《な》る質《たち》ではないらしい。そうだろう？」

探るように同意を求める久遠には応えず、士郎左は辺りを見回した。

「暴《あば》れていた娘のほうはどうした。それに、千里丸がいないようだが？」

「二人とも消えたよ、一緒に消えて、まだ戻って来ていない」

「一緒……だと」

士郎左が眉根《まゆね》を寄せた。

「ああ。巽が二人まとめてどこかに飛ばしたのだ。父親のところに行かせたと言っていたが、兄妹《きょうだい》の父親は残念ながら彼岸《ひがん》の住人だ。まさか、妹をあの世に行かせたとも思えんから、どこか別の場所のことだろう。ただし、巽はそれ以上は喋らず、あの通り、眠ってしまった。――たたき起こして喋らせるのは難しいと思うぞ。簡単に口を割らないことは、先ほどの拷問《ごうもん》を見て判っただろう。妹の身を危険にさらすことは決してすまい」

久遠の説明に、士郎左は反論はせずに黙り込む。

そのまま、なんとなしにしばし、誰も口を開かなかったが、やがて、深く息をつきながら、理兵衛がつぶやいた。

「……異能の力というのは、本当にわけの判らぬものや。化け物が人に乗り移ったか、あるいは神仏の気まぐれか……」

「……それは謎のままだと、お幸も言っていたな」

久遠が応えた。

「お幸が死んだ後、その祖先が密《ひそ》かに書き遺《のこ》したという古き記録の山が、拙者には遺された。お幸の祖先はかつて大楠公《だいなんこう》に従った異能者でな。その記録ともいうべき『太平記』の二十二巻も含め、すべての書に拙者は目を通したが、そもそもなぜに、最初の異能者と呼ばれる聖徳太子《しょうとくたいし》がこの国に生まれ出たのかは、判らぬままだった。太子自身がいうように、仏《ほとけ》の御加護がこの国に舞い降りた証《あかし》なのか……」

久遠はそこで言葉を切り、そのまま沈黙していたが、ふと思い出したように付け足した。

「そうだ、お幸に遺されたものといえば……お幸は拙者に、一つの予言を遺したのだった」

「人の過去を見る力を持った娘が、予知もできたと？」

身を乗り出すような理兵衛の問いには、苦笑とともに首を振る。

「残念ながら、そんな大層な話じゃない。お幸は死ぬ間際《まぎわ》に、拙者に言った。自分が死んだら、髪の一房でいいから、ある場所に埋《う》めて欲しい、異能の一族の墓所と伝えられる場所だ、そこで自分は安らかに眠れる。そして、埋め終えたら、そのとき限りで貴方《あなた》は私のことを忘れる、必ず忘れる、これは、はずれることのない予言だ――と」

「それは予言ではなく、死に往《ゆ》く娘さんの、波多野様を思っての言葉ですな。波多野様の未練にはなりとうなかった。心の優《やさ》しい娘さんや」

一瞬、露骨《ろこつ》にがっかりした様子を見せた理兵衛だったが、すぐに慰《なぐさ》めるような口調に切り替えて言った。

「お幸さんの供養《くよう》をなさるときは、私からも供物《くもつ》をさしあげたい。お許しいただけますかな」

「ああ、まあな……」

お幸が喜ぶかどうか判らんがと付け足しはしたが、久遠は拒否はしなかった。

「一族の墓……」

その言葉に、士郎左が反応した。

「今、異能の一族の墓所と言ったな」

「ああ、言ったが」

「もしや、この近くか」

「そうだな。さほど遠くはない。……気になるのか？」

士郎左の口調に切迫《せっぱく》したものがあるのを訝《いぶか》って、久遠は訊ねた。

「そこに千里丸と紅羽はいるはずだ」

士郎左は即答した。

「父親のところに飛ばした――巽はそう言ったと聞いた。父親のところとは、墓所をさすのではないのか。兄妹《きょうだい》の父親は、すでに死んでいるのだろう」

「……ほう」

なるほどとうなずき、久遠は眠ったままの巽をちらりと見下ろす。

そうですなと、理兵衛も同意した。

「左門の墓の場所は身内しか知らぬ山奥だと、以前に巽に聞いたことがあります。参ってやろうかと思ったのですが、容易に行ける場所ではないと断《ことわ》られました」

「どこなのだ、その墓所とやらは」

士郎左は久遠に詰め寄るようにして訊ねた。

「知ってどうする──と、訊《き》くまでもないな。紅羽と千里丸を捜しに行くのか」

「そうだ」

「先に聞いておきたいのだが……貴殿はなんのために異能の力を欲しているのだ？貴殿も千里丸も主人の命で動いているようだが、その主人は、どこの誰だ」

「──」

「応えられんか。であれば、拙者も墓所の場所を応えることはできん。そう怖《こわ》い顔で脅《おど》しても無駄だ。拙者はお幸の思いを踏みにじるようなことはせん。世を乱すために異能の力を使わせるわけにはいかん──お幸は己の恋と、身に宿した赤子と、さらには己の命を捨ててまで、その戒めを守ったのだからな」

首を振る久遠に、士郎左は言った。

「我が主人は世を乱すような御方《おかた》ではない。むしろ、世の民を守らんがために異能の力を欲しておられる。それだけは約束できる。違《たが》えることあらば、この命を差し出してもいい」

「ほう……では、その御仁《ごじん》の名は？」

　真剣な口調に押されたように、久遠は士郎左の顔を見直した。

「言えん」

「ここで言えんのなら、拙者一人になら教えられるか？」

「いや」

「なら墓所は教えんと言ってもか」

「そうだ」

「そうか。――ならば仕方ない」

　久遠は首を振り、士郎左の目には剣呑《けんのん》な光が宿ったが、

「主人の名が判らんのならば、おぬしと千里丸がどういう人間かによって判断するしかない。拙者の目には千里丸は悪党には見えなかった。見知らぬ女子供を必死で助け、紅羽のことも身を挺《てい》してかばおうとした、気の良い若者だ。おぬしのほうは……まあ、その千里丸が信頼を寄せていたようだからな」

　最後の一言に、士郎左は一瞬、意外そうな顔を見せる。

「それに、少なくとも、おぬしは嘘《うそ》をついておるようには見えなかった。……今のところはな」

　慎重に士郎左の表情を探りながら、久遠は続けた。

「ともかく、まずは行ってみるべきかもしれん。いいだろう、教えてやろう。件《くだん》の墓所は、南河内《みなみかわち》の山の奥だ。猟師《りようし》ですら足を踏み入れられぬ、迷いの地だそうだ」

2

枯葉《かれは》の積もった斜面を、紅羽は迷うことなく登っていく。

慣れた足取りだった。道もないため、時折、茂みが行く手を遮《さえぎ》るが、紅羽は怯《ひる》む様子も見せず、両手でかき分けて先へ進む。

その後ろを、千里丸は抜き身の刀をぶら下げたままで、歩いた。先に立って道を拓《ひら》いてやろうかと思わないでもないのだが、紅羽の背は、誰かが己の前を歩くのを拒《こば》んでいるように感じられた。己に従え——とでもいうように。

年端《としは》もいかぬ少女とは思えない、逆《さか》らいがたいものが、今の紅羽にはある。

斜面を登り切り、茂みをかき分けると、いきなり視界が広がった。

出たのは崖《がけ》の上で、足下《あしもと》には急な岩場が続いている。集落はかなり遠くに見えるだけ。千里丸の目をもってしても、顔を見分けられる距離に人はいない。

それどころか、人家も見えなかった。視界の左手奥には、やや高い山があり、緩《ゆる》やかに右手まで続いている。険しい峰《みね》はない。

大坂に入る前に、周辺の地形は一応、頭にたたき込んでいるが、実際に目にするのは初めてで、細かく場所を特定するのは難しい。なんとなく感じたのは、南河内の地形ではないかということだ。山の稜線《りようせん》の形が、地図で見たものに似ている。

紅羽はためらわず、岩場を降り始めた。

「おい、危《あぶ》ねえぞ」

千里丸は慌てたが、すぐに、その足取りの確かさに目を瞠《みは》った。女の足で、しかも山を歩く支度《したく》もしていないのに、たいしたものだ。

山歩きに慣れているのかと千里丸が問えば、

「小さい頃、道啓《どうけい》様に連れられて、あちこちの山を歩いたんだ。力を抑《おさ》え、自分のものとして操るための修行になるから」

紅羽はそんなことを言い、一間《けん》（約一・八メートル）ほど離れた岩へも身軽に飛び移って見せた。

「道啓と？　……そんな修験者《しゆげんじや》みてえなことをしてたのか」

「修験道の祖である役《えんの》行者《ぎようじや》も異能者だよ。不可思議な力を持っていたとの伝説があれこれ残っているし、何より『未来記』にその名が載《の》ってる」

「本当かよ」

紅羽の言葉には、いちいち驚かされる。どうにも押されっぱなしだと困惑《こんわく》気味に空を仰《あお》ぎ——そのときだった。

千里丸の視界の片隅《かたすみ》で、小さく動く影があった。向かいの峰の上空あたりだ。何か気にかかり、気をそちらに向けて集中する。

視《み》えた。その瞬間、あっと思わず声が漏れた。

「鷹《たか》だ、白い鷹……」

「え——」

紅羽が慌てて辺りを見回す。だが、影はまだ遠い。案の定《じょう》、紅羽は顔をしかめ、千里丸を睨んだ。

「何も見えない」

「向こうの山のほうだ。お前の目じゃまだ見えねえよ。こっちに近づいてくるぜ」

風を切って、こちらに向かって飛んでくる。その力強い羽ばたきは、とても手負いの鷹のものとは思えない。疑念が湧《わ》いた。

(本当に、あの鷹なのか?)

しかし、あれだけの大きさで、純白の翼《つばさ》を持つ目立つ鷹が、他にいるとも考えにくい。見る間に近づいてくる。ものすごい勢いだ。

千里丸は身を強張《こわば》らせた。おれを襲《おそ》いに来る、そうに違いないと思ったのだ。仏敵を討つために、斬られても死なず、地の果てまでも追いかけてくる、不死身の鳥……。

「御魂様《みたま》――」

紅羽が声をあげた。顔が輝く。ようやく鷹の姿が見えたらしい。不安定な岩場の上に爪先立《つまさきだ》ちになる。

あっというまに千里丸たちの真上に飛来した鷹は、そのまま仏敵である千里丸をめがけて突っ込んでくる――かと思いきや、意外にも、二人の頭上で悠然と旋回《せんかい》しはじめた。降りてくる様子はない。

千里丸は戸惑った。のんびりと頭上を舞う鷹からは、こちらへ近づいて来たときのような張り詰めたものを感じない。

傷を感じさせない鷹の様子を、紅羽はほっとしたように目を細めて見つめている。懸命に空に手を伸ばす様子は、少しでも鷹に近づこうとしているように見えた。

旋回していた鷹は短く一声啼《な》いた。かと思うと、ばさりと空中で向きをかえ、再び、来た方向へ戻っていく。

「おい、なんだ、あっさり行っちまったぞ」

「御魂様は私の無事を確かめに来てくださったんだよ。気づいていなかったと思うけど、四天王寺《してんのうじ》から銅吹き所まで付いてきてくださってたんだ。道啓様が私の身体を案じてくださって、御魂様にそうお伝えしてくれたから。だから、今度は道啓様のところに帰るんだ、私は大丈夫だって伝えるために」

「なんだ、そりゃ。あの鳥、人の言葉が判るのかよ。お前、あの鳥と話をしてたのか」

まさかと思いながらの千里丸の問いに、紅羽はううんと首を振った。

「でも、道啓様にはできる。道啓様は、声に出さずに心を伝える力をお持ちだから。限られた相手にしか届かないし、見えもしないほど遠くの相手には無理だけど」

「本当かよ。相手が鳥でもか」

信じられねえなと言いかけた千里丸だったが、ふと思い出した。

「声に出さずに――って、あれか。四天王寺で、五重塔にいたお前を必死で止めていた……」

「あの言葉が聞こえたの？」

「ああ。聞こえた。他の奴らには聞こえてねえみたいだったがな。煩《うるさ》かったぜ。頭の中でがんがん響きやがって」

思い出しても、まだ耳鳴りがしそうだ。

「あれが鳥にも聞こえるってのか。とても信じられねえ。そもそも、あの鳥、なんで飛べるんだ。さっき斬られたじゃねえか。あのときの大騒ぎも、そのせいだったってのに――」

千里丸は反論しかけ、ふと気づく。己の額《ひたい》の傷に手をあて、

「もしや、おれの傷と同じか。道啓が治したのか」

「――そうだよ」

紅羽はわずかに逡巡《しゅんじゅん》を見せたあと、うなずいた。

「命さえ無事であれば、道啓様が癒《いや》してくださる」

「だったら、あんなに怒ることなかっただろ」

思わず口にしたあと、紅羽の怒りの眼差《まなざ》しに気づき、千里丸は慌てて謝《あやま》った。

「悪《わり》ぃ、今のは失言だ。確かに、あとから治りゃいいってもんじゃねえな。――けど、今の話じゃ、道啓には、あれこれ幾《いく》つも、異能の力があるってことか」

そんな奴もいるのかと、驚いた。

「道啓様が仰《おっしゃ》るには――」

紅羽は神妙な顔になって言った。

「人はもともと、多くの力が神仏から授《さず》けられている。五臓六腑《ごぞうろっぷ》の曼荼羅《まんだら》の中に、その力は秘められている。たいていの者は力を目覚《めざ》めさせることなく一生を終えるけれど、天の声に導かれた者は、己の内なる力を目覚めさせることができる。太子様がそうだったように。太子様の血を引く者は同じ資質を持っていることが多い。

私や巽のように。みながみな、そうではないけれど、力を持つようになる者が多く生まれる。なかにはさらに修行を積んで己の意志で幾つもの力を目覚めさせられるようになる人もいる」

「道啓はそれなのか」

「そうだよ。厳しい修行を積まれたんだ」

「なるほど……な」

つぶやきながら思わず自分の目に手をあてる千里丸を、紅羽はしばし黙って見ていたが、

「……本当だったんだね」

「何がだ?」

「千里眼の千里丸――あなたにも力があるということ。彼方《かなた》のものを視、おまけに、道啓様の言葉を聞いた。さっきも言ったけど、道啓様の言葉は、限られた相手にしか聞こえないんだ。太子様の血を引く者だけに聞こえる」

「……なんだ、嘘だと思ってたのかよ」

「そうじゃないけど……」

困ったように言ったあと、紅羽はかすかに笑った。

「少し、安心した」

千里丸は目を見開いた。

紅羽の笑顔を見たのは初めてだった。

「なあ、一つ、訊いていいか」

今なら応えてくれるかもしれないと思い、千里丸は言った。

「なに？」

「お前、あの鷹が聖徳太子の生まれ変わりだって話、本気で信じてるのか」

「当たり前だよ」

むっとしたように、紅羽は言った。

「仏敵を討ち滅《ほろ》ぼすために、太子様は何度でも蘇《よみがえ》る。死ぬことも消えることもない。だいたい、そうでなかったらどうして、道啓様と心を通わせることができるの？　言っただろ、道啓様の言葉が届くのは、太子様に連《つら》なるものだけなんだ」

鷹の飛び去った空を眺めて言い切る紅羽の言葉には、まったく揺らぎがない。心《しん》底《そこ》から信じている声音《こわね》だ。

だが、千里丸にはやはり、納得《なっとく》できない。風に乗り、空を行く白い鳥は雄々《おお》しく美しいが、鷹は鷹だ。

だが、白い影を視界から消え去るまで眺めているうちに、千里丸の口からぽろりと出たのは、まったく逆の言葉だった。

「そうだな。本当にそうなのかもしれねえな」

幾つもの信じがたい力を目《ま》の当たりにしたあとでは、自分の常識で物を言っても仕方がない。認められなくても存在はする。確かに在《あ》るものなのだ。

「ついでにもう一つ、応えてくれるか。お前、普段から四天王寺で暮らしてるのか？　先だっても今日も、なんで五重塔の中にいた」

「そんなの、決まってる。無礼《ぶれい》な江戸の使者から道啓様をお守りするためだよ。塔の上は風が操りやすいんだ。遮るものがないから。道啓様に何かあれば、あの距離なら、言葉で伝えてもらえるし」

「――」

「道啓様は、『未来記』を将軍家に渡したりしない、心配いらないと仰った。それでも私は心配だったんだ。もしかしたら、そいつらは道啓様に害をなそうとするかもしれない。力ずくにでも、『太子未来記』を奪おうとするかもしれない。そのときは、私が道啓様をお守りする。道啓様に仇《あだ》なす者を、私は絶対に許さない」

激しい言葉に千里丸は少々怯《ひる》む。

「お前、道啓にそれほど恩を感じてるのか？」

「恩……」

紅羽は考え込むように足下を見たが、

「育ての親のようなものなんだ。幼い頃に私の力に気づいた父様が、道啓様なら私を導いてくださると予知して、私を預けた」

「お前一人か？　巽は？」

「兄さんは、子供の頃はほとんど力が使えなかった。だけど私は違ったんだ。あまり覚えていないけど、三つの頃、わずかな物音に怯《おび》えて、家の屋根を吹き飛ばしたことがあったらしい」

「そりゃまた大変だな」

「そう、私はとても大変な子供だったんだ」

苦笑混じりの千里丸に、紅羽は真顔《まがお》で応えた。

「だから、四天王寺に預けられたあとも、さっさと始末したほうがいいと言う人もいた。でも、道啓様が守ってくださった。きっと力を使いこなせるようになるからと仰って」

「始末ってのは……」

「強過ぎる力は災《わざわ》いにしかならない。それは、『未来記』を守ってきた方々の知る真実だ。間違ったことじゃない」

迷いのない口調で紅羽は言い、千里丸は絶句する。つまり、殺すということか。

「でも道啓様が側にいてくださった。御魂様とも会わせてくださった。私が八つになった頃だった。この気高《けだか》い魂《たましい》に恥じない生き方をしなさい——道啓様にそう言われて、私は自分の力を初めて誇《ほこ》りに思った。私の力は、太子様の魂を守ることができるんだ、って。兄さんとは昔は離ればなれだったから、道啓様と御魂様が私の家族みたいなものだった」

「道啓は、お前のことを本当に大事にしているんだな」

四天王寺でのことも思い出し、しみじみと口から出た言葉だったが、とたんに紅羽の頰《ほお》にさっと朱《しゅ》が差した。

「……側においていただけるだけで、嬉しかった」

そう言って、うつむく。

なんとなしに面白くない気持ちが、千里丸の胸に湧いた。我ながら単純だと思うが、仕方がない。

「道啓が面倒を見た異能者は、お前だけなのか？　他にはいなかったのか」

思わず詮索《せんさく》したくなったのだが、紅羽は別の意味にとったらしい。

「どうしてそんなことを訊くの？　そうやって聞き出して江戸に……」

「いや、そういうんじゃねえよ」

千里丸は慌てて首を振った。

「ただ気になっただけだ。言っただろ、おれは異能の力の持ち主を他に知らなかったからな。他にもいるもんなのか、知りたいだけだ」

紅羽はまだ疑わしそうな顔をしていたが、

「こんな力を持った者なんか、多くはいないよ。道啓様の側にいたのは私だけ。あとは、兄さんしか、私は知らない」

「だが、この辺りは、言ってみりゃ異能者の本場だろ。『未来記』を伝える四天王寺のお膝元《ひざもと》なんだから。それでも、いねえのか」

「昔はそうだったかもしれないけど、大楠公《だいなんこう》が戦《いくさ》に敗れたあと、その配下にいた者たちは、力を欲する者たちの目から逃れるために各地にちりぢりになったんだ。それ以来、この辺りに多いということはなくなったって聞いてる」

紅羽はそこで、ふと思い出したように眉根を寄せ、

「そういえば、道啓様がまだ子供だった頃、四天王寺に女の人が預けられていたことがあるとは聞いた。その人には他人の頭の中を読む力があって、目の前にいる人が過ごしてきた過去がすべて見えてしまう。だから、誰もその人には近づきたがらない。お坊様たちでさえ、避けていた。だから、結局、修行の途中で四天王寺から消えてしまったんだって。自ら命を絶ったかもしれないと、道啓様はとても心配しておられた。可哀想《かわいそう》な人だった、この世に生きるにはあまりに辛《つら》い力を託された、誰かとともにあることが難しい人だった、って。――その後は、四天王寺に預けら

れたのは私だけ。道啓様はつきっきりで、私に力の使い方を教えてくださった。なのに、私はいつになっても、力を完全に自分で抑《おさ》えることができなくて……」

紅羽の表情が曇《くも》った。自分の両手を見下ろす目が辛そうだ。千里丸は慌てて慰めの言葉を口にした。

「さっきのことなら、お前は悪くねえ。目の前で身内が傷つけられたら、かっとなるのは当然のことだ」

「でも……私のせいで、今、兄さんはもっと酷《ひど》い目に遭《あ》っているかもしれない」

「そう思うなら、銅吹き所に帰って、今度は冷静に理兵衛と話をすりゃいいじゃねえか」

「……話し合いなんか、今さら、できると思う?」

睨《にら》むようにして言われ、千里丸は口ごもる。

「まあ……そりゃ、簡単ではねえと思うが」

住友理兵衛もこれまで通りに紅羽に接することはできないだろう。周りの職人たちもしかり。さらに、住友家に本物の——巽ではなく——公儀隠密が潜《もぐ》り込んでいるとしたら、そいつも紅羽や巽に目をつけたと考えるべきだ。頭に浮かぶのは、あまり明るくはない先行きばかりだ。

「……行こう」

紅羽は会話を断ち切って歩き出した。

千里丸も黙って、あとに続いた。

人の気配はまったく感じられない山だった。

歩きながら、千里丸は四方をできる限り見渡したが、人どころか、獣《けもの》の姿もない。鳥の声もしない。張り詰めたような空気に満ちている。

修験者の出入りする山には、時折、こういう空気が流れている。清らかな、森厳《しんげん》なる地の気配だ。自分のような者にはそぐわないと、そういう場所ではいつも千里丸は感じていた。

しかし、ここは違う。なぜだか、気持ちが安らいでいく。かつてここに来たことがある——そんな気さえするのだ。ありえないことだ。河内国に足を踏み入れたことは、今までになかった。

急な斜面をしばらく降りたあと、やがて、小さな沢に出た。

澄んだ水の流れを、石を伝《つた》って渡ると、今度は上流へと続く岩場を進み始めた。水しぶきに濡れた岩場は、滑《すべ》りやすく、歩きづらいはずだが、紅羽は歩調を緩めない。

登り切り、さらに少し歩いたところで、ようやく紅羽は足を止めた。

頭上を覆うように生《お》い茂る木々が途切れ、わずかに草地が広がっている。といっても、せいぜい畳《たたみ》十畳ほどで、広い場所ではない。真昼ならば頭上から日の光がさすのだろうが、すでに日はかなり傾いているため、明るさはなかった。

ここがどうかしたのかと訝《いぶか》る千里丸に向き直ると、

「父様が眠っているんだ。この場所に」

「墓があるのか」

辺りを見回したが、それらしい石も卒塔婆《そとうば》も見当たらない。

「墓標はないよ。これまで誰も作らなかったし、これからも作ってはいけないと言われているんだ。一族は世の陰に潜《ひそ》むのが宿命だから。一族のことを探る手がかりを余所者《よそもの》に与えてはいけない。いつの時代に何人の同朋《どうほう》がいたのか——それすら秘密にしなければならないから、墓標はない。でも、この下に、みんないる」

紅羽は足下を指さした。千里丸の立っている、その場所を。

千里丸はぎょっとして、思わず後ずさった。

足下を見つめるが、あるのは枯葉に覆われた地面だけ。

「一族のうちでも、実際に力に目覚《めざ》めた者だけが、ここに埋められるんだ。私も兄さんも、いずれ、ここに眠る。貴方《あなた》の祖先も、間違いなくここにいるよ」

「おれの、祖先……」

千里丸は足下をじっと見つめた。

見ているだけでは物足りなくなり、膝を突き、恐る恐る地面に手を触れてみた。

何が感じられるわけでもない、湿《しめ》った枯葉の手触《てざわ》りだ。

だが、次第に何かが伝わってくるように感じ——同時に、気づく。考えてみれば、自分の父と母は、どこに眠っているのだろう。

生まれた村で埋葬《まいそう》されたはずだが、墓の場所は知らなかった。村の者たちはちゃんと弔《とむら》ってくれたのだろうか。不思議なことだが、これまで考えたことすらなかった。己自身のことから、すべて目をそらして生きてきたのだ。

「異能者ってのは……みな同じ血を引いているのか」

「元はそうらしいよ。聖徳太子の血を引く男の双子《ふたご》が、密かに野に下り、血の力を繋いだ。その血筋には、名を改めて四天王寺の公人《くにん》になった者もいたらしい。血が薄まるにつれ、一族の中には力を持つ者、持たぬ者が現れるようになり、力を持つ者は、『未来記』に名を記され、この国を仏敵から守るためにその力を使うことを誓《ちか》うことになった——」

「それが『未来記』の真の姿……」

思わずつぶやくと、紅羽の目に警戒が戻る。

「そろそろ少しは信用してくれねえか」

千里丸は小さく息をついた。

「言ったよな。おれは『未来記』のことを何も知らなかった。聖徳太子が予言した未来の事柄が書かれている書だと思い込んでいた。異能者の名がどうこうって話は、あの日、四天王寺で初めて聞いたんだ。下っ端の忍びにゃ、お役目の本来の目的が隠されてるってのは、珍《めずら》しいことじゃねえからな。だから、おれはただ、知りたいだけだ。――なあ、力を持つ者の名がすべて『未来記』に記されるとしたら、おれの名前も書かれているわけか？」

素朴《そぼく》な疑問を口にした千里丸に、紅羽は目を丸くした。

「まさか。貴方に力があることを、昨日まで道啓様ですら知らなかったのに、誰がどうやって記すの」

「そうか。やっぱり、そうだよな」

当たり前だよなと千里丸は頭をかく。

「そうだよ。『未来記』は別に、神仏の書じゃない。代々、四天王寺のお坊様が密かに受け継いで書き記してきたものだよ。ただ、すべての異能者の名が『未来記』に書かれていたのはもう昔のこと。大楠公の軍勢に付き従った異能者たちが、敗戦後にちりぢりになって各地に逃げたとき、一族は互いの存在を確かめあえなくなった。『未来記』はそのときに、本来の意味を何分の一かは失ってしまった――道啓様は、そう仰っていた」

そこまで言って、紅羽は小さく首を傾《かし》げ、

「それに今は、私や巽の名も、書かれてはいないかもしれない。そうすべきだと、以前に道啓様が仰っていたんだ。今の泰平《たいへい》を壊《こわ》さないためにも、これ以上、世を乱すようなことを書き継ぐ必要はないんだ……って。そのころから道啓様は、いつか『未来記』の真の意味を知り、手に入れようとする者が出てくることを恐れていらっしゃったんだと思う」

「もう書き継がれていないとなれば、『未来記』の意味は消えたも同じだな」

あのとき道啓が江戸《えど》表《おもて》に差し出そうとした物は——封印《ふういん》の中に収められていた書物は、その、意味を失った『未来記』かもしれないと、千里丸は思った。それでは今の世に異能者を欲しがる者の役にはたたない。天海《てんかい》は納得すまい。

「将軍家は本気で、太子様の力を戦に使うつもりでいるの？」

そう問うた紅羽は、年下の少女とは思えぬ鋭《するど》い目で、千里丸を見据《みす》えていた。

千里丸は、すぐには応えられなかった。

仏敵を討つ——そのための異能の力だというのなら、異国と戦うために使うことは間違いではないとも言える。戦は起きないとの予言が当たればいいが、そうでないなら、この国はまさに今、異国の切支丹という仏敵に滅ぼされかけている。

迷った末、

「お前はどうなんだ」

千里丸は紅羽に問い返した。

「道啓はおれに、和をなすために力を使えと言った。お前たちは——お前と巽、それからお前の父親も、その力を使って泉屋を守ってきたと言った。それは道啓の言う意味において、正しいことなのか？」

「え……」

思いも寄らぬことを言われたというように、紅羽は目を瞬《またた》く。

「お前が知ってるかどうか判らねえが、住友理兵衛には切支丹だという噂がある。真実だとしたら、まさに仏敵そのものだ。そんな奴を守ることが、和をなすことなのか。たとえ予言通りに異国との戦が起きないとしても、南蛮人の思うままに国の宝を——銅や銀を根こそぎ奪い取られるようなことになれば、それは国を滅ぼすことにも繋がるんだぜ」

「でも、……」

「でも、なんだ」

口ごもった紅羽を、千里丸は促《うなが》した。

「住友は間違っていないと、父様が言った……だから、異国人の手先だなんてことはないと思って……」

「また父様の予知か」

うんざりした気持ちが、声にそのままあらわれた。

紅羽はむっとしたように顔をしかめ、

「父様には未来が見えたんだ。間違っているはずがない」

「その未来は、変わるかもしれねえものなんだろ。お前、自分でそう言ったじゃねえか、住友理兵衛の前で。それに、考えてみりゃ、南蛮人と繋がることが悪だと決められたのは、この数年のことだ。お前の親父さんが生きていたころはそうじゃなかった。だとしたら、親父さんは、南蛮人と泉屋理兵衛が親しくしている未来が見えたとしても、それが間違ったことだとは思わなかっただろうな。予言なんてのは、所詮《しょせん》、その程度の……」

責めるようにまくしたてたところで、千里丸は紅羽が怯えたような顔になっていることに気づいた。

「……悪かった」

紅羽はこれまで、父親とその予言を信じきって生きてきたのだ。自分と同様に大きな力を持った父は、紅羽にとっては、道啓と並んで、心の支えでもあったろう。頭ごなしに否定されては、狼狽《うろた》えても仕方ない。

「……ったく、めんどくせえ」

　千里丸は頭をかきむしった。

「とりあえず、これだけ応えてくれねえか。紅羽、お前自身の目から見て、住友家はどうなんだ。どうして公儀隠密に目をつけられたのか――そのくらいは、見当がついているんじゃねえのか。念のために訊いとくが、本当に巽が隠密ってことはねえんだよな」

「当たり前だよ」

　憤然と紅羽は言った。

「公儀隠密が住友家を狙《ねら》う理由なんか簡単だよ。公儀は南蛮絞りの技術を手に入れたい。でも、旦那様は従わない。住友の職人だけで、優れた技術を独《ひと》り占めし続ける。だから、南蛮絞りを奪いたくて隠密を送り込んでくるんだ。銅吹き所のみんなはそう言ってる」

「南蛮絞りか……」

　うなずきながら、千里丸はどこか納得できずにいた。

　南蛮絞りは、確かに特殊な技術であろうが、たったそれだけのことに、公儀がわざわざ隠密を使うだろうか。

　本気で南蛮絞りが欲しければ、泉屋理兵衛と配下の職人たちを力ずくで従わせることが、将軍家にはできる。大寺院である四天王寺を相手にする場合とは、わけが違う。どれだけの大金持ちであろうと、所詮は町人。職人たちに縄をかけて引きずってくることなど公儀にはたやすいことだ。だとしたら、隠密の潜入は、何か、ほかの狙いがあってのことではないのか……。

「だからこそ旦那様は、銅吹き所の職人のことは大切にしていると思ったのに……」

紅羽の口から苦しげなつぶやきが漏れた。

巽のことを思い出したようで、辛そうにうつむく。それだけではなく、苛立ったように足下を蹴《け》った――ように見えたが、違った。いきなり足下をぐらつかせたのだ。そのまま、身体を支えきれず、ゆらりと倒れかける。

「おい」

千里丸は慌てて、刀を持たぬ左手で紅羽を抱き留めた。小柄な身体ゆえ、片手で充分に支えられる。

「どうした。大丈夫か」

「……平気」

返ってきた言葉は気丈《きじょう》だが、その顔がひどく青白いことに、千里丸はそこでようやく気づいた。すでに辺りは薄暗くなっているが、千里丸の目は、尋常《じんじょう》でない顔色を見て取ることができる。

「お前、疲れたんじゃねえのか」

平気そうにしていたから忘れていたが、あれだけの騒ぎを二回も起こしたあと、慣れた道とはいえ、山の中をかなり歩いたのだ。か弱い少女の身体には、負担が大きかったはずだ。

「大丈夫」

紅羽は千里丸の手を解《ほど》こうとしたが、千里丸は手にしていた刀を地面に突き立てると、有無を言わせず、いきなり紅羽を横抱きに抱え上げた。

「ちょっと……何を……」

「いいから、おとなしくしてな。あのときみてえに喉を突かれるのは御免《ごめん》だぞ」

そういうと、紅羽の頬が朱《しゅ》に染《そ》まる。慌てたように、あのときは……と言いかけるのを、千里丸は遮った。

「この辺りに、休めそうな場所はねえのか。少し、横になったほうがいい。――ああ、あそこの岩場が良さそうだ。風も当たらねえだろ」

千里丸が歩き出すと、もう紅羽は何も言わなかった。顔を強張らせながら、おとなしく身を縮めている。

千里丸は黙って岩場の陰に近づくと、小さな洞《うろ》のような窪《くぼ》みを見つけ、紅羽を下ろした。岩の上に、乾《かわ》いた枯葉を敷いて横にならせる。

嫌《いや》がるかと思ったが、紅羽は意外に素直に言うことをきいた。それほどに体調が悪かったのだと、千里丸は己の迂闊《うかつ》さを悔やんだ。長々と立ち話などせず、もっと早く、休ませてやるべきだった。

「力を使うと疲れるんだな。いつもなのか？」

「……うん」

「巽も、そうなのか？」

「私以上に」

「そうか。おれはそこまで疲れることはねえからな。まあ、おれの力は、お前らほど人間離れしたもんじゃねえが。……まあいい、しばらく眠るといい。周りはおれが見張っていてやるから、安心しな」

そう言い、千里丸は早足で、刀を取りに戻った。

改めて辺りの闇《やみ》にくまなく警戒の目を走らせ、人間はもちろん、こちらに危害を及ぼしそうな獣の姿がないことを確かめる。足跡や爪の痕《あと》も見つからない。

——となると、この静かな山の中で紅羽にとっていちばん危険な存在は自分ではないかと気づき、千里丸は苦笑した。見張っていてやるなどと、偉《えら》そうに言える立場ではない。紅羽もきっと、そう思っているだろう。

だが、千里丸が岩場に戻ると、紅羽は素直に目を閉じていた。それどころか、すでに寝息を立てている。

千里丸は驚いた。こんな山中で男と二人きりで——しかも、味方かどうか判らぬ男だ——、無防備に眠り込むなど、千里丸の生きてきた世界ではありえない。

それほど疲れていたのか、あるいは、

（信じてくれたってことか）

後者だとしたら、嬉しいと思う。

だが、同時に千里丸は思い知る。紅羽は、平和の中で守られて生きてきた娘なのだ。力のせいで辛い思いをしたことはあろうが、命を奪い合う争いの中に身を置いたことはない。だからこその、この無防備さだ。

そんな紅羽を血なまぐさい修羅場《しゅらば》に引きずり込みかけているのは、他ならぬ千里丸自身だった。千里丸と出会ったことで、紅羽は、力を欲する者の目にさらされてしまった。

苦《にが》いものを胸に飲み込んだような気になった。

後悔——とは少し違う。紅羽と出会ったことを悔やみたくはない。

だが、どうしたら、この少女を過酷な運命から守ることができるのかと思うと、恐ろしくなる。おれに何ができるのか。この身にどれだけの力があるのか。持っているものは、そこそこの武芸の腕と、人よりよく視える目だけしかない。

千里丸は紅羽の傍らに、静かに腰を下ろした。闇の中に、目を凝《こ》らす。

紅羽の寝息を隣に感じながら、暗く閉ざされた山を、己の目で視える限り見つめた。

かすかな風に揺れる小枝。虫の動きで音を立てる葉。枯葉の中から顔を出す野鼠《のねずみ》。

それを狙う梟《ふくろう》の声。——そして、目には見えないが、確かに感じる、聖なるものの気配。

千里丸は岩にもたれ、静かに息を吐《つ》いた。己の目の前に、両手をかざしてみる。

自分がなぜに力を持って生まれたのか。なるべく深く考えぬようにして生きてきた。この先も、ずっとそうやって生きていくはずだった。

だが、それをもう、終わりにするのだ。

静けさの中で、千里丸は、己の手の向こうに広がる闇を、ただ見つめ続けた。

3

瞼《まぶた》の裏に明るさを感じ、千里丸ははっとして目を開けた。木立の合間から、朝の光が差し込み始めている。

いつのまにか眠ってしまっていたのだと気づき、慌てた。不覚だった。この山は静か過ぎる。

辺りを見回し、人の気配がないことを知り、千里丸はさらに焦《あせ》った。

「紅羽、どこへ行った……」

眠っていたはずの場所から、枯葉を踏んで歩いた痕が続いている。足跡は一人分で、紅羽は自分の意志で去ったのだ。

（逃げたのか）

まったく気づかずに寝ていたとは、自分が信じられない。この山には、警戒心を解かせる何かがあるようだ。

千里丸は慌てて、抜き身の刀を摑《つか》んで立ち上がった。

残された足跡を追いかけ、昨日来た道を戻る。沢を見下ろす岩場の上まで来たとき、千里丸はほっと息をついた。紅羽がいたのだ。

紅羽は着物の裾《すそ》をたくしあげ、沢の流れの中で、手を浸《ひた》し、顔を洗い、水を飲んでいた。沢の中に何か見つけたのか、楽しげに笑っている。ゆっくり眠って疲れがとれたのか、顔色も悪くない。

千里丸が岩場を降りていくと、紅羽も途中で気づき、屈託のない様子で手を振ってきた。

千里丸はどきりとして目を細めた。

眩《まぶ》しいほどに美しい少女なのだと、改めて思う。

千里丸は紅羽に倣《なら》って水辺に近づき、喉を潤《うるお》し、顔を洗った。

「静かなところだな、ここは。山ん中でぐっすり眠るなんざ、普段じゃ考えられねえのに、すっかり眠り込んじまった」

千里丸が言い訳がましく言うと、紅羽は沢からあがり、着物の裾を直したあと、真顔《まがお》で応えた。

「一族の魂に、受け入れられたんだと思う。昔、道啓様が初めて私と兄さんをここに連れてきてくださったとき、そう仰ったんだ。ここで先祖の息吹を感じられたなら、それが、その人が一族の魂に受け入れられた証《あかし》なんだ——って。その話を覚えていたから、兄さんは私とあなたを一緒にこの山に飛ばしたんだと思う」

「へえ……」

千里丸は岩場の向こうに目を向ける。昨日と同様に、辺りは静かだ。鳥の声が、梢《こずえ》の奥でかすかに聞こえる。

濡れたままの顔をあげると、風が吹き抜けてひやりとする。

「私はこの場所が好き。子供の頃、家に帰ることが許されると、必ずここへお参りにきたんだ。とても落ち着くから」

「そうだな……落ち着くのは確かだ」

あの墓所に、ご先祖様とやらがいったい何人、埋葬されているのかは判らない。みなが、それぞれに普通ではない人生を生きたはずだ。

心が安らぐのは、異能の力に当惑し悩んできたのは己だけではないのだと感じられるからかもしれない。このままもう少し、ここで穏《おだ》やかな時を過ごしたい。そう思う。

だが、現実にはそんな時間がないことも、判っていた。

「……銅吹き所に戻らないと」

ぽつりと紅羽が言った。

そうだなと千里丸はうなずいた。

巽のことも、士郎左のことも、放っておくわけにはいかないのだ。あの後どうなったのか、確かめなければならない。

山を降りるのに紅羽が選んだのは、昨日と同様に崖沿いの峻険《しゅんけん》な獣道だった。冬の間に枯れた藪《やぶ》が、行く手を阻《はば》むように道を覆っている。下手《へた》をすると、足をとられそうになる。

「地元の猟師も通らない道だよ。通ると呪《のろ》われるとも言われている。たぶん、私たちの祖先がそういう噂を流したんだ。神聖な墓所を守るために」

顔をしかめながら、紅羽は苦労して手で藪を切り拓いていく。

千里丸はしばらく黙って後をついていったが、

「おれが先に行ったほうがいいだろ。お前は後ろから道を教えてくれりゃいい」

見かねて、紅羽の肩に手をかけ、自分が前へ出ようとした。

千里丸がはっと息を呑んだのは、そのときだった。

左手の前方――木々の隙間《すきま》を縫《ぬ》って目を下方に向ければ、切り立った崖の下、麓《ふもと》近くを通る道がわずかに見える。

そこに、何か動くものが見えたのだ。

千里丸は慌てて意識を集中し、目を凝らす。

確かに人影だ。しかも、一つではない。

「おい、人がいる。こっちに近づいてくる。だいぶ下のほうだが、方角からして、この道に繋がってるんじゃねえのか」

「まさか、そんなはずが……」

信じられないと、紅羽は千里丸の視線の先を追う。

だが、千里丸にははっきりと視えた。鬱蒼《うっそう》としげった木々の切れ間に、確かに人影が動いている。こちらに登ってくる者がいる。五、六名はいるようだ。

そう告げると、紅羽はますます目を丸くした。

「ここを知っている者は限られているのに。……もしかして、道啓様……」

「あの坊主《ぼうず》じゃねえ。先頭にいるのは侍《さむらい》だ。ちらりとだが、髷《まげ》が見えたからな」

ここで待ってろと紅羽に言い、千里丸は左手に続く崖の斜面を降り始めた。もっとはっきり、下方が見える場所を探すのだ。

「危《あぶ》ない、落ちる……！」

紅羽は小さく悲鳴をあげたが、

「そんなへまはしねえよ」

崖から谷の上空へと突き出すように枝を伸ばしている木に、慎重に身体の重心をのせ、身を乗り出す。

視界の開ける場所でなければ、いくら千里丸の目でもどうしようもない。障害物を見通すことはできない力だ。

先ほどの道の、もう少し山頂方向へ進んだ辺りで、木立の途切れる場所がある。一行がそこを通るとき、もっとはっきりと姿が見られるはずだ。

千里丸は目を凝らし、人影が再び、視界に現れるのを待った。

じきに先頭に立つ者が見えた。それが誰だか判った瞬間、千里丸は思わず声をあげていた。

「ありゃあ久遠……それに、後ろにいるのは住友理兵衛じゃねえか」

「旦那様？」

紅羽が慌てて自分も確かめにこようとするのを、千里丸は手で制した。

「お前には見えねえって言ったろ、じっとしてろ。……しかし、なんで奴らがここに……」

ここが南河内の山の中だとしたら、市中にある住友銅吹き所からは十里《り》（約四十キロ）ほどは離れている。まだ暗いうちに出立しなければ、今の時間にたどり着くことはできない。

千里丸らがここに来たことを察しての動きなのか、そうでないのか——それが判らなかった。

厄介《やっかい》なことに、昨日の騒ぎの折りに鉄砲を持ち出してきた二人もついてきている。さすがに鉄砲は持っていないようだが、油断はできない。

「兄さんは……？」

「いねえ。久遠が案内してるようだが、なんであいつが道を知ってるんだ。土地の者でもねえのに……」

「土地の者だったとしても、一族の者以外に道が判るはずない。太子様の血に連なる者にだけ、密《ひそ》かに伝えられた場所なのに」

そこまで言って、紅羽ははっとしたように息を呑み、

「まさか、あの久遠て人も、太子様の血を引いているんじゃ……」

「いや、それはねえだろ。——と思うぜ」

これまで久遠と交わした会話を思い出した限りでは考えにくいことだったが、絶対にありえないともいえない。異能の者にこだわっていたのは確かだ。

「何にしたって、来ちまったもんはしょうがねえ」

こちらから出向くつもりだったのだから、その手間が省《はぶ》けたのはありがたいともいえるのだが……。

「とりあえず、おれが一人で連中に近づいてみる。紅羽、お前はさっきの場所に戻って隠れてろ」

「何言ってるの。一緒に行く」

「だめだ」

強く言うと、紅羽が頬を膨《ふく》らませた。何か反論しかけるのを千里丸は遮り、

「お前はしばらく身を隠していたほうがいい。忘れたわけじゃねえだろ。住友の奴らはお前を殺そうとした。それだけじゃねえ。士郎左もお前の力を知ってしまった。きっとお前を探そうとするはずだ。今は不用意に人前に出て行かねえほうがいい」

「でも兄さんを放っておけない。旦那様が来たのなら……」

「気持ちは判るがだめだ……」

紅羽は良くも悪くも純粋で、人の悪意に慣れていない。それはわずかな時間一緒にいるだけで、充分過ぎるほど判った。悪意と接したときに、自分を抑えきれないのだ。

（あの坊主が、そういうことを教えずに甘やかしてたんじゃねえのか）

その弱点が、さらなる悪意を呼んでしまうこともある。銅吹き所での騒ぎを思い出して改めてそう思い――その瞬間だった。眼下を見下ろす千里丸の視界を、まさにあそこで、紅羽を殺そうとした男が横切った。

「やっぱり来やがったか、あの用心棒」

蔵人《くろうど》である。理兵衛の用心棒なのだから、理兵衛が来た以上、近くにいるはずだと予想はしていた。先を行く理兵衛とやや距離を置いているのは、背後を警戒するためか。

油断のならない相手だ。商家の用心棒にしておくには惜《お》しいほどの腕があるうえに、異能者に激しい敵意を抱いているようだった。

「もしかして、蔵人のこと？」

紅羽も察したようだ。顔がわずかに青ざめている。

「ああ、そうだ。――しかも、一人じゃねえな。仲間、引き連れてやがった」

千里丸は舌打ちした。蔵人の後ろには、蔵人同様に浪人体《てい》のものや職人らしき脚絆《きやはん》姿の者、合わせて五人ばかりもついてきているのだ。弓矢を背負った者もいる。はっきりは見えなかったが、鉄砲を持った者もいるかもしれない。物々しい出で立ちだ。

（山狩りでもするみてえだ）

千里丸は急いで紅羽の元へ戻ると、その腕を摑み、歩き出した。先へ進むのではなく、来た道を戻る方向だ。

「待って、どうして戻るの。逃げるのはいや。兄さんを――」

「殺されてもいいのか。それとも何かあっても力を使えばどうとでもなると、たかをくってんのか」

あえて意地の悪い言い方をすると、紅羽の顔が強張った。言い返そうとするのを遮り、千里丸は続けた。

「むやみに力を使うと、お前自身の命にも関わるんだろ。ここには道啓はいねえ。巽もいねえ。お前を止められる奴はいねえんだ。……それに、おれはあんな風に力を使わせたくねえ。お前、辛そうだったからな。銅吹き所で見たときも、四天王寺で見たときも」

紅羽は驚いたように口をつぐんだ。

「……なあ、紅羽。おれはお前とこの山に来られたことは、良かったと思ってる。先祖たちの存在を感じることもできたしな」

いきなりそう言うと、さらに怪訝《けげん》そうな顔になって千里丸を見る。

「けどな。やっぱりおれは先祖たちのようには生きられねえ。おれの目が異国との戦に必要だというなら、使うことを選ぶ」

「どうして」

紅羽の声音がとたんに険しくなった。

「どうしてそんなことを言うの。太子様の力は和をなすために使うべきなんだ。それに、異国とは戦いにはならない。この国が南蛮人に攻められることはない。だから、戦う必要も――」

「その未来は変わったかもしれねえんだろ。お前は住友の未来を変えたと言ったな。住友理兵衛が南蛮人と繋がった切支丹だとしたら、異国との関わりはその行く末に、きっと動かされる」

「……そんな……じゃあ、私がこの国の未来まで変えてしまったってこと……」

紅羽の顔色が変わった。

「それは違う。ただ、お前に父親の予知とは違う動きができるのなら、他の者だって同じように毎日何かを変えていくだろう。そして、気がつきゃ大きく変わっちまってる——そんなもんじゃねえのか、未来なんて。おれはそう思うぜ。お前の親父は優れた予知者だったかもしれねえが、それでも死んじまったあとのことまですべてを知っていたわけじゃねえだろ」

「でも、それじゃあ、父様は何のために予言を残してくれたの」

「さあな。だが、おれから見りゃあ、お前は縛られ過ぎだ。お前も、巽もな。いいか。普通の人間にとっちゃ、未来が見えないことより、見えることのほうが怖いんだぜ」

「……」

「おれは、お前の力を戦に使わせる気はねえ。住友の連中にも士郎左にも、お前の居場所は言わねえ。お前を争いの場に引きずり出すようなことはしねえ。守ってやる。だから、しばらくここに隠れていてくれ」

それが、千里丸が出した結論だった。

紅羽を血なまぐさい場所に連れ出すことはしない。異国に勝つために異能者の力が必要だというなら、自分がそれをやる。この目だけでも充分に、役に立つはずだ。隠すことだけ考えていた千里眼を、それを必要とする者のために使うのだ。

一度は消えたこの力が——死んだ仲間たちに奪われた力が、どうして戻って来たのか、ずっと判らなかった。今でもそれは判らないままだが、取り戻した力を使うことのほうが、もしかしたら失われた仲間たちの望みに近いのかもしれない。士郎左の胸中を知ったあととなっては、そう思う。

「でも……」

紅羽は混乱していた。

「あなたの役目は、『未来記』を探して江戸に届ける、いえ、異能の力を持つ者を江戸に連れていくこと……なのに、どうして」

「どうして、って……」

千里丸は口ごもった。はっきりとは言葉にできなかった。自分でも、この感情がなんなのか、よく判らないのだ。いや、判っているが、目をそらしておいたほうがいい感情なのだ。忍びとして生きる運命がある限り。

「主人の命令に背《そむ》いてもいいの？」

「……ああ、そうだ」

「どうして」

「……」

「千里丸。応えて」

紅羽が初めて、千里丸の名を口にした。

「おれは……」

千里丸は迷った。

口にしていいのかどうか判らない。御前《ごぜん》の命に背き、士郎左に逆《さか》らって、紅羽を守る——実際には、ひどく難しいことだ。〈里《さと》〉を敵にまわすことになれば、たった一人で、何ができるのか。

(だが……)

千里丸は口を開きかけ——その言葉が喉の奥で止まった。

射るような視線を、感じたのだ。

4

緊張が、瞬時に全身を駆け抜ける。

この場所に、この聖なる墓所に、何者かが現れた。

先ほどの泉屋の一行が着いたにしては早過ぎた。あの場所から山を登ってくるには、まだしばらくかかる。どれだけ早足の者でも、だ。

となれば、あそこで視た者以外の誰か——。

無意識に、刀を持った右手が動いた。どこから気配の主《ぬし》が現れてもいいように。

慎重に辺りを見回すと、気配の主が、それに合わせて動く。千里丸の千里眼から逃れるように。

千里丸は舌打ちした。

どれほどよく視える目にも死角はある。また、人の動きには癖《くせ》というものがある。警戒心を抱いたときの視線の動かし方、間合いのはかり方、対処の仕方。気配を消して千里丸にここまで近づける者。すなわち、千里丸の目の届く範囲と動きの癖とを熟知している相手。そして、先ほど見なかった者。

静かに息を吐《は》きながら、千里丸は右手に目を落とした。

その手に握った刀は、本来、千里丸のものではない。元の持ち主がいる。

敵とはいえない男だ。だが、ある意味で、敵以上に厄介だ。

そいつなら、千里丸の死角を突くことくらい、たやすい。間違いない――。

「千里丸、どうしたの――」

紅羽がようやく千里丸の様子がおかしいことに気づいたようで、何か言いかけたが、千里丸は手で制した。

「紅羽、ちょっとじっとしてろ」

「え……？」

「いいから、言う通りにしろ」

有無を言わせず黙らせたあと、千里丸は小さく息をつく。

刀を、再度、握り直した。

「──もういいだろ、出てこいよ、士郎」

気配に背を向けたままでその名を口にすると、紅羽が目を見開く。

千里丸はゆっくりと背後を振り返りながら、繰り返した。

「出てこいよ。これ以上、隠れてたってしょうがねえだろ。そこまで近づきゃ、おれの目もあんたの目も、そう変わらねえ。あんたが不利にはならねえぜ」

紅羽を背にかばう形で、ほぼ真後ろにあった大樹の陰──刀はもちろん届かないうえに、間に立つ幾つかの枯れ木が鈎縄《かぎなわ》も遮る位置だ──を睨む。気配の主がそこに潜《ひそ》んでいることは確実だ。

やがて、静かに男が姿を現した。

千里丸は小さく笑った。男の腰には、どこから調達したのか、ちゃんと二刀がある。市中のどこかにいる〈里〉の繋ぎ役にでも支度《したく》してもらったか、あるいは通りすがりの相手から奪いでもしたか。そういうところは隙のない奴だ。昔から、そうだった。隙なんてものは、誰にも見せない。だから、おれはこいつに勝てたことがない。

「刀、返そうと思ったんだが、いらねえみてえだな」

士郎左は応えなかった。眉間に皺を寄せ、見慣れた仏頂面《ぶっちょうづら》で、千里丸を見据えたままだ。近づいてはこない。距離を置いたまま、動かずにいる。

「昨日、巽の力で消されたとき、あんたもここら辺りにきてたってことか？」

そう訊ねながら改めて、そのときのことを思い出す。士郎左が死んだのではないかと思い、動揺した。無事に再会できたことには、安堵している。生きていてよかったと心から思う。こいつは敵ではない。それは確かなのだ。

「いや、飛ばされたのは、市中の外れだ」

士郎左は淡々《たんたん》と応えた。

「そうか。……なら、どうやってここに？」

「住友の連中と一緒に久遠の案内で登ってきた。おれは途中から先回りをしたのだ。人の歩いた痕跡《こんせき》がわずかだが残っていたからな。ある程度まで来れば、先の見当をつけるのは難しくはない」

「久遠はなんで、ここへ来る道を知ってやがった」

「許嫁《いいなずけ》に聞いたそうだ。奴が異能者に興味を抱いたきっかけは、その許嫁だったらしい。人の心を読む娘だったようだな。各地に散らばった大楠公配下の異能者の末《まつ》裔《えい》——つまり、お前やその娘と同じだ」

言葉とともに士郎左の目が紅羽に向けられる。

千里丸はとっさに、身体で紅羽を隠すように動いた。背後の紅羽が、息を潜める気配を感じる。こいつは渡さねえ。――千里丸は胸の内で、そう繰り返す。

「千里丸。その娘を江戸へ連れて行く。御前にお渡しするのだ」

士郎左の声に怒りが滲《にじ》んでいるのを、千里丸は感じた。

先ほどの紅羽と千里丸の会話を聞いていたのだと、千里丸は察した。紅羽を戦場には連れ出さない、主人の命に背いても――千里丸がそう決意したのを知ったのだ。それは〈里〉への裏切りを意味する。

（……まあ、それ以前から、おれは裏切り者だが）

力を隠していたのだから、士郎左はそう思っているだろう。

「千里丸。異能の力は民《たみ》を守るために使うべきだ。それが正しい道だ」

「……そうだな。確かにあんたの言う通りだ」

うなずくと、士郎左は意表を突かれたような顔をした。

「けどな。それでもおれは、紅羽を御前には渡せねえ。判るだろ。渡しちまったら、いつまた、用済みだと消されちまうか判らねえからだ。あのときみてえに」

あのときが何を指すのか、士郎左に通じないはずはない。そう信じて口にした千里丸の言葉を、正確に士郎左は受け止めたようだった。表情が歪《ゆが》む。

「なあ、士郎、確かにおれは馬鹿だったし、あんたの言う通り、自分のことしか見てなかったかもしれねえ。だが、これだけは応えてくれ。みんなを殺しちまった

〈里〉の奴らのやり方を、あんたは本当に正しいと思ってるのか？　おかしいと思ったことはねえのかよ」

それだけは、訊かねば気が済まない。

何を馬鹿げたことを、士郎左は鼻白《はなじろ》んだ。

「殺したわけではない。助けようにも助けられなかった。寝込んでいたお前は知らんだろうが、みなの容態は重く、助かる見込みはなかった。桜《さくら》から、そう聞かなかったか？」

「桜は上忍《じょうにん》の娘だ。あいつの言うことなんぞ、信用できねえ」

「本気で言っているのか？　あのとき、みなを看病したのは桜だ。病《やまい》がうつることも恐れず、最後まで必死に小屋に水や食い物を運んだんだ。それでも助けられなかった。だからこそ、生き残ったお前には、希望を託していた。そのお前にこれほどの裏切りを受けるとは、桜も冥土《めいど》で泣いていよう。泰平《たいへい》の世を守るために命をかけた桜のことを思えば、おれもこれ以上、お前の勝手にはさせられん」

士郎左が静かに一歩を踏み出し、近づいてくる。その目が凍《こお》り付くようだ。初めて見る顔だった。

千里丸は思わず後ずさり、背を向けたままで告げた。

「紅羽、離れてろ」

「でも、千里丸……」

「いいから、言う通りにしろ！」

緊迫した声音《こわね》から状況を察した紅羽は、数歩後ずさり、千里丸から離れる。

その間にも、士郎左は間合いを詰めていた。

「士郎……」

焦った千里丸は、思わず、右手に握ったままの刀を構えた。

それが、合図となった。

「残念だ、千里丸」

士郎左の足が地を蹴り、千里丸が息を呑んだ瞬間、すでに刃《やいば》が目の前にあった。

「士郎！」

とっさに下段から跳ね上げ、一の太刀《たち》はかろうじてはね返したが、続いての突きが脇腹《わきばら》をかすめた。やはり、強い。

続けざまに、再び上段から刃が振り下ろされる。

千里丸は身体を沈めて攻撃を躱《かわ》し、そのまま士郎左の脛《すね》を狙って刀を薙《な》いだ。

しかし、読まれていた。はじき返される。

まずい——と思った瞬間、鳩尾《みぞおち》に衝撃を感じた。蹴りを喰《く》らい、一瞬、呼吸《いき》が止まる。地面に片手を突き、なんとか体勢を立て直そうとしたところで、喉元にひやりとしたものを感じた。

「ここまでだ、千里丸」

士郎左の刃が突きつけられていた。

「おれに勝てると思ったか」

「千里丸！」

紅羽の悲鳴が耳を打つ。

みっともねえなと千里丸は嗤《わら》った。士郎左に勝てないことは判っていた。だが、紅羽の前でこれは、本当にみっともねえ。

「やめて、千里丸を殺さないで」

悲痛な声とともに、ざわりと風の動く気配があった。

やめろ——と千里丸が言うより先に、士郎左が口を開いた。

「おかしな真似《まね》をするなよ、女。逆らえば、こいつを斬るぞ。風が起きるよりも、おれの刀のほうが早い」

「逆らわなくたって斬ろうとしてるくせに！」

泣きそうな顔で紅羽は叫ぶ。

士郎左は愉快そうに笑った。

「ほう、さすがだな、千里丸。異能者どうし、あっというまに通じ合ったか。だが、無駄だ。裏切りの代償は死のみだ。逃れることはできない」

「さて、それはどうだろうな」

千里丸は静かに応えた。

その声に含まれる余裕に驚いたのか、士郎左の表情がわずかに揺れる。

千里丸は士郎左をまっすぐに見返しながら続けた。

「〈里〉の掟《おきて》は百も承知だ。裏切り者には死の制裁を。――だがな、士郎。あんたはおれを殺せねえ。どうしてだか判ってるよな、もちろん」

千里丸はそう言いながら、ゆっくりとその場に腰を下ろす。

「動くな」

喉元に突きつけられた士郎左の刀が動き、切っ先が肌《はだ》を刺したが、それだけだ。刀はそれ以上、動くことはない。あと少し、士郎左が力をこめれば千里丸の命は終わるというのに、それをしようとはしない。できないのだ。

「ほらな」

千里丸は小さく笑った。

「あんたは、その刀を動かせねえ。なんでだか言う必要もねえよな。おれを殺してしまえば、千里眼の力も消えちまう。だからだ。あんたには異能の者は殺せねえ。だから、この勝負、初めっから、あんたに勝ち目はねえんだ」

千里丸は座ったままで刀の切っ先を士郎左の胸元へ向け、言った。

「おれにはあんたが殺せるからな」

「……」

無言の士郎左の目に、見る間に怒気《どき》が満ちるのを感じながら、千里丸は思い出した。

あのとき――四天王寺で千里丸を詰《なじ》ったときも、士郎左はこういう顔をした。激しい怒りと憎悪、軽蔑《けいべつ》。そして、かすかに混じるのは、嫉妬《しっと》――いや、羨望《せんぼう》か。

士郎左は本当は、己の身体にこそ千里眼が欲しかったのだろう。そのことを今、千里丸はようやく、悟《さと》った。

千里眼を持って生まれたのが千里丸でなく士郎左であったなら、その力は御前のため、ひいてはこの国のため、あますところなく使われていた。だが、千里丸の目に宿ってしまったがために、貴重な力は世に潜み、今まで誰の役にも立たなかった。それが士郎左には、どれほど歯がゆく悔しかったことか。

「けどな……」

千里丸はゆっくりと、刀を地面の上に置いた。

士郎左が息を呑む。

「おれにはあんたに刀を向ける理由はねえ。もっとちゃんと、話がしてえんだ。今までのぶんまで」

「……」

「なあ、士郎……おれの力が一時なくなってた理由、教えてやろうか。親方にも誰にも言ってねえことだが……死んだ奴らが持っていっちまったんだよ。おれを恨み、呪って、力を奪っていった。ばかばかしいと思うか？　だが、本当のことだ」

士郎左は黙ったままだったが、続きを促すような目が千里丸を見た。

「力が戻ったあとも、奴らに後ろめたくって仕方なかった。おれが奴らに許されるわけがねえのにってな。……桜はおれに何度も言ってたんだよ。奴らは誰も恨んでなどいなかった、虎吉《とらきち》の最期《さいご》の言葉は、千里丸を頼む――だったってな。綺麗事言いやがってと、いつも腹が立ってしょうがなかった。なあ士郎、桜は本当に、最後までみなのそばにいたのか？　虎吉の最期の言葉、本当だったのか？」

「……そうだとおれがうなずいて、お前は信じるのか？　桜の言葉をお前は信じなかった。つまりは、虎吉やみなのことを、お前は信じていなかったということだ」

「違う！」

怒鳴ったあと、千里丸は言葉に詰まる。本当に違うと言えるのか……判らなくなったのだ。病が癒《い》え、時が経《た》ち、一人前の男の身体に成長すると力は戻った。初めから、奪われてなどいなかったのかもしれない。それが死んだ者のせいだと思い込んだのは、自分のせいだ。

　それきり、どちらも無言だった。

　待つことに耐えられなくなったのは千里丸でも士郎左でもなく、傍らでじっと二人を見ていた紅羽だった。

「千里丸……」

　苦しげな声とともに、再び空気がざわめく。

「やめろ、紅羽！」

　千里丸は怒鳴った。

「でも……」

「いいから、やめろ。やめてくれ」

　士郎左の刀が動いたのは、そのときだった。一瞬、身を強張らせた千里丸だったが、その喉元から刃が離れ、鞘《さや》に吸い込まれる。

「士郎……」

　千里丸は安堵の息をついた。

　これで話ができる――そう言おうとし、そのとき、千里丸は気づいた。

　視野の端《はし》に動くものがある。

　紅羽の肩越しに見える、沢へ続く斜面の上に、人影が現れていたのだ。士郎左に気を取られ過ぎて、気づかなかった。すでに、千里丸でなくとも充分に見える距離だ。

「追いつかれたか……」

つぶやくと、紅羽も振り返り、小さく声をあげた。

士郎左はすでに察していたようだ。表情を動かすことはない。

現れた人影もこちらに気づいているようで、足を速めて近づいてきた。

5

「千里丸様。やっと見つけた」

先頭の男が、安堵の声をあげた。

「早瀬様もご一緒ですか。はぐれたと思っていたら、先回りとは……おお、紅羽。よかった、やっぱりここにおったか」

興奮した表情の住友理兵衛が、早足で斜面を降りてくる。

千里丸は顔をしかめた。

ここは神聖な場所だ。大声をあげること自体、ふさわしくない。もっとも、たった今、その場所で斬り合いまでしてしまった自分には、何をいう資格もないが。

素早く刀を拾い上げた千里丸は、とりあえず士郎左のことは後回しにし、紅羽の元へ駆け寄った。

住友家の連中は紅羽を襲う恐れがある。蔵人も、今はまだ姿が見えないが、いずれは追いついてくるはずだ。用心に越したことはない。

一行はあっというまに、目の前までやってきた。

久遠は無言で辺りを見回している。神妙な顔だ。

一方で、理兵衛は紅潮《こうちょう》した顔で紅羽に歩み寄った。

「紅羽、無事やったか」

これまでと変わりのない馴れ馴れしい口調で声をかけてきたが、紅羽は後ずさる。

構わずさらに近づこうとした理兵衛を、さすがに供の二人が制止した。理兵衛の両脇を固め、紅羽から主人を守るように身構える。腰の脇差《わきざ》しに手をかけ、警戒心があらわだ。紅羽をかばう千里丸と、対峙《たいじ》する形になった。

理兵衛はいきなり頭をさげた。

「紅羽、すまんかった。巽のことは、私の思い違いやった。お前と巽は、左門の遺言をきき、銅吹き所を守ってくれていたのやな。何も知らず、早とちりしてしもた。本当に申し訳なかった」

「……兄さんは、今どこに……？」

紅羽の声は強張っている。

「屋敷におる。怪我の手当てもちゃんとした。心配はいらん。……紅羽。屋敷に戻ってくれんか。巽もお前の姿を見たら、安心するやろ。二人の持つ力には驚いたが、私は昔からそういう力を持った者の存在について、密かに調べとってな。異能の者が妖怪変化《ようかいへんげ》の類《たぐい》とは違うと、ちゃんと判っとる。そういう者たちが、民の暮らしに多くの益をもたらしてきたこともな。昨日は銅吹き所を案じるあまり、我を忘れてしもただけ。お互いに不幸な行き違いやった。水に流して、一緒に戻ろうやないか。異能の力を持った者が世間並に暮らしていくのは難しいことやけども、住友の力があれば守ってやることもできる……」

「おい、いい加減にしろよ」

我慢できず、千里丸は理兵衛の言葉を遮った。

「あれだけのことをしといて、今度は都合良く、紅羽の力を手に入れようとすんのか、ふざけやがって。まずは自分のしでかしたことを思い出してみろ。そこにいる二人は紅羽を撃とうとした。それに、あの蔵人って用心棒だ。紅羽を化け物呼ばわりしやがった。一歩間違えば、おれも紅羽も死んでたんだぞ」

「それは今言うたように、お互いに我を忘れてしもただけ。むろん、初めに間違うたのは私のほう。申し訳なかったと思てます。けども、お互い様や。紅羽も住友の者に大勢、傷を負わせた」
「てめえのせいだろうが！」
千里丸は怒鳴った。理兵衛が紅羽を責める言葉を口にしたのが許せなかった。
「巽を痛めつけた奴らだ、報《むく》いを受けて当然じゃねえか」
「むろん、その通りです、千里丸様。責めを負うべきは、巽に疑いをかけた私で
す。そやさかい、紅羽は何も心配せんと戻って来たらええ――そう言うてますの
や」
しらじらと言ってのける理兵衛に、千里丸は怒りを通り越して、呆《あき》れ果てた。な
んとふてぶてしい男か。さすが、公儀にすら怯《ひる》まぬ面《つら》の皮の持ち主だ。
「気楽に言いやがって……だいたい、本気で紅羽に謝る気があるなら、まずはそこ
にいる二人を後ろに引っ込ませろよ。それが筋《すじ》じゃねえのか」
「ああ、確かにそうや。小助、吉次、しばらくさがっとれ」
己の脇を固める二人に理兵衛は言った。二人は何か言いたげではあったが、命令
には従った。
「これで判ってもらえましたか」
「まだだ。まだ、あの腕の立つ用心棒がいる。あれをどうする気だ」

「それなら、心配はいりまへん。昨日は、私を守ろうとしてつい、先走ってしまったようやけど、今は蔵人は店に残り、銅吹き所の見張りをしとります。むろん、巽に危害を加えるようなことは断じて許さんと言い含めてきました」

「は？　つまんねえ嘘をつくんじゃねえよ。ここに連れてきてやがるじゃねえか」

「どういうことです」

「蔵人はお前らのあとをついてきてたって言ってんだよ。しかも、仲間を何人も引き連れて、飛び道具まで持たせてな。あれはなんだ、おれたちを欺《あざむ》くために、わざと離れてついて来させたってことか？　残念だったな。おれの目はごまかせねえよ」

「ついてきた……飛び道具？」

理兵衛は怪訝《けげん》そうに顔をしかめた。

「そないなことはありまへん。私は確かに、蔵人には店に留《とど》まるように命じました」

言いながら、同意を求めるように後ろに追いやった二人を見返る。二人とも、主人の言葉を肯定するようにうなずき、久遠も言った。

「拙者も確かに見た。あの用心棒は、拙者たちが店を出るとき、留守番をすると神妙に言っていた」

「だが、おれは奴を見た。さっき、この山を登ってくるのをな。おれのこの目が間違えるはずがねえ」

そう言いながら、目の前の者たちはまだ千里丸の千里眼について知らぬはずだと思い出した。だが、説明をするのも面倒だし、わざわざ教えてやることでもない。

「なんと言われましても、嘘はついとりません」

「本当だぞ、千里丸」

久遠にも重ねて言われ、さすがに千里丸も困惑した。

「……だとしたら、蔵人が勝手についてきやがったのか？　弓鉄砲まで抱えて？　五、六人だったが、浪人体のやら、職人らしい奴やら、ぞろぞろ連れてきてたぜ」

目にした光景を思い出しているうちに、千里丸は妙な胸騒ぎを覚えた。

理兵衛の言う通り、蔵人が、主人の命令に背き、自ら勝手に仲間を募《つの》り武器を調《ととの》えてついてきたのだとしたら――その目的は、なんなのか。

慌てて辺りを見回す。

久遠らが降りてきた斜面の上。それだけでなく、周辺一帯の木々の隙間、岩場の陰――くまなく見た。

紅羽の力を警戒し、用心棒として理兵衛の身を案じ、命に背いてでも護衛をしようと人を集めた――そうであればいい。

（だが……）

どうにも、胸がざわつく。蔵人が紅羽を化け物と罵《ののし》ったときの目つきを思い出し、嫌な予感がした。何か、見過ごしてはいけない大事なことがあるような……。

「士郎、お前……どう思う」

一歩離れたところで成り行きを見ている士郎左に、千里丸は訊ねた。

「あの用心棒のこと、気にならねえか」

そう訊ねてから気づく。蔵人と千里丸が斬りあったのは、士郎左が巽に飛ばされたあとだ。蔵人が刀を抜いたところを、士郎左は見ていない。ただの用心棒にしては腕が立つ男だということも、知らない。目を血走らせて紅羽を斬ろうとした姿も。

「——さて、な……」

士郎左は曖昧《あいまい》に応えながら、辺りを見回す。何か気になることはありそうだが、はっきりと言葉にはしない。

「蔵人が勝手にこっちについてきたっちゅうことは、留守中の銅吹き所が心配や」

理兵衛は理兵衛で、別の懸念《けねん》を口にした。

「巽が公儀隠密でないとしても、本物の隠密がどこかに潜んでいるのは確か。その見張りを蔵人に頼んだっちゅうのに、また火事でも起こされたら……」

理兵衛がそこまで言った瞬間だった。

視界の隅《すみ》――先ほど、久遠らが降りてきた斜面の方向だ――に、何か動くものがあるのを千里丸は視た。

それが何か判った瞬間、千里丸は紅羽の腕を摑み、我が身でかばうようにその場に引き倒した。

同時に、轟音《ごうおん》が響いた。ほんの今まで紅羽の立っていた場所を貫いて飛んできた弾《たま》が、二間《けん》（約三・六メートル）ほど先の木の幹《みき》を抉《えぐ》る。

「おい、なんだ、いきなり」

久遠が素《す》っ頓狂《とんきょう》な大声を出す。

千里丸は紅羽を身体でかばったまま、銃弾が放たれた方向を視た。

斜面のあちこちに生《は》えた木々。その木の陰に何者かが潜んでいる。柿渋《かきしぶ》染《ぞ》めの脚絆姿――周囲に溶け込みやすいその色は、忍びがよく身に着けるものだ。

射手《しゃしゅ》は再び、鉄砲を構えた。

「紅羽、伏せてろ」

千里丸が口にした瞬間、二度目の銃声がした。

身を伏せた千里丸の、髪をかすめるように弾が飛ぶ。紅羽を狙おうとして外《はず》したのか、あるいは千里丸を狙ったか。

いずれにせよ、二発目の弾が逸《そ》れたと判断した瞬間、千里丸は駆け出していた。

三発目が撃たれるまでには火縄に点火するまでの間が必要だ。その間に、鈎縄が届く距離まで近づいて射手をどうにかする——そう考えてのことだ。

だが、

「千里丸」

士郎左が鋭《するど》い声をあげ、同時に、ほぼ頭の真後ろで、刃《やいば》に何かぶつかる音がする。

とっさに足を止め、身をかがめた。

足下に、矢が落ちる。

逆方向から飛んできたのを、士郎左がはたき落としたのだ。

二の矢、三の矢と飛んできたが、すべて士郎左が防いだ。鉄砲とは違い、矢は続けざまに放つことができるのが厄介だ。

後ろにも敵がいたことに気づかなかった己の不覚を恥じながら、千里丸は足を止め、身構えて新たな敵へと目を向ける。

「野郎……」

思わず、声が漏れた。

木立の奥から姿を見せた弓矢の射手——その隣に、蔵人がいたのだ。

急に襲ってくることまでは、ある程度、予測していた。が、いきなりここまでやるとは、思っていなかった。紅羽や千里丸の近くには、蔵人の主人である理兵衛がいる。飛び道具には躊躇《ちゅうちょ》があるはずとたかをくっていたのだが、甘かったか。

「蔵人、何をするのや」

理兵衛が驚いた顔で前に進み出、紅羽をかばうようにして立ち、己の用心棒を叱《しっ》責《せき》する。

しかし、蔵人は言い放った。

「どけ、住友理兵衛。邪魔だ」

「蔵人……」

理兵衛は絶句する。

千里丸も驚いた。忠誠を尽くしてきた主人に逆らってまで、紅羽を殺したいとは。と、そこで、士郎左がふと気になったように、足下から矢を拾い上げた。たった今、弾き落としたうちの一本だ。矢尻《やじり》を確かめ——目を見開く。険しい顔になり、蔵人に目を向けた。

「どうした、士郎」

気になって、視線は蔵人に向けたままで千里丸は問うたが、答はない。

「士郎。その矢がどうかしたのか」

苛立った千里丸が繰り返すと、士郎左は矢尻を黙って手渡すことで応えた。

蔵人を警戒しながら、矢を手にとり、目を落とす。——その瞬間、千里丸も息を呑んだ。

「これは……どういうことだ」

思わず、つぶやきが漏れる。

紅羽を狙った矢の矢尻は、細い柳葉《やなぎば》型で、尖端《せんたん》にかけて特徴的な捻《ひね》りがあった。

そういう矢尻を使う連中を、千里丸は知っている。

〈里〉で、教えられた。この矢を使う者たちと接触した場合、充分に注意を払うこと。なぜなら、その者たちの主は、〈里〉の者の主である天海大僧正《てんかいだいそうじょう》にすら命令をくだせる唯一《ゆいいつ》の人物……。

ありえねえ、と唇からつぶやきが漏れた。

なんなんだ、これは。

「士郎、まさか、こいつら……」

「ああ」

士郎左が冷静な表情は崩さず、うなずいた。

「奴は伊賀者《いがもの》──奴こそが、公儀隠密だ」

第六章　暴かれた正体

1

「公儀《こうぎ》、隠密《おんみつ》……」

千里丸《せんりまる》はその言葉を、呆然《ぼうぜん》とつぶやいた。

目を瞬《またた》き、蔵人《くろうど》と、その傍《かたわ》らで弓を手にした男を見つめる。

「蔵人が公儀隠密やと?」

理兵衛《りへえ》も驚愕《きょうがく》の言葉を漏《も》らした。信じられないと、目を瞬く。

蔵人は、みなの驚きを冷ややかに眺めたあと、おもむろに口を開いた。

「いかにも、我らは伊賀者《いがもの》にして、御公儀のお役目を担《にな》う者――」

「ありえねえ……!」

蔵人の言葉を遮《さえぎ》るようにして、千里丸は怒鳴《どな》った。

「公儀隠密がなんで紅羽《くれは》を狙《ねら》う。なんで異能の者を殺そうとする。異国との戦いに必要な力だと上様は判《わか》ってるはずだろう」

「黙れ、小僧」

御前《ごぜん》は将軍家の意を受けて、『未来記』の献上《けんじょう》を命じたのだから、そのはずだ。

今度は蔵人が、乱暴に千里丸の言葉を遮った。

「軽々しく上様のことを口にするな、日光山《にっこうさん》の忍びごときが、分《ぶん》をわきまえろ」

「な……」

千里丸は息を呑《の》む。

すでにこちらの素性も知られている。だが、いつ、どこでばれた？　気取《けど》られるようなへまは、していないはずだ。自分も、士郎左《しろうざ》も。

「日光山っちゅうと……」

「日光山……となると、もしや、おぬしらの主人とは、天海大僧正《てんかいだいそうじょう》か」

理兵衛と久遠《くおん》が、揃《そろ》って千里丸と士郎左を見た。

士郎左は口を閉ざしたまま動かず、千里丸は手にしていた矢を投げ捨ててわめいた。

「蔵人、てめえこそ、黙りやがれ。てめえのほうこそ、おおかた伊賀者になりすました、異国の手先なんだろう！　こんな矢尻《やじり》くらい、どうとでもなる。〈里〉の忍びを騙《だま》せると思うなよ！」

「ほう、やはり思った通り、天海配下の〈里の衆〉だったようだな。異能の者への執着《しゅうちゃく》から、そうではないかと思ったのだが、大坂には天海の供《とも》で来たのか？」

蔵人が冷笑し、カマをかけられたことに千里丸は気づいたが、もう遅い。

「くそ……」

歯ぎしりする千里丸を、蔵人は笑った。

「以前より住友《すみとも》一族には、異能の力に関心を抱《いだ》き、密《ひそ》かに調べ、手元に集めようとしているとの噂《うわさ》があってな。ゆえに、我ら伊賀者が隠密として忍び込み、探索をしていたのだ」

「南蛮絞《なんばんしぼ》りを横取りするためとは違う、と？」

冷静に聞きかえしたのは、理兵衛だった。

「その南蛮絞りこそが、化け物の力で得た技《わざ》だとも言う者もいる。そのような汚《けが》れた技で我が国の銅をかき集め、富を独占する。御公儀に――いや、我が国の民《たみ》すべてにとって害になる薄汚い商人《あきんど》を、野放しにするわけにはいかん」

「……阿呆《あほう》なことを」

理兵衛は呆《あき》れ顔で首を振った。

「住友の南蛮絞りがあればこそ、この国は異国と対等な取り引きができる。本物の公儀隠密が、そないなことを判らんはずもない」

「煩《うるさ》い。どう言いつくろおうと、住友が御公儀に隠れて異能の者を捜し、手元に集めんと目論《もくろ》んでいたことに変わりはない。現実に銅吹き所に化け物を二匹も飼っていたではないか。これまでに何度も刺客《しかく》をさしむけ、銅吹き所にも火をかけ、ようやくあぶりだした化け物どもども、今度こそ、息の根を止めてくれる」

「……ということは、あの刺客も、お前が仕組んだことやったんか」

「仕組むまでもない。銅商《あきな》いを独《ひと》り占《じ》めして利益をむさぼる住友は、大勢の恨《うら》みを買っている。こちらが少し内情をもらすだけで、飛びついてくる者がいくらでもいる。日光山の忍びまで一枚噛《か》んできたのは計算外だったが、結果としては一石二鳥。天海もまた、異能の者を使って天下の御政道を意のままにせんとする逆賊《ぎゃくぞく》。住友と同じだ。老いぼれ坊主《ぼうず》が老体を引きずり、はるばる大坂まで何をしにきたのかと思っていたが、噂通りに化け物捜しが目的だったと判った以上、放ってはおけん」

「ふざけるな。御前が異能者を捜すのは、異国と戦い、民を守るため、その力を使おうと考えているだけだ。考えなしに異能者を殺そうとするお前らのほうが逆賊だ！」

千里丸が叫《さけ》ぶと、蔵人はさらにおかしそうに言った。

「綺麗事《きれいごと》を言うではないか、小僧。あの老いぼれ坊主がそのような殊勝なことを考えるわけがなかろう。昔から、己《おのれ》の欲のためだけに異能者を操《あやつ》り、多くの罪なき者を陥《おとしい》れ、消し去ってきた男だ。将軍家の知恵袋を気取っておるが、みな、予言の力を持つ異能者を手下《てか》に持っていたゆえの手柄。ただ、幸か不幸かあの坊主は長生きし過ぎた。手駒《てごま》としていた力の主《ぬし》が次々に死に、己の足下《あしもと》が揺らぎ始めた。異国と戦うためなどとほざき、なりふりかまわず新たな異能者捜しを始めたのはそのためだ。見苦しい限りだ」

「なに……」

「貴様《きさま》も奴《やつ》の配下であれば、異能の化け物とともに民の血を流してきたのだろう。奴らは人とは違うゆえ、まるで虫けらのように人を殺すときく。そこな娘も〈里の衆〉となれば、天海の行く先々で邪魔者《じゃまもの》を殺してまわるのだろうな、その力で」

「黙れ！　誰が紅羽にそんなこと……」

わめきながら、千里丸は紅羽をちらりと振り返る。紅羽は青ざめていた。こんなことで紅羽の心に傷を負わせたくない。

「でたらめ言うんじゃねえ、偽物《にせもの》の隠密が……」

「ほう、まだ言うか。だが、冷静に考えてみるのだな。今、天海が密かに江戸を離れ、この大坂に来ていることを知っているのは、上様のお側《そば》近くの者だけ。我らが偽物かどうか、すぐに判るだろうに」

「なに……」

天海が大坂に来ているなどと、千里丸は今初めて聞いた。今も江戸にいるはずだ。病床《びょうしょう》の上様の側を離れるはずがない。

そう思い、ちらりと傍らの士郎左に目を向けた千里丸は、眉《まゆ》をひそめた。士郎左は硬《かた》い顔をし、蔵人を睨《にら》んでいる。

「士郎……本当に今、御前は大坂にいるのか？　お前が会いに行っていたのは……繋《つな》ぎ役ではなく、御前本人だったのか？」

訊《たず》ねたが、士郎左の応《こた》えはない。

「士郎、こいつらが本物の公儀隠密だってことはねえよな。異国と戦うために異能の力を欲する——それは上様の考えでもあるんだろう。だからこそ、御前は『太子《たいし》未来記』を望み、おれたちを大坂に遣《つか》わしたんだろう。なあ、どうなんだ、士郎、応えろ！」

こいつはまた、おれに隠しごとをしていたのか。その疑念に、怒りが湧《わ》き上がる。だとしたら、おれはまんまと騙されかけていたことになる。士郎左の言葉を真《ま》に受け、己の力を戦《いくさ》に使ってもいいと、考え始めていたのだ。

「ほう、『太子未来記』——

蔵人がその言葉をききとがめた。

「その古《いにしえ》の書が化け物どもの秘密と関《かか》わっているというのは、本当であったか。これはいいことを聞いた。なんといっても、化け物のことは長年化け物に執着してきた天海が誰より詳《くわ》しい。四天王寺《してんのうじ》にも早速出向き、その『未来記』とやらを手に入れねばな」

「……なに……」

「小僧。お前は本当に、何も知らんようだな。幕閣の誰もがすでに見抜いている老いぼれ坊主の本性を、まだ知らずにいるとはめでたい奴だ。――そちらの男はどうだ。貴様もまた、天海の戯《ざ》れ言《ごと》を信じる愚《おろ》かな狗《いぬ》か、あるいは、すべて承知の上で従っている、謀反人《むほんにん》か」

蔵人の目は、今度は士郎左に向いていた。

千里丸も同様に士郎左を見据《みす》え、そこで、気づいた。右の眉根《まゆね》だけを下げた表情には見覚えがある。何か予期せぬことが起きたとき、こいつはこういう顔をする。

(こいつも狼狽《うろた》えてやがるのか。だとしたら、何にだ)

蔵人の語る内容か、あるいは、それを千里丸にばらされたことか。

「住友の用心棒よ」

士郎左がようやく口を開いた。

「お前が本物の公儀隠密だというのならば……その証《あかし》を見せられるか」

「証だと？」

蔵人は乾《かわ》いた笑いをたてた。

「今の話だけではまだ信用できんか？　それとも、信じたくないということか？なかなか慎重《しんちょう》な男だな。……では、一つ、面白い話を聞かせてやろうか。我ら伊賀者と、貴様ら〈里の衆〉の間に起きたことだ」

冷ややかに目を細め、蔵人は続けた。

「二年前、島原で切支丹《キリシタン》の一揆《いっき》が起きた。上様の命を受け、原城《はら》に入り込んで探索を行っていた我らは、貴様ら〈里の衆〉と争った。〈里の衆〉の目的は、表向きは我らと同じ一揆勢の攪乱《かくらん》。だが、真《しん》の目的は、一揆の頭目天草四郎《とうもくあまくさしろう》やその側近どもが異能者の一族であるとの噂の真偽《しんぎ》を確かめ、あわよくば己の配下に引き入れることだった。それゆえ、〈里の衆〉は公儀に逆《さか》らい、切支丹に味方をした。あの城の中でな」

「なんだと……」

千里丸が声をあげる。

と同時に、

「島原……あのときに……」

つぶやいた声は、それまで会話に入らずにいた男のものだった。波多野《はたの》久遠である。目を見開いて蔵人を見ている。

士郎左は、黙ったままだ。

「我らは〈里の衆〉を幾人も始末したが、こちらも幾人もが命を落とした。おれの兄も死んだ。切支丹連中は異能の力など持たぬ偽物ばかりだと判ったあと、ようやく〈里の衆〉は退《しりぞ》いたが、それまでに払った犠牲は大きかった。むろん、我らはすべてを上様に訴《うった》えようとしたが、病床の上様のもとには常に天海がはりつき、真実をお耳に入れることができん。真実を知る者は今もわずかだ。――しかし、〈里〉の者ならば知っている話であろう？　貴様らのしでかしたことだからな」

そう言った蔵人の口元には、薄笑いが浮かんでいる。しかし、目は憎悪《ぞうお》に燃えていた。

「本当なのか」

千里丸は士郎左を振り返って訊《たず》ねた。

「〈里の衆〉は切支丹から国を守るために戦ったんじゃねえのか。島原に行った奴らはいったい誰に殺されたんだ」

「……非道な切支丹から民を守って戦ったのだ。間違いはない」

険《けわ》しい顔で士郎左が応えると、蔵人は哄笑《こうしょう》した。

「そうか、貴様らはただの狗、何も知らん愚かな狗か。〈里の衆〉の中には、切支丹の頭目天草四郎を守るため、南蛮船にまで赴《おもむ》き加勢を求めた売国奴《ばいこくど》がいたのだぞ。若い女だ。確か、桜《さくら》とか言ったな。知っておるか？」

「なんだと……」

まさかと息を呑む。士郎左の顔にも動揺が浮かんだ。

「ほう、知っておるようだな。安心しろ。そやつは公儀隠密が始末した。己の目的のために国を南蛮人に売り渡さんとするような女だ。売国奴にふさわしい死に方をしたはずだ。他の七人と一緒にな。……どうした。青くなっておるな。ようやく判ってきたか、己の主《あるじ》の醜《みにく》さが。真実を知って目が覚《さ》めたのであれば、この際、老いぼれ坊主を見限り、我らに寝返らんか。今なら受け入れてやらんでもないぞ。むろん、我らに従い、まずそこな化け物の始末に手を貸せば、の話だが」

「何……言ってやがる」

千里丸は怒鳴り返したが、語尾が震えた。

こいつの言葉はすべて嘘《うそ》で、士郎左が四天王寺で語ったことこそ正しい――そうであってくれと祈る気持ちになる。

「てめえの言うことなんざ信じねえ。そもそも異能者は化け物なんかじゃねえ。てめえらが勝手に怖《こわ》がって騒いでいるだけだ。おれのことも怖いか？　おれは千里眼《せんりがん》を持ってる。てめえの顔に浮かぶ脂汗《あぶらあせ》の一粒一粒までよく視《み》えるぜ。手が震えてるのもな」

はったり混じりで千里丸がわめくと、

「ほう、貴様も化け物か。ならば死ね」

あっさりと蔵人は言った。

「化け物に情けはかけられん。死あるのみだ。……だが、そちらの男、士郎とやら。お前はどうだ。我らの仲間がすでに周《まわ》りを囲んでいる。もはや逃げ場はない。だが、貴様がそこな化け物の首を土産《みやげ》に我らに寝返るのであれば、命は助けてやるぞ」

士郎左は応えない。

「そうか。狗は狗らしく、最期《さいご》まで天海に忠義を尽くすか。——では、ここで死ね」

蔵人の一言が終わるか終わらないかの刹那《せつな》、三度目の銃声が辺《あた》りに響いた。

千里丸は左腕に衝撃《しょうげき》を受け、地面に膝《ひざ》を突く。弾《たま》がかすめたのだ。蔵人とのやりとりに気を取られ、鉄砲への警戒を忘れていた己に呆れた。

「千里丸！」

身を伏せて成り行きを見ていた紅羽が、悲鳴をあげて立ち上がり、駆け寄ってこようとした。

「来るな、伏せてろ、撃たれるぞ」

千里丸は慌《あわ》てて制止し、同時に、側にいた理兵衛が、紅羽の腕を摑《つか》み、その場に押しとどめようとした。

「放して」

紅羽は理兵衛の腕を振りほどこうともがき、それが無理だと判ると、理兵衛に腕を摑まれたままで、とっさに両手を胸の前で組んだ。長い黒髪がざわりと揺れ、同時に、理兵衛の身体《からだ》が突風に吹き飛ばされる。

「うわ……」

叫《さけ》びとともに、理兵衛は近くの地面にたたきつけられた。頭を打ったのか、小さく呻《うめ》き、そのまま動かない。

紅羽が小さく息を吞んだ。とっさのことに、力の加減ができなかったらしい。

「紅羽！」

それ以上はやめろ——と怒鳴りかけて、千里丸は途中で言葉を飲み込む。

このままでは隠密どもに紅羽も理兵衛も、千里丸も士郎左も、みな殺しにされる。それよりは、紅羽の力でこの場を乗り切る道を選ぶべきかもしれない。そのほうが生き残る可能性はあるのでは……。

だが、千里丸が言葉を継ぐよりも先に、蔵人が言った。

「さすが、化け物だな。己を守ろうとした者であろうと、平気で殺すか。見よ。住友理兵衛は死んだぞ。異能者に取り憑《つ》かれ、その異能者に殺されるとは哀《あわ》れな男よ。化け物に、人の言葉は通じぬと判らなかったのだな」

紅羽の顔から見る間に血の気が引いていく。

「てめえ、汚《きたね》えことを……」

千里丸は吠《ほ》えた。

「紅羽、理兵衛は死んじゃいねえ。倒れてるだけだ。お前は人殺しなんかじゃねえ。余計なことを考えずに、自分の身を守れ！　守ってくれ！」

必死に怒鳴ったが、紅羽は蒼白《そうはく》なままで立ち尽くし、千里丸の声が聞こえているかどうかも判らない。

千里丸の視界の端《はし》で、鉄砲の射手《しゃしゅ》が再び構えるのが見えた。間に合わない。

「紅羽」

千里丸は夢中で紅羽に駆け寄ろうとした。傷を負った身では、まともに戦うのは難しい。それでも、身体を張ってかばってやることくらいはできる。今のままでは弓矢も鉄砲も、紅羽を狙い放題だ。

だが、その瞬間、

「千里丸」

背後からぐいと左腕を摑まれた。傷を負った腕に激痛が走る。

呻き声をあげた千里丸は、視界の端に光る刃《やいば》を見た。

とっさに身を捻《ひね》り、なんとか右手の刀で受け止める。

「士郎——」

いきなり斬《き》りかかってきた男の顔を刃越しに確かめ、千里丸は呻いた。

「てめえ、何を……」

蔵人も驚いたようで、とっさに鉄砲の射手を手の合図で制する。

「千里丸、お前には死んでもらう」

「何……」

「悪く思うな。おれが生き延びるためだ」

言い放った士郎左の顔を見て、千里丸はぞくりとした。

「士郎、てめえ……」

寝返る気か。

己の不利になることはしない。成り上がるためになら、平気で仲間も切り捨てる。昔から耳にしていた士郎左の噂だ。本当はそうではなかったのだと、死んだ仲間のために必死だっただけだと、そう思い、嬉《うれ》しかったのに。

(どこまでが、真実《まこと》だ。こいつは本当は、何を、どこまで知っていて、何を欲して

──」

「畜生《ちくしょう》！」

千里丸は叫んだ。必死に刃を押し返そうとしたが、左腕の傷のせいで、充分に力が入らない。

「千里丸、その化け物の眼《まなこ》とともに、消え失せろ」

冷徹な宣告とともに、いったん士郎左の刀が引かれ、上段から改めて振り下ろされる。

千里丸は頭上に迫る白刃《はくじん》を見た。

それでも士郎左に殺されるなら、公儀隠密にやられるよりはましか。そんな思いも胸を過《よぎ》る。

「やめて──！」

刹那、悲痛な叫びと同時に、突風が、瞬時にして吹き抜けた。

「うわ……」

士郎左の身体が浮き上がり、背後に吹き飛ばされた。息を呑む千里丸の視線の先で、そのまま地面にたたきつけられる。

紅羽が我を忘れ、再び力を使ったのだ。

「いかん、撃て。化け物を殺せ！」

慌てたような蔵人の声が響き、銃声が轟《とどろ》く。

だが、一瞬早く、辺りは嵐となった。

2

地表を覆《おお》っていた枯葉《かれは》や枝、土塊《つちくれ》や石までが風に煽《あお》られて宙《ちゅう》を舞う。とても獲物《えもの》を狙える状態ではなく、銃弾がどこに飛んだかを確かめることすらできない。

千里丸も、地面を転《ころ》がるように吹き飛ばされた。

「紅羽！」

千里丸は必死に名を呼んだ。

「無茶《むちゃ》するな、紅羽！」

だが、その紅羽がどこにいるのかも、すでに見えない。目を開けることもできないほどの風なのだ。吹き飛ばされぬように身を伏せながら、刀を地面に突き立て、近くの樹《き》の根元に身を伏せる。

「助けてくれ……」

吉次《きちじ》か小助《こすけ》の慌てた声がかすかに聞こえた。

「伏せてろ。樹に摑まれ！」

千里丸は大声でわめいた。

久遠だけではなく、近くには、倒れたままの理兵衛も、その供の者たちもいるはずだが、姿は見えない。隠密どもは、正直なところ、どうとでもなってしまえと思うが、泉屋《いずみや》の連中は別だ。彼らが傷ついたとなれば、紅羽もまた傷つく。

千里丸は顔をあげ、必死に目を凝《こ》らした。

ありとあらゆるものを巻き上げる風は視界を遮るが、壁《かべ》が立ちはだかっているわけではない。千里丸の目ならば、舞い上がる枯葉や土塊の隙間《すきま》をぬって、視ることはできる。

気を高め、全神経を目に集中させた。

理兵衛と久遠は、近くの樹の根元に伏せ、地面にへばりつくようにして風に耐《た》えている。そうしていれば、身体を吹き飛ばすほどの風勢ではないようだ。

蔵人のいた辺りを見れば、木までもがなぎ倒され、宙に舞っている。蔵人の姿はすでにどこにもない。いち早く逃げたか、あるいは遠くへ吹き飛ばされたのか。

千里丸は渦《うず》の中心を懸命に探した。

（いた）

渦巻く風の中で、紅羽は胸の前で手を組み、祈るように目を閉じている。顔からは血の気が引き、口元は震えている。いや、何かをつぶやいているのだと、千里丸は気づいた。

（いったい何を……）

唇の動きから読み取ろうと千里丸はさらに目を凝らし、はっとなる。

――千里丸。

紅羽はその名を呼んでいる。何度も何度も、必死に繰り返し、呼んでいる。

「紅羽！」

千里丸は叫んだ。

「おれは無事だ。落ち着け！」

だが、声が届かないのか、颪は止《や》まない。

なんとか止めなければと、千里丸は木の根元から離れた。

「紅羽、やめろ！」

這《は》うようにして紅羽に近づき、手が届くほどの距離まできたところで、ようやく紅羽に声が届いた。

「千里丸！」

紅羽が目を開け、千里丸のほうを見た。

千里丸はその腕を掴み、抱き寄せた。夢中でかき抱《いだ》くと、紅羽もそれに応えるように胸に顔をうずめる。

よかった、と紅羽がつぶやいた。

「お前のおかげだ、ありがとう」

千里丸は紅羽を抱く手に力をこめて応えた。

紅羽が小さく首をふり——次の瞬間、その華奢《きゃしゃ》な身体から、がくりと力が抜けた。

「おい」

千里丸は慌てて、紅羽を支えた。

同時に、風が止む。

宙を舞っていたすべてのものが、いっせいに動きをとめた。

一瞬の後、支えを失ったかのように、音をたてて地に降り注ぐ。

枯葉、土塊、石——すべてがばらばらと地面に落ちた。

千里丸は慌てて、紅羽を抱いたままその場にしゃがみこみ、身体でかばった。

すべてのものが風から解放され、在るべき場所に落ち着くまでのわずかな間、千里丸はそのまま腕の中の紅羽を抱きしめていた。

ぐったりと動かない小さな身体。その身体が秘めた大き過ぎる力で、千里丸の命を助けてくれた。迷いも恐怖も振り切って、千里丸のために力を使ってくれた。愛《いと》しくてたまらなかった。

ずっとこうやって、紅羽を抱いていたい。抱きしめて、守っていてやりたい。

だが、そんな時間はないことも、判っていた。

「大丈夫だ。何も心配いらねえ」

紅羽の耳元にささやいたあと、千里丸は顔をあげ、辺りを見回した。

まずは蔵人を捜す。

木立の陰、木々の根元——くまなく見回したが、姿はない。側にいた弓矢の射手は、倒れた木に足をはさまれて動けずにいるが、それだけだ。

鉄砲の射手がいた場所に目を移すと、こちらにも人の姿はない。だが、近くには鉄砲が転がり、さらに離れたところに、射手も見つけた。小さく呻いているから死んではいないが、腕はありえぬ角度に曲がっていた。もう鉄砲は撃てまい。

さらにもう一人、柿渋染《かきしぶぞ》めの装束《しょうぞく》を着た男が近くにうずくまっていたが、風がおさまったとみて、慌てて逃げ出した。腰が抜けたのか、這いずりながら逃げていく。追いかけることを、千里丸はしなかった。

(士郎は——)

初めに飛ばされた辺りには、姿がない。

(もっと遠くに吹き飛ばされたか、あるいは逃げたか)

死んだはずはないと、千里丸は確信していた。あいつがあっさり死ぬとは思えない。生きているとして、奴《やつ》はこれから、どうするのか。本気で公儀隠密に寝返るか、あるいは……。

腕の中の紅羽が身じろぎをした。一瞬、気を失っていたようだが、意識を取り戻したのだ。

「紅羽、大丈夫か。立てるか」

まだ震えている紅羽に、千里丸は問うた。

「……うん」

気丈《きじょう》にうなずいて、紅羽は立ち上がろうとする。

だが、身体ががくりとよろめき、再び千里丸の胸へ倒れ込んでくる。

慌てて抱き留めようとし、そこで千里丸は左腕の痛みに呻いた。たった今まで撃たれた痛みすら忘れていた。紅羽のことしか考えていなかった。

「ごめんなさい」

紅羽もはっとしたように身を起こし、慌てて千里丸の傷を確かめようとする。

「大丈夫だ、かすっただけだ」

千里丸は傷を紅羽の目から隠すようにして言った。

「だめ。手当てを……」

「たいした傷じゃねえ」

大丈夫だと千里丸は繰り返し、

「それより、蔵人たちが戻ってくるとまずい。ここから離れるぞ。立てるか？」

「うん」

うなずきはするが、実際にはやはり立てそうにない。抱き上げてやればいいのだが、傷を負った身体で紅羽を抱き、さらに周囲を警戒しながら逃げられるだろうか。

「千里丸様、手を貸しましょう」

背中から声がかけられた。

振り向くと、理兵衛が頭をさすり、足を引きずりながら近づいて来た。見たところ、大きな怪我《けが》はないようだ。先ほどは、地面にたたきつけられた衝撃で、しばらく意識を失っていただけらしい。

紅羽が泣き出しそうな顔をした。死なせてしまったわけではないと知り、ほっとしたようだ。何か言おうとするのを、理兵衛は手で制し、

「紅羽、無事でよかった。さすが左門《さもん》の子や。たいした力や。あれだけの力があれば、公儀隠密なんぞ、恐れることもあらへん」

褒《ほ》め称える言葉だったが、紅羽の顔はみるまに曇《くも》った。

「おい、そういう言い方はねえだろ。紅羽はただ必死だっただけだ」

「判ってます。ただ、これ以上のややこしいお話はあとにしましょう。――ほれ、何をしとんのや。小助、吉次、千里丸様に手を貸さんか」

理兵衛は振り返り、供の男たちを呼んだ。

慌てて歩み寄ってくる二人に、紅羽は怯《おび》えて後ずさった。昨日の騒ぎの折りに紅羽を撃とうとした者たちだ。平静ではいられない。男たちのほうも、紅羽の力を再び目《ま》の当たりにし、腰が引けている。

まったく頓着《とんちゃく》していないのは理兵衛だけで、

「この近くの村に住友家の古い別宅があります。先代が使っていた狭《せま》い家やけど、まずはそこへ隠れるのがええ。屋敷に帰ると、また奴らが襲ってくるかもしれまへん。急ぎましょう」

当たり前のように紅羽に手をさしのべようとする。

「待てよ、おれたちは、あんたと行動をともにする気なんざねえぞ」

「そうは言うても、二人だけでいったいどうするおつもりで。紅羽は動けん、千里丸様は怪我人。ここは私らと一緒に動いたほうがええに決まってます」

「……」

千里丸は言葉に詰まった。確かに、今の千里丸には頼れるあてが何もない。住友の力は役に立つとも思う。

と、そこで千里丸は気づいた。

「おい、巽《たつみ》は、住友屋敷に置いたままなんじゃねえのか。だとしたら、蔵人に命を狙われるぞ」

いや、すでに殺された可能性も高い。

千里丸の言葉に、紅羽もさっと青ざめる。

だが、理兵衛は余裕の笑みとともに首を振った。

「心配いりまへん。実は巽もすでに、その別宅に移してあります」

「なに。だが、さっきは住友屋敷にいると言っただろう」

「嘘ですわ」

あっさりと理兵衛は言った。

「昨夜、騒ぎの後始末で店がばたばたしとる間に、密かに外に連れ出しました。知っているのは先代から奉公していた信頼できる者だけ。他の者はみな、巽は昨夜と同じ蔵の中にいると思い込んでます。その証拠に、小助や吉次も今の今まで、知らんかったはずです」

そう言われて二人に目を向けると、確かに驚いた顔をしている。

「しかし、蔵人が気づいていないと断言できるか？　奴を信用していたんだろう？」

「お言葉ですが、私は異国相手に大きな取り引きを続けてきた、国いちばんの銅吹き屋。誰にも知られんように大事な荷を運んだり、極秘の取引相手を店に招き入れたり、逆にこちらからこっそり会いに行ったり……人目を盗《ぬす》むことには慣れてます。屋敷もそういうことができるように作ってあります。商人《あきんど》っちゅうのは、お武家様には想像もできんほど、出し抜き合《お》うて暮らしてるもんです。商売仇《がたき》の手先が店の中に潜《もぐ》り込んでくることくらい、織り込み済み。蔵人は、側に置いていたというても、新参の用心棒。本当に大事なものの側には近づけてまへん。住友家には、当主の身以上に大事なものは、幾つもあります」

自信たっぷりに理兵衛は笑う。

それでも、千里丸には不安がぬぐいきれなかった。理兵衛がしたたかな商人であったとしても、蔵人の正体に気づいていなかったことは、事実なのだ。

ただ、いずれにしろ、巽の無事は確かめねばならなかった。

「……仕方がねえ。一緒に行くぜ」

結局は、そう応える以外にない。

理兵衛は満面の笑みを浮かべた。

「ほなら、参りましょう。ともかく、今はここから逃げるのが何より大事や。――波多野様も、どうぞ、ご一緒に」

付け足しながら理兵衛が振り向いた先には、髪《かみ》も着物も泥だらけになった久遠が、傍らの木にもたれかかるようにして、呆然《ぼうぜん》と立っていた。今の会話を聞いていたのか、いないのか、ぼんやりとした顔で、応えようともしない。

「波多野様、どないしはりました。お怪我でも……」

再度の呼びかけに、ようやく気がついたようで振り返ったが、

「怪我はない。ないが…こんな騒ぎを起こしてしまうとは。お幸《こう》の祖先の眠る場所だというのに……」

呻くように言ったあと、うなだれて動かない。

「確かに、あんたが余計な奴らを連れてきたせいで、ここは荒らされちまったわけだ。おおいに悔やんだほうがいい」

千里丸の言葉に久遠はさらに顔を歪《ゆが》め、紅羽に目を向けて深く頭をさげた。

「許してくれと言える筋合いではないが……お幸の遺髪《いはつ》をここに埋めることだけは、許してもらえないだろうか。お幸には罪はないのだ」

神妙な態度に、紅羽は困惑の色をあらわにした。

「許してくれって言われても……この墓所は私のものってわけじゃないし……そのお幸さんて人が、太子様の血を引いた人だったなら、ここで眠る資格はあるんだ。お侍《さむらい》さんの好きなようにしたらいいと思うよ」

「そうか。かたじけない。では、いつか改めてここに来て、お幸の弔《とむら》いをさせても

らおう」

「いつか改めて？　今じゃなくて？」

紅羽は訝《いぶか》ったが、すぐに、なんとなしに久遠の気持ちを察したようだ。うん、そうだねとうなずいた。あれだけの騒ぎのすぐあとで、大事な人の弔いをする気には、とてもなれないだろう。

「……参りましょうか」

促《うなが》すように、理兵衛が一つ手を叩《たた》いた。

「住友の別宅は、かつて大楠公《だいなんこう》が生まれた村の近く、その産湯《うぶゆ》の井戸からしばらくのところです」

「この山奥から、迷わずに行けるのか」

思わず不安を口にした千里丸には、紅羽が応えた。

「近くまでなら、私が案内するよ。大楠公の井戸なら判る」

3

山を下る間、千里丸は一行の最後尾につき、常に辺りを警戒しながら歩いた。左腕の痛みはあるが、歩くのに支障を来《きた》すほどではない。

先頭は住友の小助と吉次、その後ろに紅羽を背負った久遠が続いた。紅羽は一人では歩けなかったが、千里丸はいざというときに備えて身軽でなければならず、吉次や小助もそうだ。となれば理兵衛か久遠しかおらず、紅羽が久遠を選んだのだ。いつ、どこから、再び公儀隠密衆があらわれるか判らない。一瞬たりとも、気を抜けなかった。なんといっても、相手は飛び道具を持っている。

しかし紅羽は、さほど心配することはないのではと言った。

「この山の中で、一度、自分の居場所が判らなくなったら、慣れない者は迷わずに進むのは難しいはずだよ。風に飛ばされて、見知らぬ場所に放り出されたら、簡単には動けない」

紅羽が選んだのは山の北側へと降りる道で、泉屋の一団が登ってきた東の斜面の道とは交わらない。しかも、道といえるほどに拓《ひら》けてはおらず、木々の間を獣《けもの》のように進んでいく。

ちょうど昼下がりで、太陽はほぼ真上にあったが、辺りは木が生《お》い茂り、昼でも薄暗いところが多かった。

千里丸には有利である。他の者の視界は悪くなるが、千里眼の千里丸だけは変わりなく遠くを視透《みとお》すことができる。

途中、理兵衛と紅羽は何度か、目的の別宅へ向かう近道を探すためにやりとりをした。

紅羽は、道を選ぶことには困らなかったようだが、訝しんだ。

「どうして、そんな地元の者も行かないようなところに家が……？」

「おい、おれたちをおかしなところに連れ込もうとしてるんじゃねえだろうな」

千里丸が問うと、いえいえと、理兵衛は首を振った。

「先代が生きていた頃、妾《めかけ》のために用意した家です」

「こんな山奥に、か？　通ってくるのだって大変そうだぜ」

「どうしてか、この辺りに住みたいと言うたらしいので。今は誰も住んでいません。さすがにその後、住みたがる者がおりまへんで」

「この辺がその妾の郷里《さと》だったのか？」

「いえ、そういうわけではないようで。身よりもなく、生まれもはっきりせん女やったと聞いています。人中で暮らすのは性《しょう》に合わんと言うたようで」

「へえ、変わり者だな。住友の妾となりゃ、市中のどまんなかに屋敷をもらえただろうに」

千里丸は肩をすくめて笑い、それ以上は興味を持たなかったのだが、

「その妾が住んでいたのは、どのくらい前の話なんだ？」

しばし黙って歩いたあと、久遠が訊ねた。

「……かなり昔です」

「かなりというのは、どれくらいだ」

「先代が、まだ若い頃ですわ」

「南蛮絞りで成り上がる前か」

「……まあ、その頃で」

ふうむと、久遠は重々しくうなずいた。

「貴殿《きでん》はその女に会ったことはあるのか？」

「一度だけですが」

「話はしたのか？」

「したと思いますが、何せ、幼《おさな》い頃のことなので。……それが何か」

「いや……」

曖昧《あいまい》にごまかしたが、久遠は明らかに何か引っかかるものがあるようだ。

「おい、おっさん、何なんだ。もしかして、その女に心当たりでもあるのかよ」

黙り込む理兵衛に代わって、千里丸が問うた。

「心当たりはないが……お幸がこの墓所に来たがったように、同じ血を引く異能者の女であれば、この辺りの土地に惹《ひ》かれるのではないか……そう思ったのだ」

「その妾が異能者だったんじゃねえか気になるってわけか。そういや、あんた、前に、住友の銅は異能者が作ってるとまで言ってたよな」

「あれはさすがに……な。理兵衛殿にカマをかけただけだが、似たようなことは前から考えていた。つまり、南蛮絞りの秘技の出所が明らかにされておらん理由と、住友が異能者捜しをやっていた理由が、同じ根っこなのではないか、とな」

「どういう意味だ？」

「つまり……」

「住友に南蛮絞りを持ち込んだのが、異能者だったのではないか――そういうことでしょう」

話を横から引き取ったのは、理兵衛だった。

千里丸は理兵衛のほうに目を向けた。

「なんだと？」

「切支丹から教わったって話じゃなかったのかよ」

「そちらは間違いだ。住友は切支丹ではないと拙者《せっしゃ》は確信した」

と、今度は久遠が応える。

「は？　あんたが初めに切支丹だと言い出したんだぞ。なんで急に、考えを変えた」

「まあいろいろとな……」

「今から行く家にいた女のことは、ほとんど判らんのです」

理兵衛が神妙に続けた。

「判っているのは、南蛮絞りを始める前の先代が、古参の番頭以外には告げず密かに長崎に出向いた際、その女を連れて行ったこと、その女が、側仕《そばづか》えの奉公人を恐れさせるほど勘の良い女だったということ。それだけです」

「勘が良い？　あんた、紅羽の親父《おやじ》についても、そう言っていたよな。つまり、異能の力を感じた、ということか」

「……その女の話をしてみたとき、左門は言いました。自分と似ているようだ、と。それを聞いたときから、私は一つの考えを抱《いだ》くようになりました。南蛮絞りの誕生には、異能者が関わっているのではないか、それゆえに、先代は誰にも言えなかったのではないか、と。ただ、その考えに間違いがないと確かめるためには、そういう力を持つ異能者がいることを明らかにする必要があった。左門の力では、南蛮人の知識を手に入れる助けにはなりまへんさかい」

「そういう力ってのは、つまり――」

「人の頭の中を覗《のぞ》く力。ある人物が過去に見聞きし、頭の中にとどめている思い出を、勝手に覗き込める力。それができる者がいれば、言葉の通じない南蛮人が相手であっても、その人物の持っている技能を見、盗みとることが可能になります。……

どうやら、波多野様はすでに、そこまでお察しだったようで」

「まあな」

久遠は肩をすくめた。

「お幸の死後、拙者は住友のことを調べた。同時に、異能者についても調べた。過去にどのような力を持った者がいたのか……お幸の先祖が書き継いできた記録をくまなく調べたのだ」

「そして、先代の秘密について推理した、と」

「そういうことだ。……で、その妾は、どうなったのだ？　今はいないということは、もう死んだのか」

「住友が南蛮絞りで名をあげはじめた頃、いなくなったと聞いています。年齢を考えれば、もう生きてはおらんでしょう」

「先代が追い出したのか」

「いえ、自ら去ったようです。父は必死で探したが見つからなかったと、古参の者たちから聞きました」

「──その人の名前を知ってる？」

ふいに、かすれた声が問うた。ぐったりと久遠の肩に沈んでいた紅羽だった。顔を上げ、理兵衛を見ている。

理兵衛は意表を突かれたように紅羽を見、わずかに迷ったあと、応えた。

「薫《かおる》、と」

ああ、とため息をつくように、紅羽が息を漏《も》らす。

「紅羽、お前、知ってんのか？」

訊ねた千里丸に、紅羽はうなずいた。

「道啓《どうけい》様から聞いた名前と同じだ。昔、わずかな間だけ四天王寺にいた女の人。自分の力に悩み、いつのまにか行方《ゆくえ》をくらませてしまった、太子様の血を引く人。その人は、他人の過去を覗く力を持っていたんだ。だから、誰かとともに暮らすのは難し過ぎる……そう、道啓様は言っていたよ。四天王寺を出たあと、命を絶ったかもしれないと心配されていたけど、そうじゃなかったんだね。よかった……」

一行はその後、歩くこと半刻《はんとき》（一時間）ほどで麓《ふもと》の道に出た。

その先は理兵衛だけでも道が判るといい、紅羽はほっとしたように目を閉じた。身体が相当に辛《つら》いようだ。

薫のことも、先ほど話したこと以上は何も知らないと、詳細に知りたがった理兵衛からの矢継ぎ早の問いにも、すべて首を振っただけだった。

周囲を木々に囲まれた場所から離れると、さらに警戒が必要になる。

今のところ、つけてきている者の気配《けはい》はなかった。おそらくは無事に逃げ切れたのだろう。

件《くだん》の別宅は、そこからすぐにまた林に分け入り、山道を四半刻《しはんとき》（三十分）ほど進んだところにあった。山道といっても、先ほどまでの、獣道とも言えぬほどの悪路に比べれば、格段に歩きやすい。

崩《くず》れかけた垣根《かきね》に囲まれた家が、やがて見えてきた。

「豪商の別宅というよりは、隠者《いんじゃ》の庵《いおり》だな」

思っていたよりも質素な家だということを、千里丸は遠回しに口にした。

といっても、泉屋《いずみや》の母屋《おもや》を見たあとでは質素に見えるという意味であって、檜《ひ》皮葺《わだぶき》——今は雑草が生《は》えてしまっているが——の門を備え、燈籠《とうろう》を配した前栽《せんざい》を抜けた先にある家は、平屋建てだが、造りから見て、五、六部屋はあるだろう。

理兵衛の指示で、吉次がまず玄関に向かい、訪《おとな》いを告げる。

ほどなく中から顔を見せたのは、千里丸にも見覚えがある年配の泉屋の女中だった。主人の来訪を知り、目を丸くして驚く。さらに、その後ろにいる久遠の背に紅羽を見つけ、ひっと小さく声をあげ、後ずさる。この女も、泉屋での騒ぎを見ていたようだ。

家の中からは、理兵衛と同年配の男も現れ、

「これは、旦那様《だんなさま》。――お松《まつ》、何をぼやぼやしとるのや、早《はよ》う、足をすすぐ水を支度《したく》せんか」

「へ、へえ」

お松と呼ばれた女中は慌てて盥《たらい》を取りにいき、男は丁寧《ていねい》に手をついて理兵衛を迎えた。紅羽の姿も見えているはずだが、表面上は狼狽《うろた》えた様子は見せず、

「こちらにお見えとは驚きました。何か、ございましたか」

「いろいろとな。それより喜兵衛《きへえ》、その後、どないや。困ったことは起きとらんか」

「へえ。予定通りに夜明け前に着きまして、特に問題もありまへん」

「巽はどないや」

その名を出すと、ぐったりとうつむいていた紅羽が、はっとして顔をあげる。

「半刻ほど前、目を覚まして、少し粥《かゆ》を食べました。今はまた眠ってしもたかと」

そこで男は、ちらりと紅羽に目を向け、

「妹はどうしているかと気にかけていました。判らんとだけ応えましたが」

「そうか。ほなら、紅羽に会えば、安心するやろ」

理兵衛はそう言い、まずは庭に面した座敷に、一行は通された。

顔を見せた者たちのほかに、銅吹き所の職人の中から腕っ節《ぷし》に自信のある者が三

人、用心棒代わりに詰めているという。

食事の支度や薪《たきぎ》などは、近くの村の者に頼んで調《ととの》えさせたと喜兵衛は説明した。

「旦那様のお身内が、内々での療養のためしばらくここで暮らすということにしてあります。先代の頃から行き来のある者ばかりで、外へ話が漏れる心配はありまへん」

喜兵衛の説明に、理兵衛は満足げにうなずいた。

「細かい話はあとや。喜兵衛、まずは、紅羽を巽のところに案内してやりなさい」

「へえ。ほなら、どうぞ、こちらへ」

促され、喜兵衛は立ち上がった。一人では立てない紅羽に千里丸が肩を貸し、一緒についていく。

連れて行かれたのは、家のいちばん奥に位置する部屋だった。庭には面しておらず、本来は納戸《なんど》部屋だろう。

暗く、狭い部屋ではあるが、巽が寝かされている布団《ふとん》は、質の良さそうなものだ。目隠しはされているが、こざっぱりとした夜具《やぐ》をかぶり、身体からは膏薬《こうやく》の匂《にお》いがする。傷の手当ては丁寧にされているようだ。枕元《まくらもと》には水と薬。そして、手足には縄《なわ》もかけられていない。

その様子に、千里丸は驚いた。もう巽を警戒していないのだろうか。

「縛《いまし》めは必要ないと旦那様が言われました。ただ、女中が怖がるので、目隠しだけはしておいてくれと、私が頼みました」

千里丸の表情を読んだように、喜兵衛が言った。その話し声にも目を覚まさず、巽は眠り続けている。寝顔は穏《おだ》やかだ。

紅羽は崩《くず》れるように枕元に座りこむと、兄の顔をじっと見つめた。動かず、何も言わず、ただ見つめているだけだが、無事な姿を見て心底《しんそこ》から安堵《あんど》したようで、目に涙が滲《にじ》む。

「紅羽も一緒に休むとええ」

そう言ったのは、いつのまにか部屋の入り口に立っていた理兵衛だ。夜具《やぐ》の支度を、廊下《ろうか》に控えていた女中に命じる。

「巽と一緒なら、安心やろ。ゆっくり休むのやで。千里丸様は傷の手当てをしたほうがよろしいかと。どうぞ、こちらへ……」

理兵衛は千里丸を促したが、

「いや、手当てより先に、やらなきゃならねえことがある。家の中をすべて見せてもらうぜ。隅《すみ》から隅まで、全部だ」

「かまいまへんが……何かをお探しで？」

訝る理兵衛に、千里丸は首を振った。

「そうじゃねえよ。外からしかけられそうな場所がねえか、見ておかねえとな。公儀隠密が相手となりゃ、天井裏《てんじょうウら》から床下《ゆかした》まで油断できねえ。ほんの小さな穴からだって、吹き針が飛んでこねえとも限らねえんだぜ」

「なるほど。それは気が回らんかった。千里丸様は頼りになる。さすが、名のある御方《おかた》の下におられるだけはある」

含みのある言葉で言われ、すでに正体がばれてしまったことを千里丸は思い出した。まあ、だからといってどうということもない。それに、士郎左とやりあった今となっては、自分が〈里の衆〉といえるのかどうかも、よく判らないのだ。

「どうぞ、好きなようになさってください」

理兵衛が言い、千里丸は言われた通り、勝手に家の中を歩き回った。好きなようにと言った理兵衛も、なぜかぴったりと後ろをついてくる。

先ほどの座敷と、奥の仏間。さらに台所と土間《どま》。天井板の隙間から、畳《たたみ》の縁《へり》のすり減り方まで、細かなところまで千里丸は視た。天井裏や床下から室内に出入りしたことがあれば、そういうところに痕《あと》が残りやすいのだ。特に汚《よご》れがついている場所や、逆に不自然に綺麗《きれい》なところ。土間に残る足跡にまで気を配る。

幸い、どこにも怪《あや》しいところは見つからなかった。

木材の質や壁の塗《ぬ》り方から、一見、質素ではあっても、細かなところにふんだんに金をかけて作られた家だと判る。古びてはいるが、造りはしっかりしている。

千里丸は最後に、裏庭に面した飾《かざ》り気のない六畳間に入った。間取りからして、寝間《ねま》に使っていたようだ。

埃《ほこり》の積もった鏡台と蒔絵《まきえ》の手文庫《てぶんこ》が、ここが女性の居室だったことを窺《うかが》わせた。しゃがみこんで手文庫の中身を見てみると、黴《かび》臭い紅《べに》が一つだけ、残されていた。

「何もありまへんやろ。聞いた話では、薫が出て行ったあと、何か行き先の手がかりになるものはないかと先代は家中を調べたそうです。けども、何も見つからんかった。父の死後、私も念のため家捜《やさが》ししましたが、出てきたものはありまへんでした。まあ、出てくるようなら、父が自分で見つけたでしょう」

「薫は捜されたくなかったんだな」

「そうでしょうな」

「出て行った理由は何なんだ」

「……さて、男女の仲やさかい、いろいろと……あるものでしょう。父が囲っていた妾は一人だけとは違いましたし」

「そうか。そりゃそうだな」

人の記憶を覗けるのであれば、他の女と関係しているのも見えてしまうことになる。なかなか、難しかろう。

千里丸は手文庫を元の場所に戻し、今度は天井板を隅から隅まで視た。続いて畳や壁も視たが、いずれも、不自然なところはない。

これで安心して家を使えそうだと判断し、その旨《むね》を理兵衛に告げようとした。

そのときだった。千里丸の目が、ふと部屋の隅に引きつけられた。

そこには、二曲の小屏風《こびょうぶ》が置かれていた。

墨絵《すみえ》の古びた品で、右に山河《さんが》、左に百姓家《ひゃくしょうや》と年老いた夫婦。丁寧に描《か》かれてはいるが、あまり上手な絵とは思えない。正直に言えば、下手《へた》くそだ。

それゆえに目を惹《ひ》いたのだ。この家に置かれているのが不似合い過ぎる。

「これは昔からあるものか？」

「いえ。薫が描いた絵を、父が屏風にしたてたものですわ。死ぬ間際《まぎわ》に設《しつら》え、もしも薫が戻ってくることがあったら渡してやってほしいと古参の番頭に言い残したそうです。たぶん来ないだろうとも言うたそうですが」

理兵衛が千里丸の視線に気づき、説明をした。

「ふうん……」

千里丸は屏風の前にしゃがみ込んだ。埃と黴の匂《にお》いのする、下手くそな風景画。よくある安物の山水画《さんすいが》を、さらに真似《まね》て描いた素人《しろうと》の絵、という感じだ。

なんとなしに屏風の前にしゃがみ込み、絵に見入った千里丸は、そこでふと眉を寄せた。

気になったことがある。

絵に描かれた百姓家——どことなくこの家にも似ているが、何の変哲《へんてつ》もない家だ——の庭先に、井戸が描かれている。女が四角い井桁《いげた》から井戸の中を覗き込み、水を汲《く》もうとしている。井桁が、住友の家紋に似ている。そう考えると、その中を覗き込む女というのは、曰《いわ》くがありそうだ。

ただ、千里丸が気になったのは、絵そのものではなかった。

ちょうどその井戸のまわりが、表装《ひょうそう》の張り方が悪かったのか、表面に微妙な凹《おう》凸《とつ》があり、紙が浮いてしまっているのだ。

（いや、違う）

千里丸ははっとなった。糊《のり》が剝《は》がれ紙が浮いている箇所《かしょ》は他にもあるが、その一カ所は浮いているのとは少し違う。じっくりと見なければ気にならない程度のものだが、千里丸は違和感を覚えた。一言でいえば、そこだけわずかに色が違う。

「おい、この屛風、最近、手入れをしたか？」

「手入れですか。埃を払うくらいしかしとらんと思いますが」

「破れたから修復したとか、そういうことはねえんだな」

「それほど古い物ではありませんので……」

何を言いたいのかと、理兵衛は首を傾《かし》げている。

「どうもな、ここらあたりの裏に、何か貼《は》ってあるような気がするんだが」

「裏？　下張《したば》りの紙のことで？」

当たり前のことだろうというように、理兵衛は聞き返した。

「そうじゃねえよ。普通の目じゃ判らねえかもしれねえが、色が違うんだ。ちょっと、剝がしてみてもいいか？」

「屏風を壊すっちゅうことで？」

理兵衛は顔をしかめた。

「それはちょっと……」

「あんたの親父は、薫が戻ってきたらこれを渡せと言ってたんだろう。だったら、何か中に隠してあるのかもしれねえぞ」

そう言うと、理兵衛は目を瞬《また》いた。

「考えなかったのかよ。あんた、案外、抜けてるな」

「……いや、そうやとしても、私が求めているようなものやとは思えまへん。薫の手がかりになるようなものならば、父が自分で使《つこ》うたはず……」

「ごちゃごちゃうるせえな。とにかく、確かめるぞ。気になるんだよ。絵は破らねえようにするからいいだろ」

そう言いながら、もう千里丸は懐《ふところ》の手裏剣《しゅりけん》を取り出していた。棒形《ぼうがた》の手裏剣の刃先を使い、屏風の隅に切れ目を入れると、理兵衛は眉をひそめたが、千里丸は構わずに作業を進めた。切れ目から、破れぬようにゆっくりと絵をはがしていく。

表の絵が描かれた紙の下には、何層もの下張りがあり、古い文《ふみ》や証文《しょうもん》の類《たぐい》が使われている。それは普通のことだ。

だが、まんなか辺り――井戸の絵がある辺りまで絵を剝がしたところで、

「あ――」

理兵衛が声をあげた。

ひらりと、紙切れが落ちたのだ。

「これは……」

表の絵と、下張りとの間に、糊付けされずに挟《はさ》み込まれた、二つ折りの紙切れがあったのだ。しかも、一枚ではない。ひらひらと何枚か、畳の上に落ちていく。

「これはいったい……」

理兵衛が慌ててしゃがみこみ、落ちた紙切れを拾い上げる。

何か大事な証文か、手紙か――そういうものだろうと予測し、千里丸もその一枚を手に取った。

目を落とし、すぐに、首を捻る。

「なんだ、こりゃ」

証文でも文でもなく、粗《あら》い筆遣いで描かれた絵だった。しかも、下書きのようで、人の姿が幾人も描かれているが、細かな描写ではなく、走り描きに近い。手足などは線で表してあるだけで、顔もただの黒い丸だ。そうやって簡略化された人間たちが、何かの作業をしている様子が、こちらはやけに丁寧に描かれている。下手な絵の筆遣いは、屛風の絵に似ているように思われた。

よく判らない絵の脇には、これまた走り書きの文章があった。銅だの炉《ろ》だのという字が目に飛び込んでくる。書いた文章を訂正したり付け加えたり、やたらに手を加えた跡もある。絵のほうも、似た絵を何度も、少しずつ変えて、描き直しているようだ。

「これは、銅絞りの作業……？」

理兵衛がつぶやいた。

「銅絞りだと？」

「へえ、おそらくは、南蛮絞りの作業手順を絵で描いたもの。粗銅《あらどう》を炉で溶《と》かし、混ざり物を取り除く。まさに今、住友の銅吹き所でやっていることです。その作業の様子を絵に描き、説明の文章をつけたものですわ」

「それだけかよ」

要は銅吹き所の生写しかと、千里丸はがっかりした。たいした意味もなさそうだ。

「いや、違う」

理兵衛は急に、大きな声をあげた。

「うちの銅吹き所とは違う。少し前の……まだ先代が、南蛮絞りを試行錯誤《しこうさくご》していた頃のものや。おそらく、南蛮人の銅吹きのやり方……それを見た者が、絵で描き記したようです。そして、この文章は、絵を見て、なんの作業をしているのか、推測していった過程……ということは、これは……」

叫ぶように言った理兵衛の顔は紅潮《こうちょう》している。

いったい何にそれほど興奮しているのかと訝った千里丸は、そこではっとなった。

「あんたの親父さんが南蛮絞りを手に入れたときの……」

薫が南蛮人の頭の中を覗いて得たものを絵に描き、銅吹きの基本的な知識を持った住友の先代が、それを自分なりに解釈して説明をつけた——そういうものに、見えなくもない。

「おそらく、実際に炉を作って試《ため》しながら、銅の出来を確かめ、精銅のやり方を探っていったんと違うか」

何枚かある絵は、よく見てみれば、作業の様子が少しずつ違う。炉で何かを溶かしているもの。水を使い、それを冷やしているもの。説明書きの文章にも、確かに、何度も書き直しの跡がある。実際に炉を作って試すなかで、ああでもないこうでもないと、思案を繰り返したのかもしれない。

「炉に入れるのはどういう状態の粗銅か、溶かし出すにはどのくらいの火が必要か……そういうことをあれこれ考えていた様子が、これを見ればよう判ります。すべて、今の南蛮絞りの基《もと》になった知識や。銅の中から鉛《なまり》と銀とを吹き分ける。これが我が国の銅吹き術ではどないしてもできんかった。南蛮人がどうやってそれをやっているのか、炉の熱を上げ続け、溶け出す温度の差を利用して鉛は鉛、銀は銀と分ける——その単純な知識を、この絵を手がかりにして、先代は探っていった……」

熱に浮かされたように喋《しゃべ》りながら、理兵衛は何度も絵を見返している。

「なるほど。だから、隠したのか」

誰かの目にとまれば、南蛮絞りを生み出した際の秘密がばれることにもなる。

「だったら、他にも何か出てくるかもしれねえぞ、薫に関わるもんが」

千里丸は屏風の表を、さらに剝がしてみた。

だが、残念ながら、それ以上、何も出てはこなかった。下張りに使われている紙も、出入りの店屋の支払いの書き付けなど、どうでもいいような反故《ほご》ばかり。

仕方ねえなと舌打ちし、絵の剝がれた屛風をその場において、千里丸は理兵衛を振り返る。

理兵衛はまだ、出てきた紙切れを見つめていた。先ほどよりも熱心に見ているようだ。

覗き込むと、理兵衛の手にある紙には、先ほどのものとは違い、絵がなく、字だけだ。どうやら文《ふみ》のようだと気づき、千里丸は身を乗り出す。

しかし、それに気づいた理兵衛が、さりげなく紙を二つ折りにした。千里丸に見せまいとするように。

「おい、なんだよ。おれには見せられねえってのか」

「……いえ。ただ、これは南蛮絞りとは関係のない、薫が先代に向けて書き遺《のこ》した文でして、他人様《ひとさま》にお見せするのは少し……」

理兵衛は曖昧な笑みとともに、紙をそのまま、懐にしまう。

「女心を思えば、あまり人の目には触れさせずにそっとしておいてやったほうがええものです。たぶん先代も、そう思って隠していたはずです」

「そう、か」

艶文《つやぶみ》の類ということだ。そんなものを盗み読むのは、確かに気が引ける。

理兵衛の顔が、そういう文を読んだにしては硬いように思われるのが気にはなったが、とりあえずは放っておくことにした。どうしても読みたければ、あとからこっそり読むこともできる。家の見廻りのほうが、今は優先事項だ。

理兵衛をその場に残して、千里丸は庭へと足を向ける。

庭に降りたあと、振り返ると、理兵衛はまだ座敷の内で、取り出した文に見入っていた。

4

山際《やまぎわ》を染めて日が沈んでいく。

千里丸は一人、庭で空を眺めていた。

かつては丁寧に整えられていたであろう庭は、放置されていた間に荒れ放題になり、石燈籠などは横倒しになってしまっている。千里丸は苔《こけ》むしたその石燈籠に腰をかけ、ぼんやりと辺りを見回していた。

見張りを兼ねてのことだが、泉屋の奉公人たちが家の表と裏に立ち、周辺の警戒はしているし、今のところは、さほど気を張り詰めている必要はなさそうだった。

怪我の手当ても終え、薬のおかげか痛みも、やや治まった。今日のところはここでゆっくりすごそうと理兵衛が言い、千里丸も同意した。

飯《めし》には中途半端な昼も遅い時刻ではあったが、先ほど女中が簡単な食事を用意して、一行にふるまってくれた。疲れた顔で現れた者たちを見て、慌てて飯を炊《た》いたというから、大店《おおだな》の古参女中はさすがに気がまわる。

泉屋の者や久遠はともかく、千里丸は昨日から何も食べていない。飯の他には味《み》噌汁《そしる》と漬け物しかなかったが、遠慮なく腹を満たした。

ただ、同じく空腹であるはずの紅羽が、いっさい何も口にしなかったのが気がかりだった。

あれから紅羽は、眠り続ける兄にずっと寄り添っている。隣に用意された布団《ふとん》に横になってはいるが、眠ることはせず、ただ兄を案じているようだ。顔色は悪くなる一方で、熱も出てきた。

医者を連れてきてもらおうと千里丸は言い、兄妹《きょうだい》の様子を見ていた泉屋の女中や番頭も同意したのだが、紅羽本人がそれを拒《こば》んだ。

「医者がどうにかできるものじゃないんだ、こういう疲れは。大丈夫。そのうち、回復する」

弱々しい声で、気丈に笑う。千里丸としてはその言葉を信じるしかないが、何もできない自分がもどかしくてたまらなかった。

今、何もできないのであれば、これから何をすべきかを考えるしかない。幸か不幸か、そちらのほうは、山ほどあった。

何よりも気になっているのは、やはり士郎左のことだ。

刃を向けられたことは、さほど気にはならなかった。冷静になってみれば、ああすれば紅羽が動くと読み、あえてやったことだとしか思えなかった。あんな風に〈里〉を裏切る男ではない。

ただ、気になるのは蔵人が話した島原での話だ。

あれが真実であるなら、士郎左が信じていた話――異能者を異国との戦いに使うとの話は偽《いつわ》りとなる。

「そうなったら、あいつ、どうするつもりだ」

夕闇《ゆうやみ》が濃くなった庭を眺めながら、つぶやきが漏れる。

遠からず士郎左には再会するだろう。士郎左に会うであろう場所も、千里丸は予想している。士郎左は間違いなくそこに向かうであろうし、千里丸も行かなければならない。きっと、もう、あまり時間はない。

――と、そこで、背後から足音が近づいて来た。

振り返るまでもなく、誰かは判った。

「おぬし、薫とやらの形見《かたみ》を屏風の中から見つけたそうだな。住友理兵衛は、今も何やら思い詰めた顔でその文を眺めているぞ」

側まで来ると、久遠のほうから声をかけてきた。

「南蛮絞りが本当に異能者の手で生み出されたものだとはな。推測していたとはいえ、実際にそうだとなるとやはり驚く。もしかして、この世の大きな部分は、そうやって異能者が動かしているのだろうかな……」

やけにしみじみと言う久遠に、千里丸は笑った。

「そんなことがあるはずねえだろ。あれを見つけて、逆におれには判ったよ。南蛮絞りは理兵衛が言う通り、住友の知識と技術があってこそできたことだ。異能者が力を貸したのは、ほんのとっかかりの部分だけじゃねえか。たいしたもんじゃねえよ」

あの試行錯誤の跡が、その証だ。薫の力はわずかでしかない。むろん、重要なきっかけにはなっただろうが、それだけだ。異能の力が可能にすることは、そうでない者のなしうることに比べれば、本当にわずかなのだ。

「……千里丸、異能の者というのは、いったい何を考えて生きているのだ？」

「は？」

いきなりの問いかけに、千里丸は眉をひそめた。

「何言ってんだ、あんた」

「いや、拙者には判らんことだからな。直接、訊《き》いてみることにしたのだ。おぬしも、そうなのだろう？」

「それはそうだが……そんなことを訊かれたって簡単には答えられねえよ。同じ異能者ったって、人それぞれだとしか言いようがねえ」

「まあ、そうかもしれんが」

歯切れ悪くうなずきながら、久遠は空を仰《あお》ぐ。すでに星が瞬き始めている。

「ではおぬしは、自分は世を救えると思ったことは……あるか？」

「思うわけがねえ」

「即答だな」

「当たり前だ。何かができるはずだとか、するべきだとか、思ったこともなかった。たぶんおれには、それなりには人の役に立つ力はあったんだろうが、そうしようとはまったく思わなかったんだ」

今はそれを悔いているが、とは胸の内だけで付け足した。

「そうか。そういうものか。……拙者が初めて会った異能者と自称する者は、世界を救えると言っていたがな」

「そりゃまた、大きく出たな。お幸って女か？」

「いや、違う。かつて拙者が信じていた、ある男だ。その男がなす奇跡を見たと話す者は多かったが、拙者はついぞ目にはしなかった。それに……どうやら、おぬしの主人は、そいつは偽物だと判断したらしい」

「……何だって？」

久遠の言葉の意味をはかりかね、千里丸は顔をしかめる。

「おっさん……誰の話をしてる？」

「誰も救えないまま、大勢を死なせ、己も死んだ男の話だ。あのとき原城に籠《こ》もった同朋《どうぼう》たちはみな、拙者と同様に、あの男を信じていたというのに」

「まさか……天草四郎のことか？……ってことは、あんた、切支丹なのか」

思わず声が荒くなる。

久遠が無言でうなずくのを見、反射的に身体が動いた。切支丹は見逃してはならない罪人だ。捕らえねばならない。

だが、久遠の利き腕を押さえようとしたところで、思いとどまる。こいつには武芸の腕なんぞない。焦《あせ》らずとも逃がすことはない。

「そう睨まんでくれ。おぬし、よほど切支丹が嫌《きら》いらしいな。住友の話をしていたときから感じていたが」

「嫌いも何も、御法度《ごはっと》だ。国を乱す存在だ。てめえも、そう言ってたじゃねえか。あれは嘘だったのか。……まさか、てめえ、異能者を気にかけてやがるのは、切支丹のために力が欲しいからなのか」

「とんでもない」

久遠は大きく首を振った。

「それに、正確に言えば、拙者は切支丹だったことがあるだけだ。今はもうデウスを信じてはおらんし、切支丹がこの国を乱しているのもある意味、事実だと認めている」

「嘘じゃねえだろうな」

千里丸は無遠慮に手を伸ばし、久遠の襟元《えりもと》をぐいとはだけた。切支丹ならば、そこに十字架《じゅうじか》の護符《ごふ》を下げているはずだ。

——しかし、そこには何もなかった。

「ロザリオはもう捨てた。こうして胸元を握りしめるたび、そこにもう信じるものがないことを拙者は思い知る」

「……転んだってことか」

「その言い方は好きではないが、まあそうなるな。神の力を持つと豪語したあの男が何もなせずに民を死なせていくのを見て絶望し、拙者は城を抜けた。力を持たぬ者は力に憧《あこが》れ、持つ者は隠そうとする。それが判らぬ愚かな拙者は、力があると謳《うた》う者に惹かれてしまった。そんな拙者のすべてを、お幸は何もかも見抜いていたのだと思うと、ただただ情けなくなる。すべてを知りながら、一揆衆に加わるために家を捨てた拙者のことを、お幸は何も言わずに送り出してくれた」

そうつぶやいた久遠は、泣き出しそうにも見えた。千里丸は久遠の襟から手を放した。

「……本当に転んだってんなら、今日のところは見逃してやる」

「すまんな。感謝する。――ところでな、千里丸」

久遠が改まった口調になった。

「拙者がおぬしに我が身の秘密を打ち明けたのは、おぬしに告げておいたほうがいいと思うことがあるからだ」

「なに？」

「実は……拙者は島原で、おぬしの仲間であろう忍びの者たちが、公儀隠密とやりあっているのを見たのだ。すさまじい殺し合いだった。今も目に焼き付いている」

久遠は身震いしながら言ったが、千里丸は眉をひそめた。

「……なんで判った、おれの仲間だとか、公儀隠密だとか」

忍びどうしが争っていたとしても、互いの素性を余所者《よそもの》にばらすようなことはありえないはずだ。おいそれとは信じられない。

「天草四郎がそう言ったからだ。あれは天海僧正配下の忍びだ、将軍家に逆《さか》らい、私の味方をしてくれた者たちだ。仏《ほとけ》に仕《つか》える身と言いながら切支丹の力まで欲するとは、天海とは底なしに強欲《ごうよく》な坊主だ――となな。それにな、拙者は例の女を看取《みと》った。桜という、おぬしらの仲間を」

「なんだと。おい、本当なのか」

「嘘を言ってどうなる。拙者が見たのは、その者たちが天草四郎を見限り、城を去ろうとしたときのことでな。桜が斬られたのは、切支丹の子供をかばってのことだったよ。天草四郎が身の回りに置いていた男児で、異能の力があると言われていたが、おそらくはそれも嘘だったろうな。しかし、桜はその子を命がけで守った。優《やさ》しい女《ひと》だったのだな」

「……その子、助かったのか」

「天草四郎が連れて逃げたよ。どうなったか知らん。だが、桜がおぬしの仲間であるなら、拙者が代わりに礼を言いたい。立派な行いだった。そうだ、子供は小太郎《こたろう》という名だったのだが、そいつをかばいながら桜が呼んだのは別の名だった。虎《とら》吉《きち》、逃げて……と。もしや、桜の子供の名か？」

「……いや、とうに死んだ餓鬼《がき》だ。桜や士郎左やおれの……昔なじみだ」

「そうか。きっと桜にとっては忘れられぬ子だったのだな。小太郎をかばって斬られた桜の流した血を、拙者は忘れられん。ひどく壮絶で……酷《むご》かった。あれを見た次の夜、拙者は城から抜けた。恐ろしくなり、信仰を捨ててなりふり構わずに逃げたのだ」

それきり久遠は口を閉ざし、千里丸も黙り込む。

――しばしの沈黙の後、早足で二人に近づいてくる足音が聞こえた。

振り返ると、女中のお松だった。

「千里丸様、部屋へお戻りくださいませ。巽が目を覚ましました。千里丸様をお呼びです」

「なに」

千里丸は慌てて、石燈籠から腰を上げた。

5

「ああ、来たか」

納戸部屋に入ると、巽は千里丸をちらりと見上げ、言った。

夜具の上に半身《はんしん》を起こした巽を見ると、顔立ちが似ているわけではないが、紅羽とは兄妹《きょうだい》なのだと改めて思う。ふとした目の動きなどがそっくりなのだ。

目隠しを、巽はすでにはずしていた。その目に見据えられると、さすがに千里丸も一瞬、ぞくりとする。紅羽とともに山奥に飛ばされた、あのときの驚愕《きょうがく》と不快感は忘れられない。こいつはいつでも、誰が相手でも、そういうことができるのだ。ただ睨むだけで。

巽の隣では、紅羽がまだ横になったままで、顔だけを兄のほうに向けている。その顔が先ほどよりもさらに青く見え、不安になった。どんどん具合が悪くなっているように見えるのは気のせいだろうか。

紅羽の枕元には理兵衛が陣取り、千里丸についてきた久遠は、部屋の入り口に立ったままだ。

千里丸は布団をはさんで理兵衛と反対側に腰を下ろし、口を開いた。

「まず、あんたに礼を言わねえとな。おかげで撃たれずに済んだ」

「こちらこそ、妹が世話になった。礼を言う」

銅吹き所で言葉を交わしたときよりは、千里丸を見る目から険しさは薄らいだ。それでも、和《なご》やかとは言い難い顔だ。

「昨夜からの話は一通り、紅羽に聞いた。お前、天海の手下《てか》なんだそうだな」

いきなりそうくるかと、千里丸は眉をひそめた。

そもそも、年下の餓鬼からお前呼ばわりなのが面白くない。

紅羽も眉を曇らせている。もう少し穏やかに、話が始まると思っていたようだ。

何か言おうとするのを千里丸は手で制した。千里丸としても、ここで巽と喧嘩《けんか》をしても意味がないことは判っている。つまらないことで揉《も》める気はない。

「ああ、そうだ」

もはやごまかす必要もないと、千里丸はうなずいた。

「ということは、あいつ、まだ異能者を捜し回っているんだな」

「まだ？」

「おれたちの父親は、若い頃、天海に捕まるのを恐れて西国に逃げたのさ。旅芸人の一座で占《うらな》いなんぞを売りにして暮らしていたが、予言者の噂を聞いた天海の配下に目を付けられ、いずれ捕まることになると察して逃げた。そう言っていた」

「なるほどな」

予想してはいなかったが、ありそうなことだと思った。どうやら、天海は千里丸が思っていた以上に、異能の力に固執《こしつ》している。

「天海がそれほど異能者にこだわるのは、奴自身、そういう力の持ち主だからだぞうだな」

「なんだと」

今度は千里丸も驚いた。

「そんな話は聞いたことねえぞ。本当なのか」

「ああ。だが、おれと同じで、思うようには使えないため、滅多《めった》に人には見せないそうだ。奴の配下にいた異能者の一人が、密かに親父に教えたことだ。親父を江戸から逃がすために手を貸してくれたのもその若者で、これ以上、同じ血を引く者が天海の走狗《そうく》にされるのは耐えられないと言っていたらしい。親父は一緒に逃げようと誘ったが、自分は親である天海からは離れられないと断ったと聞く。親父も無理には誘わなかった。その若者の寿命《じゅみょう》がそう長くないことが判ったかららしい。

──お前、何も知らないのか」

「……ああ。御前に倅《せがれ》がいたなんて話も、知らなかった」

「そうか。まあ、下っ端《ぱ》ってのはそんなものかもな」

「……」

そこまで馬鹿にされる筋合いはないと腹が立ったが、なんとか抑《おさ》えた。今は揉めているときではない。

「父様《とうさま》は何も、私には話してくれなかった……」

紅羽がつぶやき、そのあと、激しく咳《せ》き込む。

「親父は紅羽に余計な心配をさせたくなかったんだ。大き過ぎる力に苦労している紅羽にはな。だが、おれには万が一のことを考えて、すべて話してくれた。天海に捕まれば、自由を奪われ、一生こき使われることになる。それが嫌《いや》なら、逃げるしかない。それだけではない。天海はあまりに恐れ多い望みを抱いている、そのために異能の者を捜しているが、それは人の望むべきものではない――親父はそう言っていた」

「大それた望み？　なんだ、それは。それも、天海の倅から聞き出したことなのか？」

「さあ、それ以上は聞いていないな。――それで、お前はなんで、その天海の狗《いぬ》をやってるんだ？」

その言い様にもむっとしたが、なんとか飲み込み、千里丸は肩をすくめた。

「売られたのさ。生まれてすぐに実の親に死に別れ、喰《く》うもんもろくにねえような育ち方をした。周りの者に千里眼を気味悪がられ、育ての親に売られて七つで天海配下の〈里の衆〉になった。そのあとは、おとなしくこき使われてたさ。狗だろうがなんだろうが、他に生きる術《すべ》なんざねえ。飢《う》え死にはしたくなかったからな」

千里丸の応えに、巽は一瞬、気まずそうな顔にはなったが、

「死にたくないから、天海の命令通りに道啓様に無礼《ぶれい》を働き、御魂様《みたまさま》を斬ったのか」

「兄さん、それは千里丸ではなくて、一緒にいたもう一人のお侍《さむらい》のほう――」

紅羽が弱々しく割り込もうとしたが、巽は厳しい声で遮った。

「お前は黙っていろ。それに、同じことだ。こいつの仲間だ」

「そうだな。確かに同じだ。おれたちがやったことだ。——だが、おれは道啓と、もう一度、ちゃんと話をするつもりだ。そのために、四天王寺に行こうと思っている」

「四天王寺へ？　お前がか？」

巽の目がさらに険しくなる。

「ああ。今すぐってわけじゃねえ。夜の間はここにいる。夜目《よめ》の利《き》くおれが見張りをしたほうがいいからな。だが、夜が明けたら、行く。万が一、ここに誰かが押し入ってきたとしても、お前がいりゃ、さほど困ることにはならねえだろうからな」

巽に向けて言うと、巽は肩をすくめた。

「おれの力をあてにしているのだとしたら、残念だが意味はない。一度に三人もあっちこっちに飛ばしたら、四、五日か、下手《へた》をしたら一月《ひとつき》以上、使い物にならない。紅羽に聞かなかったのか」

「四、五日から一月？　そりゃまた、えらく差があるもんだな」

「生まれもった力が弱いからな。そのときにならないと自分でも判らない。おれは生きる力そのものに恵まれていないのさ。紅羽とは違う。強い力を持った者は寿命も長いというが、おれはそうじゃないらしい」

自分の命はさほど長くはないともとれる言葉を淡々《たんたん》と言う。千里丸は驚いた。力の強さと寿命が関わるなどと、考えたことはなかった。ならば自分の千里眼はどうなのだ。強い力の部類に入るのか、そうではないのか。

思わず紅羽にも目を向けたが、すでに知っていることのようで、悲しそうな顔をしてはいるが、驚いた様子はなかった。

「四天王寺で、道啓様と何を話すつもりだ」

巽の問いに、千里丸は一瞬迷った。理兵衛や久遠の前で口にしてもいいものか。だが、ためらっている時間もないのだ。

「『太子未来記』を放っておけない」

はっきりと、その名を口にした。

「御前が何をしたがっているのかも気にはなるが、今は何より、蔵人たちを警戒しなきゃならねえ。おれたちを取り逃がした蔵人が次に狙うのは、間違いなく『太子未来記』だ。泉屋の本宅にも行ったかもしれねえが、お前に逃げられたと判りゃ、用はない。次の狙いは四天王寺になるだろう。おれが口を滑《すべ》らせちまったからな」

蔵人が本当に異能者の抹殺《まっさつ》を目論《もくろ》んでいるならば、必ずそうするだろう。

「まさか、道啓様が……襲われるかもしれない？」

紅羽はその可能性に気づいていなかったようで、かすれた声をあげた。

「そうならねえように行くんだ。大丈夫だ。いくら公儀隠密でも、簡単に四天王寺には手は出せねえ。ただ、おれが知らんふりってわけにはいかねえ。自分で蒔《ま》いた種はなんとかしねえと。それに――たぶん、士郎も四天王寺に行くはずだ。おれと同じことを考え、『太子未来記』を守るために」

「守る？　横取りするの間違いだろう」

「かもしれねえが、蔵人とは目的が違う」

「同じだ。太子様の力を我欲のために使おうとしている」

「士郎はそうじゃねえ。御前がこの国を守るために異能の力を使うと信じていただけだ。そういう奴なんだ」

　千里丸は自分に言い聞かせるように言った。そういう奴がこの先、どう動くか。自分には読めるはずだとも思う一方で、判るはずがないとも思う。あいつの本心は、いったいどこにあるのだろう……。

「だったら私も行く」

　紅羽は無理矢理に、身を起こそうとした。だが、すぐに苦しげに胸を押さえて布団に沈み込む。

「だめだ、紅羽。その身体で行けるわけがねえ」

「でも……道啓様が危ないなら、私がお守りしないと」

「おれがなんとかするって言ってんだ。大丈夫だ、信用しろ」

そう言いながら、千里丸は巽に目を向けた。巽ならば紅羽を諌《いさ》めてくれるだろうと思ってのことだ。

しかし、

「なんとかできるとは思えないな、お前一人に。紅羽がいなけりゃ、さっきも危《あぶ》なかったらしいじゃないか」

巽はそんなことを言った。

「さっきは油断しただけだ。相手の正体と目的が判ってりゃ、それなりの対応をするさ」

「信用できない」

「……おい」

なんで紅羽を煽《あお》るようなことを言うのかと、千里丸は巽を睨みつける。

だが、巽は真正面から睨み返し、言った。

「お前一人では無理だ。紅羽も連れて行け」

「てめえ――」

声を荒《あら》らげた千里丸を、巽は鋭く遮って続けた。

「心配はいらない。おれも行く。おれが行けば、何かあっても、少なくとも一人二人なら、逃がしてやることはできる」

「は、たわけたこと言ってんじゃねえぞ、力は使えねえとさっき言ったばかりだろうが」

「道啓様に会えば違う。あの方には人を癒《いや》す力がある」

そう言われて思い出す。確かにそうだった。

「お前の力も、使えるようになるってのか」

「おそらくは」

「確実な話じゃねえのかよ」

「おれの力はそういうものだ」

「だったら、認められねえ」

「お前に認めてもらう必要はない。道啓様はおれたち兄妹《きようだい》にとって必要な方だ。だから行く。それだけだ」

「屁理屈《へりくつ》こねやがって……そもそもこんな状態の紅羽をどうやって連れて行くんだ。妹を殺す気か」

千里丸は巽の胸ぐらを摑み、凄《すご》んだ。こうなったら力で黙らせるしかねえと思ったのだ。こんな餓鬼、腕力で勝負すれば一ひねりだ。

だが、巽は怯《ひる》まなかった。

「死なせないために行くんだ。今の紅羽を癒せるのは道啓様だけだ。医者も薬も意味がない。道啓様にしか紅羽は助けられない。道啓様にもしものことがあれば、紅羽はこのまま弱っていくだけだ」

「なんだと。紅羽……それほど悪いのか」

ぎょっとして、千里丸は紅羽を見つめ直した。

「それほど悪いのか、だと？」

巽の目が険しくなった。

「見て判らないのか、お前は。たった十五の娘が木々をなぎ倒すほどの風を起こすことが、どれほど命を削《けず》る行いか、考えもしなかったのか。考えずに紅羽に力を使わせたのか」

「兄さん、千里丸のせいじゃない。私が……」

紅羽の弱々しい抗議に、巽は穏やかな声に戻ると言った。

「お前は心配しなくていい。大丈夫だ、ちゃんと道啓様に会わせてやる。すぐに快《よ》くなる」

「おい、待てよ、だったら、道啓をここに連れてくるのはどうだ。おれが四天王寺に行って道啓を……」

焦った千里丸は早口になる。

「黙れ、能なしが」

紅羽に向けたのとは別人のような罵声が、千里丸に浴びせられた。

「そんな悠長な話だと思ってるのか。その前に道啓様が隠密連中に殺されてしまったらどうする。がたがた言ってないでおれの言う通りにしろ。でないと今すぐ海の底に吹っ飛ばすぞ」

胸ぐらを摑まれたまま、ぎらりと目を光らせて言い放つ巽に、千里丸は絶句した。

殴りつければ簡単に吹っ飛びそうなひょろりとした餓鬼が、ぞっとするような殺意をこめて、こちらを圧してくる。今は力は使えねえんだろ、とはとっさに言い返せない気迫が、巽にはあった。

「――判った」

千里丸はしばしの沈黙のあと、うなずくしかなかった。

「ともに行こう。四天王寺へ」

第七章　不死の魂

1

馬の調達は、理兵衛《りへえ》に任《まか》せることにした。紅羽《くれは》は歩くのも辛《つら》そうだし、駕籠《かご》では複数の者の目に触れるのが気になる。馬ならば、千里丸が一緒に乗っていけばいい。理兵衛から村の者に頼めば、なんとかなるはずだ。

巽《たつみ》との会話を傍《かたわ》らで聞いていた理兵衛は、四天王寺《してんのうじ》行き自体には異議は唱《とな》えず、馬の手配も快諾《かいだく》した。

「ただ、一つ、確かめたいことが」

何やら真剣な顔で言ったのは、

「四天王寺と異能者とは、何か関わりがあるので？　若い頃の薫《かおる》のことを知っていたのも、四天王寺のお坊様だとのことでしたが」

「まあ、そうだが、詳《くわ》しい話は後で久遠《くおん》にでも聞いてくれ。例の『太平記』の幻《まぼろし》の巻とやらの話をたっぷりしてくれるだろうよ」

説明が面倒《めんどう》で千里丸は逃げたが、理兵衛は食い下がった。

「では、四天王寺のその道啓《どうけい》様という方に会えば、薫のことが何か判《わか》るでしょうか。身元の手がかりや、身内がいたかなど、わずかでもいい」

今度は紅羽に目を向けて問う。

「……ご存じないと思う」

紅羽は自信なげに応《こた》えた。

「しかし、何か手がかりくらいはあるのではありませんか。薫がその後、どのように暮らしたのか、どうしても知りたいのです。死んでいるのなら、その証《あかし》が欲しい。せめて故郷がどこかだけでも判れば……」

「どうしてそんなことが知りたい。もしや、子でもいるかと考えたか？　左門《さもん》の子みてえに、とんでもねえ力を持ってるとでも考えついたか」

「そういうわけでは……」

「なら、何を企《たくら》んでる？　言っとくが、本当の目的を隠しているような奴を、紅羽が道啓に会わせるとは思えねえぞ」

勝手に紅羽の代弁をしたが、はずれてもいなかったようで、紅羽は大きくうなずいた。

「……薫は住友《すみとも》家を恨《うら》んで去り、父は死ぬ間際《まぎわ》まで密《ひそ》かにそのことを気にかけていたようなのです」

わずかに逡巡《しゅんじゅん》したあと、絞《しぼ》り出すような口調で理兵衛は打ち明けた。

「あの屏風《びょうぶ》から出てきた文《ふみ》がありましたやろ。あれは……実は父から薫にあてた詫《わ》び状でした。なんとかして薫に渡し、父の本心を伝えたい。正直に申しますが……とてつもない力を持った異能者が住友家を恨んだままというのは、気持ちの良いものではないので」

「おいおい、あんた、ついこないだも巽や紅羽の恨みを盛大に買ったばっかりだぜ。先代の妾《めかけ》の恨みを気にするくらいなら、そっちのほうをもっと気にかけな」

「それは承知の上。できる限り償《つぐな》います、紅羽にも巽にも。……ただ、薫にも謝《あやま》りたい。先代の文を渡したい」

「もう生きてねえだろう婆さんに、今さら昔の艶事《つやごと》のツケを謝ってもな」

千里丸は嗤《わら》った。公儀隠密《こうぎおんみつ》とやりあおうかという時に、あまりにつまらない話に思われたのだ。正直、どうでもいい。

だが、理兵衛は神妙に首を振った。

「生憎《あいにく》と、艶事の恨みとは違います。もっと大きな……住友の商《あきな》いに関《かか》わることです」

そう言いながら懐《ふところ》から例の古い文を取り出したが、手に握ったままで、誰にも見せようとはしない。

「おい、言いたいことがあるならはっきり話せよ。ぐだぐだやってる場合じゃねえんだ」

「つまり……ことは南蛮絞《なんばんしぼ》りに関わりますのや。父は薫の力を借りて南蛮絞りを生み出した。しかし、その際に一つ、薫と約束を交わしていた。その約束を父が果たさなかったせいで、薫は失望して先代のもとを去ったようで」

「約束か。正妻にするとでも安請け合いしてたのか」

「そんなつまらんこととは違うと申しました。住友の商いの方針に関することです」

「だから、それが何なのか、はっきり言え」

しびれを切らし、千里丸は床《ゆか》を拳《こぶし》で叩《たた》く。

「南蛮人に劣らぬ銅の精錬術を完成させたあかつきには、それを住友で独占することなく、他の銅吹き屋にも広めること——それが、薫の望みやったようで」

「なるほどな。そりゃ確かに、今の住友家は約束を守っちゃいねえな。国中の銅取り引きを独《ひと》り占《じ》めして大儲《おおもう》け。恨まれても仕方ねえ」

「……へえ」

「けどな、理兵衛さんよ。今さら異能者一人の恨みがそんなに怖《こわ》いか？　道を歩けば破落戸《ごろつき》に襲《おそ》われ、店には公儀隠密が忍び込んでる。そんなあんたが、婆さん一人にそれほど怯《おび》える理由が判らねえ」

「怯えているのは私ではない。父です。父は最期《さいご》まで薫を本当に恐れていたらしい。ゆえに……気になるのです。薫という女にはそれほどの力があったのか、と」

そこまで言いながらも、理兵衛は頑《かたく》なに、握りしめた古い文を見せようとはしない。よほど、強烈な言葉が連《つら》ねてあったものか。

「父なりに考えがあったはずや。南蛮絞りは新しい技術。一気に多くの店に広めれば、腕のない職人や、良質の粗銅《あらどう》を手に入れられぬ小さな銅吹き屋まで南蛮絞りをやろうとします。結果として、銅の質は下がり、また南蛮人に足下《あしもと》を見られることになる。父はそれを防ぎたかったはずや。時間をかけ、限られた腕の良い職人と、本当に質の良い銅を作りたい。南蛮絞りを広めるなら、そのやり方を完成させたあとや――そう思ってのことやったかと」

誰に対してのものかよく判らぬ弁明が、千里丸と紅羽と巽――すなわち、薫と同じ異能の血を引く者たちを順繰《じゅんぐ》りに見ながら、語られる。

紅羽と巽は、当惑をあらわに顔を見合わせた。そんなことを自分たちに言われても……というところだろう。

「その言い訳は通らんぞ、理兵衛殿」

呆《あき》れ顔で口を挟《はさ》んだのは、黙って話を聞いていた久遠だった。

「薫は異能者だ。先代の本音《ほんね》がそんなまっとうなものであるなら、それを行動から見抜けたはずだろう」

「それは……」

「そもそも、何をぐだぐだと気にしておるのだ。千里丸も言っていたではないか。すでに公儀にまで目をつけられている住友家だ。公儀に潰《つぶ》されるか、薫の怨念《おんねん》に潰されるか、どちらが早いかの勝負だ。前者であれば南蛮絞りは公儀がかっさらっていくだろうし、後者の場合も……まあ、消えてなくなるということはなかろう。薫の望みは南蛮絞りが町に広がることだ。職人たちがその望みを叶《かな》えるさ。住友家は消えてもこの国を支える技術は残る。おぬしとおぬしの父親のしたことは、無駄ではなかったということだ」

よかったな理兵衛殿と楽しげに笑った久遠を、理兵衛は静かに睨《にら》んだ。

「波多野《はたの》様。やはりあなたも、住友を恨んでいるらしい」

「そりゃあ、まったく恨みがないとはいえんよ。当たり前だろう」

「……こう言ってはなんですが、私は人の恨みを恐ろしいと感じたことは今までなかった。だが、今は……」

理兵衛ははっきりとは言わなかったが、久遠は読み取って笑った。

「そりゃあ良かった。知らないことを知るのは、人間にとって大事なことだ。薫に感謝するべきだな」

その辛辣《しんらつ》な言葉を受け止め、理兵衛はしばらく黙り込む。

「薫さんには誰かとともにあることが難しかったはずだと、道啓様は仰《おっしゃ》っていたよ。その力のせいで、四天王寺にすら長くはいられなかった薫さんが、住友の先代を一度は信じて約束を交《か》わした……」

つぶやくように紅羽が言った。裏切られた痛みはどれほど大きかったか。紅羽の言葉はそう続くものと、千里丸は思った。

「住友の先代さんは、きっと、もともとは心の綺麗《きれい》な人だったんだろうね。薫さんが信じてもいいと思うほどに」

理兵衛は目を瞬《またた》いた。

「それは……」

意表を突かれたようで、言葉が続かない。

しばしの間を置いて、久遠がうなずいた。

「そうだな。少なくとも、人の恨みを恐ろしいとも思わずに生きてきた貴殿《きでん》とは違い、死ぬ間際まで薫のことを気にかけていたのだからな。貴殿よりはずっとまともな人物だ」

　理兵衛は何も、応えなかった。

2

　四天王寺に向かうのは紅羽と巽、それに千里丸だ。となれば、馬は二頭はいる。理兵衛は手早く村方に使いを出し、その手配を調《ととの》えたのだが、

「待てよ。おれは馬になど乗れない」

　巽が憮然《ぶぜん》として言い、そりゃそうだと千里丸も気づいた。町で職人をしている若者だ。馬にさわる機会すら、ほとんどなかろう。ならばと久遠が言った。

「拙者《せっしゃ》が巽を乗せていこう。刃物が苦手で剣術はからっきしだが、馬ならば乗りこなせる」

「おいおい、剣術がからっきしのおっさんがついてきてどうするんだ。あの隠密連中とやりあうかもしれねえんだぞ。足手まといだ」

「それは拙者とて判っているが、実際のところ、それしかあるまい。ほかにどうす

るのだ」

そう言われると、千里丸は返す言葉がなかった。住友の者たちも馬には乗れない。村から人手を借りることはできるが、そんなことをするなら駕籠で行ったほうがましだ。

「拙者に行かせてくれ。おぬしらのような特別な若者たちを助けることが、お幸《こう》の供養にもなろう。やらせてくれんかな」

妙に真摯《しんし》に言われると、頑なに拒《こば》む理由も見つからない。

「けどな。おれはあんたの面倒まで見てられねえぞ。物騒《ぶっそう》なことになったら、自分の始末は自分でつけろよ」

「おう、心配はいらん。若者に面倒をかけるほど、老いぼれてはおらんさ」

住友理兵衛は、何か他に手が必要なら言ってくれと申し出た。

では遠慮なくと、千里丸は刀を無心した。鞘《さや》のない士郎左《しろうざ》の刀ではなく、理兵衛が身につけていた脇差《わきざ》しを借りる。使われたことはなさそうだが、金持ちの持ち物だけあって拵《こしら》えはしっかりしたものだ。巽にも、小助《こすけ》が持っていた脇差しを持たせた。扱えるかどうかはともかくとして、まったくの丸腰よりはましだ。

夜明けまで、紅羽と巽には身体《からだ》を休めさせた。暗がりの中を動くのは、やはり無謀《ぼう》だ。少し休めば、紅羽の体調もましになるのではないかと考えたのだ。少なくとも、山の中で一晩過ごしたときはそうだった。

東の空が白《しら》み始める頃、千里丸と紅羽、久遠と巽がそれぞれ馬に乗り、四天王寺へと発《た》った。

出立《しゅったつ》間際にも、理兵衛は言った。

「もしも人の手が必要であれば、銅吹き所に使いをやって、職人を行かせます。気の荒いのが仰山《ぎょうさん》おりますよって」

「気の荒い職人くらいでどうにかなる相手じゃねえよ。町の者にはあまりことを知られたくもねえしな。余計なこと考えずに、先代の落とし前をどうつけるかでも考えてりゃどうだ」

そういうと、理兵衛は一瞬、口を閉ざしたが、

「ことがすめば、本宅でもこちらでもいい、どうぞ戻って来てください。公儀に追われるようになった方々でも、決して悪いようにはしまへん。住友家には公儀相手でもやりあえる力があると、お見せしますわ」

そう続けたときには、昨夜見せていた神妙さは消え失せ、怖い物知らずの豪商の顔に戻っていた。

「そうか。そりゃ、ありがてえ」

全面的に信用する気にはなれないが、頼る相手がいないよりはずっといい。申し

出は素直に受け入れ、千里丸らは出立した。

急げば半刻《はんとき》(一時間)で着く。二人乗りであるからそれほど飛ばせないが、それでも一刻はかからずに着ける。

幸い、空には雲一つなく、抜けるような青空が広がっていた。

ただ、一晩たっても、紅羽の様子はあまり快《よ》くなってはいなかった。少しは眠ったはずだが、熱も下がらない。顔色も、ますます白くなっている。

千里丸は焦《あせ》りを覚えた。夜でも構わず馬を走らせ、四天王寺に向かったほうが良かったのだろうか。

「心配ないよ。道啓様が治《なお》してくださる」

紅羽は、自力で立つのもやっとだというのに、千里丸の表情を読み、気丈に笑った。しかし、慣れない馬上が怖いのか、身を縮《ちぢ》めるようにしている。

「おれによりかかってりゃいいから」

千里丸は片手で手綱《たづな》を握り、空《あ》いた片手で紅羽の身体を支えた。

走り出すと、風が冷たかった。紅羽のために、暖かな上掛けを持ってくるべきだったと悔《く》やんだ。

こうなれば、ともかく、一刻も早く四天王寺に着くことだ。それしかない。

住吉《すみよし》街道を北へと走る。

初めて通る道ではあるが、昨夜のうちに地図を読み、頭に叩《たた》き込んである。人の往来も、まだ多くはなく、駆けやすいのが幸いだった。後に続く久遠らの馬がついてきているかも気にせず、千里丸は先へと急いだ。

巽の異能で瞬《まばた》きする間に移動した距離だが、実際には十里（四〇キロ）近くある。馬を駆りながら、そのことに、千里丸は改めて驚いていた。これほどの力、自由自在に使える者が一人味方にいたら、忍びの役目なんぞ根底から覆《くつがえ》ってしまう。早馬も、狼煙《のろし》も、まったく意味を成さなくなる。巽の身体が力を自由に使いこなせるほど強くないのは、天の配剤なのだろうか。しかし、だとしたら、それ以上の力を持つ紅羽もまた……。

嫌《いや》な考えが頭に浮かびかけ、千里丸は首を振って払いのけた。

公儀隠密だろうが御前《ごぜん》だろうが天の運命だろうが同じだ。紅羽を連れて行かせはしない。

四半刻（三十分）ばかり走った辺《あた》りで、青く晴れた空にそびえる五重塔が、千里丸の視界に飛び込んできた。

四天王寺は大坂市中の南の入り口にあたる。街道を上ってきた旅人は、その五重塔を目にしたとき、大坂の町が近づいたことを知るのだ。

さらに馬を急がせながら、紅羽の耳元でささやいた。

「もう少しだからな」

紅羽はおとなしく千里丸の胸に顔を埋《うず》めたまま、動かない。

千里丸も黙って、五重塔を見つめた。あの塔の下に、修羅場《しゅらば》が待っている。戦いたくない相手と、今度こそ戦うことになったなら、どうすればいい。

(斬《き》れねえなんて、言ってられなくなるのか……)

その瞬間に怯えながら、ただじっと塔を見つめる。あの日、紅羽を初めて見た、最上層の窓。今は誰もおらず、緑の連子格子《れんじごうし》だけが見える。――千里丸はそこで、はっと目を見開いた。

街道を往《ゆ》く人の数も増え始め、千里丸の目でなくとも塔や伽藍《がらん》が見える辺りまで来た。

「おい、千里丸」

後ろから、蹄《ひづめ》の音とともに久遠の声が近づいて来た。

振り向くまでもなく、馬が隣に並ぶ。それなりに飛ばしてきたが、ちゃんとついてきていたようだ。

「裏から回る。ついてこい」

そう言ったのは、久遠の後ろにいる巽だった。

「おれたちは、ここにはあまり、表立って出入りしないことにしている。特に紅羽は目立つからな。人目を避けるべきだ」

「そうか。まあ、確かにな」

五重塔の中に、紅羽の姿を初めて視《み》たときのことを千里丸は思い出した。空から飛天が舞い降りてきたかのような、美しい少女。寺にいるのは不似合い過ぎた。あの鮮烈《せんれつ》な出会いが、すべての始まりだった。

巽に言われるままに、昼間は筵《むしろ》敷きの露店が並ぶ表参道を避け、人気《ひとけ》の少ない北側へと馬を進めた。

塔頭《たっちゅう》が並び、白壁の続く通りは、朝の早い近在の百姓が荷車を引いて歩いているくらいで、馬を連ねて進む四人の妙な取り合わせに目を向ける者も少ない。

北の裏門の前で巽は馬を降りた。

千里丸も、紅羽を抱《かか》えて降りる。

そのまま抱いて歩きたいところだが、久遠に託した。この先、何が起きるか判らない。手をふさがれているわけにはいかない。

紅羽は目を閉じ、何も言わずにぐったりとしていた。馬上で風に吹かれたのがよくなかったようだ。

巽は慣れた足取りで、本坊《ほんぼう》の裏へと歩き出した。

常に参詣人《さんけいにん》の多い四天王寺の境内《けいだい》も、この時間はまだ人もまばらで、寺の者にすらまったく会わない。

木戸を開け、巽は勝手に庭に入り込んだ。そのまま庭を突っ切って歩き出そうとしたところで、

「おい、何者だ」

誰何《すいか》の声がした。庭に面した渡り廊下《ろうか》に、若い僧侶が険《けわ》しい顔で立っている。

「ここは寺の者以外は立ち入ってはならんぞ」

「申し訳ありません。道啓様にご挨拶《あいさつ》に参りました。楠《くすのき》の縁者で」

巽は足早に僧侶に歩み寄り、辺りをはばかりながら、そんな名乗り方をした。

「楠の……」

僧侶は一瞬、怪訝《けげん》そうな顔になったが、久遠に抱かれた紅羽の姿を見て、すぐに何かに思い当たったようだ。ああ、あの……とうなずいた。

だが、顔をしかめて、

「道啓様ならば、今はお目通りできんぞ」

「御用がおすみになるまで、お待ち申します。どこかにお出かけでしょうか」

「いや、客人がお見えだ」

「客人」

巽の目つきがすっと険しくなった。一歩後ろにいる千里丸にちらりと目を向けたあと、

「どのようなお客様で？」

「それが、どうにも妙な武士連中でな。浪人者のようにも見えるし、道啓様も、あのような不審な輩《やから》の相手をせずとも……」

そう言いかけた僧侶は、慌《あわ》てて続きを飲み込むと、

「お前らには関わりのないことだ。道啓様に御用であれば、出直して来い」

「おい、その客ってのは、総髪《そうはつ》の痩《や》せた侍《さむらい》じゃねえのか。目つきの悪い、背の高い男だ。そいつが何人かの手下《てか》を連れてきた――そうじゃねえのかよ」

千里丸は割り込んだ。嫌な予感がする。士郎左か、蔵人《くろうど》か。どちらも四天王寺に乗り込んでくる可能性があるが、士郎左ならば、すでにこの寺の者には顔も素性もばれている。となれば……。

僧侶はわずらわしげに千里丸を一瞥《いちべつ》すると、

「なんだ、お前は。どこかで見たような顔だが……」

「そいつら、伊賀者だとか、公儀隠密だとか、言いやがったんじゃねえのか」

千里丸はたたみかけて問うたが、僧侶は呆れ顔で言った。

「公儀隠密だと？　何を言っておる。そのようなたいそうな話ではない。貧乏侍が

金をたかりにくるのは、よくあることだ。騒ぐほどのことではない。ともかく、今は無理だ。帰らんのであれば、境内のどこかで待っていろ。ここには入ってはならん。さあ、出て行け」

しっしっと、野良犬《のらいぬ》でも追い払うかのように、手で追い立てる。

「おい待ってくれ、よくあることなんかじゃねえんだ」

千里丸はさらに食い下がろうとしたが、その脇《わき》からすっと久遠が、前へ進み出た。

「事情は判ったが、見ての通り、病人がいるんだ。せめて、この娘だけでも、中に入れてやってくれんか」

そう言いながら、千里丸に目配せをする。ともかく潜《もぐ》り込んでしまえばいいのだからと、言いたいらしい。

「うむ……」

さすがに僧侶も迷ったようだ。紅羽はぐったりと目を閉じ、浅い息を繰り返している。放り出すのがまずいことは一目で判る。困惑顔《こんわくがお》で、渡り廊下の奥に目を向けながら、

「病人だけであれば……」

渋々《しぶしぶ》といった体《てい》でそう言いかけた。

——そのときだった。

「何をする——！」

「狼藉者《ろうぜきもの》！」

本坊の奥が、にわかに騒がしくなった。怒声《どせい》が飛び交《か》い、続いて、ばたばたと走りまわる足音が聞こえる。

「おい、なんだ」

千里丸は素早く音のするほうへ目を向け、僧侶も訝《いぶか》るように振り返った。

「早く、別当《べっとう》様にお知らせを……」

「なぜあのような輩を通したのだ！」

「道啓様——！」

ひときわ大きな悲鳴が聞こえ、

「おい、奥で何かあったんじゃねえのか」

千里丸は強引《ごういん》に目の前の僧侶を押しのけた。

止めようとする僧侶の手を振り払い、土足のままで廊下にあがる。ためらわず奥へ駆け出そうとした。

その足を止めたのは、巽の慌てた声だ。

「紅羽、だめだ」

振り返ると、たった今まで眠ったようだった紅羽が、身を起こそうともがいている。

「おい、暴《あば》れるな」

久遠が慌てて抱き直そうとしたが、

「道啓様をお守りしないと……」

かすれた声で言いながら、紅羽は、強引に久遠の腕から降りようとする。

「紅羽……」

千里丸はためらった。

紅羽の顔には、鬼気迫《ききせま》るものすら感じたのだ。ここで紅羽を連れて行かなかったら、後悔するのではないか。道啓の危機は、紅羽の命の危機をも意味するのだ。

「なんだ、お前たち、何をしている」

いきなり、背後から怒声が投げられた。

目を向けると、廊下の向こうに現れた中年の僧侶が、驚愕《きようがく》の目で千里丸を見た。

「貴様《きさま》、あのときの天海《てんかい》の――そうか、貴様らの一味か、あの狼藉者どもは」

押し殺した声とともに、あっというまに僧侶は距離を詰めてきた。足音すらしない、なんらかの体術を身に付けた者の動きだった。

千里丸は反射的に背後にとびすさる。まっすぐに目を狙《ねら》って突き出された僧侶の拳が、髪をかすめた。

「おい、やめろ。おれは敵じゃねえ」

「黙れ、天海の狗《いぬ》めが」

「待てって言ってんだろが！」

千里丸はさらに後ろへ身を躱《かわ》す。刀を抜くのは簡単だが、今は四天王寺の者と揉《も》めたくない。相手はしゃにむに突っ込んでくる。千里丸は廊下の端《はし》へと追い詰められた。

「師兄《しけい》様、おやめください」

紅羽が必死に声を上げた。

「お願いです、やめてください。千里丸は敵じゃない――」

衰弱《すいじゃく》した身体から、絞り出すようにして訴える声は、僧侶の耳にも入ったようだ。動きを止め、そこで初めて、紅羽の存在に気づくと、

「紅羽、なぜお前がこの男と……」

「甚啓《じんけい》様。その者は敵ではありませぬ」

冷静に僧侶の名を呼んだのは、巽だった。甚啓と呼ばれた僧侶は、不審をあらわに眉《まゆ》をひそめる。

「巽、お前まで……いったいどういうことなのだ、これは」

「甚啓様、奥でいったい何が起きているのか、教えていただけませんか。我らは道啓様のお命を守るために来たのです。偽《いつわ》りではありません。この男も、我らと同じ血を引く楠の縁者ゆえ……」

「この男におぬしらと同じ血が流れていることは知っておるが……」

千里丸は敵意のないことを示すため、諸手《もろて》を上にあげてみせた。

「信じてくれ。おれは、道啓と『太子未来記』を守るために来たんだ」

「……信じられるものか。貴様らが現れた日以来、ここには凶事《きょうじ》しか起きぬわ」

吐《は》き捨てるように、甚啓は言った。

3

——そのわずか前、本坊の座敷で騒ぎが起きたとき、甚啓は、その場にいた。

怪《あや》しげな客人が現れた場合、執行職《しゅぎょうしょく》である道啓の警護は、日頃から甚啓と二人の兄弟弟子の役目だ。腕には自信がある。古くより伝えられた体術で、鍛《きた》えられた身体だ。

道啓はものものしい警護を嫌《きら》うため、襖《ふすま》を隔《へだ》てた隣室で待機するのが常のことだが、最近は特に物騒な来客が続いたため、隣室ではあるが襖を開け、いつでも飛び込めるようにして控えていた。

道啓は、この日も、得体《えたい》の知れぬ連中を前にして、常と変わらず落ち着いていた。蠟燭《ろうそく》の火と香《こう》を供《そな》えられた仏壇《ぶつだん》を背にし、数珠《じゅず》を片手に、不躾《ぶしつけ》な客人の要求に、穏《おだ》やかに応じた。

「『太子未来記』なる予言書は、四天王寺には存在しない。存在せぬものを差し上げることはできぬ。残念ながら、ご希望には沿いかねる」

庭に面したその広い座敷で、寺には場ちがいな殺気とともに道啓と向かいあう客人は五人。道啓の向かいに座する総髪の武士と、四人の供である。揃《そろ》って裁付袴《たっつけばかま》の軽装で、脇差しを傍《かたわ》らに置いている。

名も名乗らず、制止を振り切って本坊の奥まで入り込んできた彼らは、姿を現した道啓に対しては、公儀の使者と名乗った。

「貴様らは、我が言葉を上様の命と思って聞けば良い」

居丈高《いたけだか》にそう言ったかと思うと、さらに続けて命じた。

「『太子未来記』を渡せ」

道啓が拒否すると同時に、場に張り詰めた空気が流れる。

隣室の三人も、ぴりぴりとその緊張を感じたが、そのときはまだ、特に焦ってはいなかった。

数日前にも同様の無理難題をふっかけてきた者がいたが、結局は——いろいろ騒ぎにはなったにせよ——尻尾《しっぽ》をまいて立ち去っていった。

この四天王寺に簡単には手出しはできないのだ。たとえ、本物の公儀の使者であったとしても、狼狽《うろた》える必要はない。

たかをくくっていた三人は、わずかのあと、顔色をなくし、立ち尽くすことになった。

「ほう……存在せぬとな。そのような戯れ言が我らに通用すると思うのか」

道啓の向かいに座った武士はそういうなり、刀を手に取ると、いきなり抜き放ったのだ。

そのときもまだ、僧侶たちは、本気で斬りはすまいと思い込んでいたのだが、刀は躊躇《ちゅうちょ》なく、道啓の頭上に振り下ろされた。

「師父《しふ》様……！」

息を呑《の》む僧侶たちの眼前で、道啓は身を躱し、一太刀《ひとたち》目は避けた。しかし、武士は逃げようとした道啓の袈裟《けさ》の裾《すそ》を踏みつけて動きを封じ、二の太刀が道啓の右肩をさらに斬りつけようとする。道啓は、手にしていた鋼《はがね》の数珠で刃《やいば》を止めたが、その隙《すき》に、横合いから飛来した手裏剣《しゅりけん》が道啓を狙った。

避けようとした道啓の身体《からだ》が揺らぎ、

「師父様！」

「狼藉者――！」

怒声とともに割って入ろうとした僧侶たちは、

「動くな、次は首を飛ばす」

武士の声に動きを止める。刀の切っ先は、道啓の首筋にあてられていた。わずかでもその刀が動けば、道啓の命は消える。すでに肩に一太刀あびているのだ。逃れようと動くことも難しい。

「無体《むたい》な……」

「寺内での刃傷沙汰《にんじようざた》は御法度ぞ！」

僧侶たちが罵声《ばせい》を浴びせると、騒ぎを聞きつけた寺の者たちが、次々と座敷に駆けつけた。

「おい、何をしている、道啓様から離れろ！」

「無礼者《ぶれいもの》が――」

口々にわめくが、道啓が人質にとられているため、うかつに部屋に踏み込むことはできない。

武士は座敷を遠巻きにする寺の者たちを見回すと、言い放った。

「道啓の命が惜《お》しくば、『太子未来記』を渡せ。今すぐにだ。ぐずぐずするな。こやつの首が胴から離れるぞ」

「……道啓様のお命には替えられぬ。『太子未来記』を渡すしかない――そう判断した」

甚啓は苦しげに言った。

「で、あんたが取りに行くところだったのか」

千里丸が訊ねると、

「いや、別の者がすでに宝物殿に向かっている。私はその間に……手助けを呼べぬかと思ったのだが」

そう言いながら、甚啓は紅羽に目を向けた。手助けというのが誰のことだったか、口に出さずとも判る。こういうときに紅羽を呼び寄せる方法が、何か取り決められていたのだろう。

その紅羽は、廊下に座り込み、床《ゆか》に手をついて身体を支えながら、肩をふるわせるようにして苦しげな呼吸《いき》を続けている。顔色はますます白い。

だが、その眼差《まなざ》しには強い光が宿っていた。

「私が行く。私が道啓様を助ける」

「無理だ。判ってるだろう、そんなこと」

千里丸はぴしゃりと遮った。

「今のお前は、歩くことだってまともにできねえじゃねえか」

「でも……」

「できもしねえことをやろうとしたって、しくじるだけだ」

紅羽の気持ちは理解できるが、気持ちだけではどうにもならないこともある。

「お前が何かをするとしたら、道啓と会って身体を治したあとだ。ここは、おれに任せろ」

千里丸は紅羽に歩み寄り、その肩に手を置くと言った。

「それに……紅羽の他にも、道啓にはあてにできる手助けがあるはずだろう」

そう言って千里丸はちらりと空を見る。五重塔と、その上に広がる空が、その目の先にはあった。

「『太子未来記』を持参した。刀を引いて、道啓様から離れろ」

黒漆《うるし》塗りの木箱を手に座敷に戻った甚啓は、部屋に入る前に足を止め、怒りを押し殺した声で言った。

道啓は座敷の中央に引きずり出されていた。

肩の傷からは血が流れているが、顔に苦痛の色は見せず、表情は平静を保《たも》ったままだった。両の掌《て》を胸の前であわせ、数珠を手繰《たぐ》りながら経《きよう》を唱《とな》えている。甚啓に向けられた目も、穏やかだった。何も心配はいらない、というように。

武士の手下である四人の隠密衆は、二人が庭のほうを、残りの二人が隣室との境辺りに散り、刀を構え、まわりを牽制《けんせい》している。一方、腕に覚えのある僧侶たちといえど、僧籍にある者は刀は持たない。人数が多くても、不利は否《いな》めない。

「よし、こちらへ投げろ」

武士はにやりと笑い、甚啓に顎《あご》で命じたが、甚啓は一人、ゆっくりと部屋の中へ歩を進めた。

「おい、待て。投げろと言っているのだ」

「『太子未来記』はこの寺の宝。投げることなどできぬ」

怯《ひる》まず、甚啓はさらに近づいていく。

武士は少々、たじろいだが、まあ良いと肩をすくめた。人質がいるうえに、甚啓は徒手空拳《としゆくうけん》だ。近づいて来たところで何もできまいと思ったようだ。

甚啓は武士の目の前まで来ると、その場に膝《ひざ》を突き、木箱を畳《たたみ》の上に置いた。

「箱をあけろ。中を見せるのだ」

その命令も予想していたように、甚啓はゆっくりと箱の封印《ふういん》を解き、紐《ひも》をはずしていく。

蓋《ふた》がそっと、開けられた。古びた巻物《まきもの》が、おさめられている。

「これが古《いにしえ》の太子の予言書……」

武士が目を見開き、巻物を手にとろうとする。

その瞬間、わずかに隙が生まれた。

それを、甚啓は待っていたのだ。箱の蓋を武士に投げつけると同時に、思い切り体当たりをする。

だが、武士も読んでいた。

身を躱すと同時に、刀を道啓の首から放し、甚啓の上に振り下ろそうとした。

道啓がすかさず、手にしていた数珠を、武士の刀に絡《から》ませて動きを止めた。

「なにを」

刃が通らぬ数珠に、武士が一瞬、怯む。通常の糸ではなく細い鎖《くさり》を通した数珠だと、知らなかったのだ。

力ずくで数珠ごと振り払おうとしたが、道啓の力がそれを許さない。

道啓は経を唱えるように口にした。

「仏敵、退散――」

刹那《せつな》の後、空から白い影が落ちて来る。

ぎゃあと悲鳴があがった。

部屋の入り口にいた男が、目を押さえてうずくまる。人の身体ほどもある白い翼《つばさ》が、鋭い爪《つめ》と嘴《くちばし》を剝《む》き出しにして飛び込んできたのだ。

思いも寄らぬ攻撃に、隠密たちは浮き足だった。その隙をついて、僧侶たちが隠密衆に躍りかかる。

「何をしている、たかが鳥だ、坊主もろとも斬ってしまえ！」

一瞬、何が起きたか判らず、武士は動きを止めたが、すぐに我に返ると、道啓の胸元を蹴《け》りつけ、数珠を振り払って叫んだ。再度、道啓に斬りかかろうとした、そのとき――、

「たかが鳥じゃねえよ。太子様の生まれ変わりだ」

声とともに目の前に現れた者がいた。僧侶ではなく、刀を持っている。

空《くう》を斬って迫る刃を、武士はすんでのところで、己の刀で受け止めた。

刀越しに顔を確かめ、息を吞む。

「貴様、〈里〉の……」

「改めて名乗っておこうか。千里眼の千里丸だ。あんたは蔵人《くろうど》って名だと思ってたやいいのか、それとも本当の名前があるのか」

千里丸は笑いながら言った。

蔵人は、ぎりと歯がみをした。

「――そうか。殺されに来たか、〈里の衆〉。異能の化け物よ」

吠《ほ》えながら、渾身《こんしん》の力をこめて千里丸の脇差しを弾《はじ》き返す。

千里丸は、いったん間合いをとるふりをして、道啓の腕を摑み、蔵人から引き離した。

「紅羽が来てる。治してやってくれ」

その言葉が己に向けられたものだと、道啓はすぐに察した。

「紅羽は傷を負っているのか」

「いや、力の使い過ぎだ。こいつらのせいでな」

「なに」

道啓の目に怒りが宿る。高僧だというが存外に単純な奴かもしれないと、千里丸は思った。

だが、道啓の怒りを公儀隠密だけに向けさせるのは間違っていると、自覚もしていた。数日前に、自分もここに、仏敵としてやってきた。今の紅羽が疲れはてているのは、そのせいでもあろう。

償《つぐな》いのためにも、紅羽も、道啓も、守らなければ。

「蔵人。てめえらの好きなようにはさせねえ。見ただろう、この寺と『太子未来記』は、翼を持った太子の魂《たましい》に守られてる。誰にも、手出しができねえんだ」

「あれが太子の魂だと。笑わせるな」

蔵人は唸《うな》った。

「それが本当ならば、あの鷹もまた、化け物の仲間ということだ。始末するだけのこと。——殺せ、情けをかける必要はない！」

叱咤《しった》するような大声と同時に、視界の端《はし》で血しぶきが飛び、襖《ふすま》を染めるのを千里丸は見た。

「くそ……」

隠密衆が殺戮《さつりく》をためらわないのに対し、僧侶たちは命を奪うことは決してしない。その不利だけはどうしようもない。

道啓も、蔵人の刃からは逃げたが、その後も自身だけ場を離れることはせず、自《みずか》ら錫杖《しゃくじょう》を掲《かか》げ、傷を負った若い僧侶をかばうかのように隠密の一人と対峙《たいじ》している。

千里丸は焦り、その動揺を蔵人がすぐに見抜いた。

にやりと笑いを浮かべ、千里丸からいったん離れると、傍《かたわ》らにいた無腰の甚啓に斬りつける。

呻《うめ》き声とともに、甚啓が崩れ込んだ。

「てめえ、卑怯《ひきょう》な……」

　そうしている間にも、僧侶たちは次々に傷を負っていく。容赦《ようしゃ》のない五人の殺戮者に対し、千里丸の加勢は今のところ鷹だけだ。しかし、必ず――。

「道啓様」

　誰かの悲鳴に振り向くと、濡れ縁《ぬれえん》の端で道啓が、隠密に追い詰められている。

　千里丸は素早く間に割って入り、道啓を逃がそうとした。

　だが、それを読まれていたのか、別の隠密が脇から斬り込んできた。目の前の敵と、二人が同時だ。脇からの刃を避けることはできるが、避ければ、道啓が斬られる。

　千里丸は動けなかった。

　刀を千里丸の脇腹に突き立てようとした隠密は、いきなり呻き声をあげた。相手の動きが止まった瞬間、千里丸は目の前の敵を逆袈裟《ぎやくげさ》で斬りあげた。

　一人は濡れ縁に、一人は庭に、続けざまに隠密が倒れ込む。

　庭に倒れた隠密のうなじには、深々と棒手裏剣《ぼうしゆりけん》がささっていた。誰が投げたか、千里丸は判っていた。彼が先に来ていることは、ここに着く前――五重塔の中に、その姿を視《み》たときから知っていた。

「士郎！」

　千里丸は名を呼びつつ、道啓を連れて庭に逃げようとした。士郎左であれば、こちらの動きに合わせて姿を現し、庭に隠密どもを誘い出し、やり合うことを選ぶはず――そう計算してのことだ。

士郎左がその意図に乗ってこない可能性は考えなかった。士郎左が異能者を――おれを守らないはずがない。

だが、予想は裏切られた。

四方から、続け様に手裏剣が飛来した。隠密衆はもちろん、千里丸や道啓をも狙って飛んでくる。

「なに……っ」

千里丸は道啓の前に立ち、弾き返しながら、新たな敵を探す。

気配を感じて池の向こうへ目をやると、桜の木陰から人影が現れた。ゆっくりと、石造りの橋を越えて近づいてくる。たった一人だ。

どういうことかと、千里丸は目を瞬《また》いた。

紫紺《しこん》の袈裟をまとい、手に金剛杖《こんごうじょう》を持った老僧だ。数えるほどしか会ったことのない顔だが、間違えようがない。

「御前……」

老いさらばえたとしか言いようのない、頬《ほお》がこけて皺《しわ》だらけとなった顔。しかし、眼光は、人を震え上がらせるほどに鋭い。

（なんで、ここに……）

大坂にいるとは聞いていたが、ここに現れるとは予想していなかった。

「天海か――」

蔵人も、それが誰か察したようだ。

「化け物の親玉め……」

蔵人が刀を構え直した瞬間だった。

辺りをこれまでと違う緊張が包んだ。

そこかしこにいきなり隠れた人の気配――否《いな》、殺気が、庭を覆《おお》ったのだ。

誰もが息を呑む。

「〈里の衆〉か――」

蔵人が呻いた。

姿を見せたのは天海だけだが、その陰には幾人もの〈里の衆〉がいるのだと、千里丸にも判った。

（士郎だけじゃねえ……）
五、六人ほどもいる。なぜ気づかなかったのか。目の前の敵に気をとられ過ぎていたとはいえ、迂闊《うかつ》過ぎる。
蔵人も同じだったようで、その顔から血の気が引いている。

「なぜ、これほどの数が……」

天海の護衛となれば決して多過ぎる数ではない。

が、将軍が病床にある今の時期に、それだけの〈里の衆〉を連れて天海が江戸を離れるというのは、尋常《じんじょう》ではない。千里丸にも、そう思われた。

何より、陰の存在である〈里の衆〉を、こんなふうに堂々と連れて歩くことを、天海は今までは決してしなかった。あくまでも、将軍に仕《つか》える高僧の立場を、表向きは守り続けていた人物だ。

千里丸の背筋に、ぞくりと震えが走る。

明らかに、天海はこれまでと違う。

（もはや、なりふりかまわねえのか、御前）

「公儀隠密衆が『太子未来記』に手を出さんとしていると知っては、安閑《あんかん》とはしておれんのでな」

天海はそう言って笑った。公儀隠密への敵意をはっきりと口にしたことにも、千里丸は驚愕《きょうがく》する。

天海とは逆の方角にも人の動きを感じ、振り返ると裏木戸へ続く木立《こだち》の中から士郎左が姿を見せていた。その顔にはなんの表情も浮かんではいない。今の士郎左が何を思っているのか、千里丸には読み取れなかった。

　しばし沈黙していた蔵人が、やがて声をたてて笑った。

「なるほど。御公儀の意向に逆らってでも化け物に従うとは、〈里の衆〉は見上げた忠義者だ」

　なげやりな笑いだった。

　蔵人にはもう判っていたのだ。

　天海と〈里の衆〉が近づくのに気づかなかった時点で、すでに勝敗は決した、と。

　公儀隠密は、あるものは死に、あるものは深傷《ふかで》を受けた。対して、〈里の衆〉は無傷。数も多い。忍びとして、この状況をどう考えるべきかは、誰にでも判ることだ。

「天海よ。おれは貴様の操《あやつ》る化け物どもに、数えきれぬほどの同朋《どうぼう》を殺された。――最後に、貴様に刃を向けられることを天に感謝する」

　吐き捨て、蔵人は庭に躍り出る。わずかに残った同朋の制止も聞かず、正面から天海に斬りかかった。

　身を潜《ひそ》めていた〈里の衆〉が次々と天海の前に駆け寄り、蔵人の前に立ちふさがろうとしたが、

「待て」

天海が制した。

ぴたりと動きを止めた護衛の脇をすり抜け、蔵人は天海に斬りかかる。

天海は、自らの金剛杖でそれを受けとめた。

渾身の一撃にも揺るがぬ、老人とは思えない膂力《りょりょく》だった。

蔵人が目を剝く。

鮮血が飛んだ。

蔵人は無言で地に倒れた。その傍らに、脇差しが落ちている。蔵人の喉《のど》からは血が噴き出している。天海が、やったということか。しかし、千里丸の目をもってしても、はっきりとは視えなかった。いったいその刃はどこから現れたのか。

「もうよい、やれ」

天海の続いての一言で、〈里の衆〉たちが動いた。士郎左は動かなかったが、他に五人いる。一人が天海の護衛につき、あとの四人が座敷になだれ込む。

公儀隠密はまだ二人残っているが、〈里の衆〉の敵ではなかった。それぞれに二人がかりであっという間に斬り捨てられ、地に倒れる。

千里丸は目を背《そむ》けずに惨劇《さんげき》を見つめた。

容赦《ようしゃ》のない者たちだ。それは判っていた。隠密たちの瀕死《ひんし》の呻き声はじきに途切れ、ふいに静寂《せいじゃく》が訪れる。

ばさりと風を切る音がした。

上空を舞っていた白鷹《はくよう》が、再び舞い降りてきたのだ。血まみれの部屋を眺めるように旋回《せんかい》し、生き残った者たちを睥睨《へいげい》する。

そのぎらつく眼差しに、千里丸は思わず震えた。

仏罰がくだる——そう感じたのだ。

この惨状が、古の太子の心に適《かな》うはずがない。こんなことは、起きるべきではなかった。

すべてを引き起こした天海の、望みはいったい何だというのか——。

4

「天海殿」

道啓が、静かに口を開いた。

「貴殿の行いが正しいとは、拙僧《せっそう》にはどうしても思えませぬ。なぜに、そうまでして異能の力を欲される。『未来記』を手に入れ、何をなさるおつもりなのだ」

非難と絶望を宿した一言だった。

天海は応えない。その目がまだ、頭上で輪を描く白い鷹に吸い付けられていることに、千里丸は気づいた。

おおおと、熱に浮かされたような声が、老僧の唇《くちびる》から漏《も》れる。

「ようやくこの目で見ることが叶《かの》うた。あれが、あの白き翼が、太子の化身《けしん》か。死を超える魂《たましい》……人を超えた不死の命」

つぶやきとともに、天海は鷹に手を伸ばす。こちらへ来いとでもいうように、何度も手招きをした。その目はらんらんと血走り、指先は瘧《おこり》にかかったように震えている。

「あの美しき姿こそ、永遠の命の証《あかし》。言い伝えの通りだ。太子の命は、千年の時を経て、なおこうしてこの地に留《とど》まっている。この世でただ一人、不死の願いを叶えた命よ――」

何かに取り憑《つ》かれたように続けられる言葉に、千里丸は唖然《あぜん》とした。

(不死、だと？)

「何を……言ってんだ」

太子の化身、生まれ変わりなどという言葉以上に、不死という響きは、千里丸には受け入れがたい。

だが、天海の声は続く。

「不死の転生《てんしょう》……古の太子が可能にしたその術《すべ》を、この肉体が滅《ほろ》びる前に手に入れねばならぬ。そのために『未来記』を手に入れ、異能者の血を引く者を手に入れ、その血に潜む謎をすべて解き明かさねばならん。儂《わし》にはもう時間が多くは残っておらんのだ」

真実、太子の魂が鷹に転生しているのだとしたら、不死ではある。己の肉体の死後も、この世に留まっているのだから。

（しかし、そんなもの、人に許されるはずがねえ）

そう考えた瞬間、千里丸ははっとした。

巽が口にした、天海の抱いた大それた望みとやら。まさか、これだったのか。

「不死の命などありえませぬぞ、天海殿」

道啓が揺るがぬ気迫《きはく》を持った声で応えた。

「この鷹は、異能の者を守り、この寺を守る尊《たっと》き鷹。しかし、太子様と同じ命ではありえない。太子様の命はすでにこの人の世を離れ、天上にある。不死を得られたわけではない」

「何をいう。道啓、おぬしはこの鷹を見て何も感じぬのか。ただの鷹がこのように輝かしくも尊く強い存在であるはずがない。現に、仏敵たる公儀隠密どもを討つために現れたではないか」

「姿の美しさなど、まったくもって魂の在処《ありか》とは関わりのないこと。加えて、その鷹が現れたのは……拙僧が呼び寄せたからに他なりません。何も不思議なことではない」

「痴《し》れ言《ごと》を……」

「否」

鋭く、道啓は言い放った。

「この鷹は私の声を理解して動く。そういう意味では確かに異能の存在ではありましょう。しかし、異能の者がすべて太子様の係累であるとは限らぬように、鳥もまた、同じ。太子様の命を持った不死の存在などでは決してない。その鷹は、私と紅羽を家族として育った、一羽の鳥に過ぎませぬ。幼鳥の折りに親を失い、代わりに育てた私がたまたま鳥獣と言葉を交わせる異能者であったため、人の言葉を解する鳥となった。それだけです」

道啓の後ろで、小さく息を呑む気配があった。

「御魂《みたま》様は、太子様の化身ではない……？」

千里丸が目を向けると、道啓の肩越しに紅羽の姿が見えた。久遠に肩を支えられるようにして立っていた。目を見開き、呆然《ぼうぜん》としている。

道啓のもとに駆け寄ろうとして、今の言葉を耳にしたのだ。

道啓はゆっくりと紅羽を振り返った。

「紅羽。太子様といえど不死ではない。ただ、偉大なその魂は人から人へと受け継がれ、この地に残り続ける。御魂様は幼い頃より紅羽の心に沿うて生きてきた鳥。お前が太子様の願いを正しく継いで在る限り、御魂様には太子様の魂が受け継がれていることになる。それゆえ、太子様の化身と言った言葉に偽《いつわ》りはない」

「でも……それでは……」

紅羽は反論しようとしたが、

「紅羽。人の命には限りがある。太子様とて同じ。永遠に続くのは魂のみ――」

「黙れ、道啓」

天海が怒鳴った。

「そこまでしてでも、不死の術を隠そうとするか。四の五の言わずに『未来記』を渡すのじゃ。異能者のすべてが書き記された書を――」

熱に浮かされた声とともに、何かが空を切った。

鋭く飛来する影に、千里丸が気づいたときには遅かった。

千里丸は体当たりして道啓を突き倒したが、心の臓《しんぞう》を狙って飛んだ刃が、道啓の肩に突き刺さる。道啓が呻き声をあげ、その場に崩れた。

「道啓様！」

紅羽が久遠の腕から離れ、悲鳴とともに駆け寄った。すぐ後ろにいた巽もだ。

泣き叫び道啓にすがりつく紅羽を背にかばい、次の攻撃に備えて身構えながら、千里丸は信じられぬ思いでいた。

たった今、道啓の肩に刺さった刃は、天海が自ら投げたものではない。そんな動きは目にしなかった。なのに刃が動いた。

(これが、奴の力……)

刹那《せつな》、再び、何かが飛んでくるのが見えた。今度は〈里の衆〉だ。同時に三方から手裏剣《しゆりけん》が狙ってくる。さすがに一人でははたき落とせぬ角度を狙ってきた。目と喉を防げば、鳩尾《みぞおち》が空《あ》く。しょうがねえと諦めかけたとき、横合いから飛んできた脇差しがそれを弾いた。

「士郎!」

「士郎左……」

脇差しを投げた者の名を、千里丸と天海は同時に呼んだ。

「士郎左。何をする。何故《なにゆえ》、邪魔だてする」

「御前……」

士郎左は苦しげにその名を呼んだ。

「どうしたのじゃ、士郎左。……公儀隠密の言うことなど、捨ておけば良い。昨夜も言うたであろう。私に従っておればいいのだ。今までのように」

「士郎左、御前に従え」

「裏切りは死罪ぞ」

天海と、彼に従う〈里の衆〉が、口々に言う。

おれの名は誰も呼ばねえんだなと、千里丸は冷静に思った。とうに裏切り者として、〈里〉から切り捨てられているらしい。士郎左はもう、千里眼のことも話したのか。

それならそれで構わない。〈里〉に未練はない。

（だが、士郎、お前はどうする――）

士郎左は苦渋の色を顔に浮かべ、刀を抜き放つと、天海に切っ先を向けた。

「御前。おれが知りたいのはただ一つだ。昨夜の問いに、どうか正直に応えていただきたい。島原の戦《いくさ》で貴方《あなた》は何を命じた。〈里の衆〉は何のために島原に出向いた。……桜は何のために死んだのだ。この国の泰平のためではなかったのか」

「桜……ああ、島原で死んだ娘か。酷《むご》いことであったな。あの者はよう働いて……」

はぐらかすような言葉を、士郎左は大声で遮った。

「貴方の望みは何なのだ、天海大僧正よ。泰平の世か、異能の力か」

天海は小さく息をつき、やがて薄く笑った。

「泰平の世も、異能の力も、どちらも我が望みではない。たとえ手に入れたとて、たった一つのものの前には意味がない。その一つとは、すなわち、死。死ねば何もかもが終わる。ゆえに、我が望みは一つだけ。ありとあらゆる命が欲するもの。不死の命――」

士郎左の顔に絶望が広がった。

天海は構わず、まわりを囲む〈里の衆〉に命じた。

「『太子未来記』をこれへ。それさえ手に入れば、もうこの寺に用はない。裏切り者は殺せ」

「は」

公儀隠密を屠《ほふ》った〈里の衆〉が、座敷の中央に放り出された木箱に目を向ける。蔵人が手にとろうとしたときのまま、『太子未来記』は、そこにある。

「ならぬぞ……」

傷を負った僧侶が、這《は》うようにして『未来記』に近づこうとしたが、〈里の衆〉に容赦《ようしゃ》なく蹴散《けち》らされた。胸元を蹴り上げられ、呻いて動かなくなる。

「やめろ!」

千里丸は叫んだが、助けにいくことはできなかった。動けば、天海が再び道啓を狙うかもしれない。天海の力がどれほどのものなのか判らない今、どうにも動きがとれないのだ。

『未来記』を、ついに〈里の衆〉が手に取る。

「天海殿――」

道啓が呻いた。

眼前の修羅場にも平静を失うことのなかった双眸《そうぼう》に激しい光が宿り、道啓は半身《はんみ》を起こそうとする。だが、力つきたように倒れた。肩からの出血が酷《ひど》い。

紅羽がその身体にすがり、血を止めるように手をあてる。

道啓は紅羽の手を、己の両の手で強く摑んだ。かっと目を見開く。

道啓の意図を読んだ紅羽は、慌ててその手をふりほどこうとした。

「だめです、道啓様。私よりも、御自分のお身体を」

しかし、道啓は手を放さず、白く血の気のなかった紅羽の顔に、見る間に赤みがさしていく。

呆然としていた紅羽が、はっとしたように天海を見た。千里丸も気づいた。紅羽の力を使って、天海と〈里の衆〉の企《くわだ》てを止めろということか。

しかし、道啓は首を振った。

「違う。人を傷つけてはならんぞ。紅羽。この世から消えるべきは、争いの種そのものだ。判るな。人ではない」

そう言いながら、座敷の奥に安置された仏像に目を向ける。

「道啓様……？」

紅羽は首を傾《かし》げ、

「──炎《ほのお》、か」

つぶやいたのは、千里丸だった。

仏像の足下に、小さな火を灯《とも》す蠟燭《ろうそく》があるのだ。紅羽なら、その火を燃え上がらせることができる。

紅羽もはっと目を見開いて、道啓を見た。

「でも、道啓様、本当に……」

「良いのだ、紅羽。『未来記』はとうに役目を終えている。今の泰平の世には必要ないものだ」

「……はい」

紅羽は唇をかみ、道啓の手から離れて立ち上がった。両手を胸の前で組むと同時に風が巻き起こり、一気に蠟燭の火を煽《あお》る。

瞬《また》く間に舞い上がった炎は、『未来記』を手にした男に襲いかかった。

男が驚愕の声をあげた。炎は龍のごとくに奔《はし》り、男の手の中にある『太子未来記』を一瞬で飲み込んだのだ。

男はたまらず、『太子未来記』を放り出す。

「やめろ、やめんか！　誰か、『未来記』を守るのじゃ」

天海が叫んだが、火の勢いが強過ぎ、誰も近寄れない。

「やめろ――！」

天海が叫び、千里丸は今度ははっきりと見た。傍らに倒れた蔵人の亡骸《なきがら》から、手にしていた刀と、その喉を裂いた脇差しとが、同時に宙に浮かび上がり、そのまま飛来する。

狙いは紅羽だ。

炎を操ることに気を取られていた紅羽は、一瞬、反応が遅れた。千里丸も間に合わない。

呻き声と、刃が肉をうがつ音が響き、

「どうして」

かすれ声をあげたのは紅羽だった。

信じられないと、目を見開いている。

天海と紅羽との間には、放たれた刃を己の身で受けた士郎左がいたのだ。片方の刃は刀で弾いたが、避けきれなかった片方が、その胸に深々と刺さっている。

「士郎！」

千里丸が叫び、

「何を…………」

天海も呻く。

「血迷ったか、早瀬《はやせ》士郎左」

「違う」

士郎左は絞り出すように言った。

「この娘は大いなる力の持ち主だ。異能の力は民《たみ》を救う――そう言ったのは、御前、貴方だ。人の世に役立てるべき力だ、と。民を守るための……」

そのまま、ゆっくりと床《ゆか》に崩れおちていく。

「愚かな。己に従わぬ力に、何の意味がある」

天海がつぶやくのを聞いたとき、千里丸はたまらず飛び出していた。

「てめえ……」

叫んで、天海に突っ込んでいく千里丸の前に、〈里の衆〉が立ちはだかる。

同時に、空から白い翼が舞い降りた。白鷹が千里丸を守り、〈里の衆〉を鋭い爪で切り裂く。

千里丸の前には天海しかいなかった。

渾身の力をこめて振り下ろした千里丸の刀を、天海はまたも金剛杖で受け止めた。老人とは思えぬ恐るべき力だ。

いや、千里丸は気づいた。天海の手は金剛杖からわずかに離れている。先ほどの刃と同じなのだ。念だけで敵に向かって物を放つ力。金剛杖を支えているのは、異能の力だ。老人の膂力《りょりょく》ではない。すさまじい圧力を感じる。

「てめえ……」

人ならざる力には勝てないのかと、千里丸は焦りを覚えた。

天海が小さく笑みを浮かべ——次の瞬間、その顔が歪《ゆが》んだ。

「なに」

杖がかすかな音をたてたのだ。先ほどの蔵人の刃を受け止めた衝撃に続いて、二度目はもちこたえられなかったのだ。

「畜生《ちくしょう》——！」

千里丸は全身の力を刀に込めた。

天海の杖が砕《くだ》け、刀が閃《ひらめ》く。

声もなく、天海はその場に倒れた。

千里丸も息を止め、動けなかった。

額《ひたい》を割られ、倒れている老いた僧。力を求め、不死を願った異能者が、本当に死んだのか。

――次の瞬間、天海の目がかっと見開かれた。

ゆらりと立ち上がる。

千里丸は動けなかった。

天海は、すでに千里丸のことなど見ていなかった。

その目に映《うつ》っているのは、風に煽られ、激しく燃え続ける、『太子未来記』を飲み込んだ炎だ。まるで千年の歴史を焼き尽くすかのように、燃え続ける。

「不死の魂……未来を、我が手に……」

天海はその炎の中に自ら足を踏み入れた。またたくまに、その全身が炎に包まれる。

紅羽が悲鳴をあげた。なんとか火を鎮《しず》めようとするが、おさまらない。すでにその火は、紅羽の制止さえも受け入れなくなったように見えた。炎自体が、自らの意志を持つように。

炎の中で天海はもがき、足下から何かを摑もうとした。すでに灰と化していたそれは、ぼろぼろと崩れ散る。

天海の断末魔《だんまつま》の叫びが響き、その身体は炎の中で倒れた。

もがき続けた身体が動かなくなると同時に、炎はおさまっていく。使命を果たしたかのようにも見えた。

千里丸は駆け寄ろうとした。

天海と『未来記』がどうなったのか、確かめようとしたのだ。

だが、その瞬間だった。

千里丸の眼前から、天海の姿が消えた。

何が起きたのか判らず立ちつくす千里丸に、背後から冷ややかな声がかけられた。

「亡骸《なきがら》にふさわしい場所へ移した。人には死ぬべき場所がある。こいつの墓所はここではない。この聖なる場所にはふさわしくない」

道啓を支えるようにして寄り添う巽だった。力が使えるということは、皆が炎に気をとられている間に道啓の力で回復したようだ。

「……本当に死んだのか、御前は」

振り向き、念を押した千里丸に、

「だから飛ばしたんだ。こんなところに亡骸が転がっていたら、道啓様に災《わざわ》いがふりかかりかねない。あとのことは、亡骸を見つけた者が処理をするだろう。身元の判らぬ焼死体としてな。奴の手下も、ばらばらに遠くへ飛ばした」

巽の声は冷ややかだった。気がつけば、もう〈里の衆〉の姿はどこにも見えない。

千里丸は無言で、消え残る炎に目を落とす。

確かに巽の言う通りだ。ここは天海の最期の地にふさわしくない。

あれだけの地位と権力を手にした高僧天海が、最期はどことも知れぬ場所で、素性を悟《さと》られることもなく、密かに土に還《かえ》るのだ。

どれほどのものを手に入れても、人は死ぬ。不死は手には入れられない。


「士郎！」

濡れ縁に倒れたままの士郎左に、千里丸は駆け寄った。

抱き起こそうとして、ためらう。すでに顔には血の気がない。目も閉じて、動こうとしない。身体を起こしてさらに血が流れるのが怖かった。もう無理だと思う気持ちを、必死でねじ伏せた。死ぬはずがねえ。こんなところで、こいつが。

「おい、道啓、あんたなら何とか――」

「無理だ。道啓様はもう……力の限界だ。これ以上力を使えば、道啓様ご自身が危《あぶ》ない」

そう言った巽は悔《くや》しげだった。

慌てて千里丸が目を向けた先で、道啓は青ざめた顔で柱にもたれかかり、肩で息をしている。傷を負った身で紅羽と巽を助けたのだ。限界との言葉は嘘ではなかろう。

紅羽も千里丸の隣に駆け寄り、呆然と座り込む。

「けど、なんとかなるだろう。なんとかしてくれ、頼む……」

「もういい、千里丸。異能者の命を無駄にするな」

士郎左の口から、かすれた声が漏れた。

「……おれの望みは一つだ。亡骸は誰の目にも届かぬところに捨ててくれ」

「てめえ、何言ってやがる……」

怒鳴った千里丸の横から、巽が言った。

「妹の命を救ってもらった礼だ。望みは叶える。安心しろ」

「そうか。では、できるならば……海へと。そうすれば、島原の近くまで行けようからな」

「判った。約束する」

「おい、待てよ。士郎、てめえ……」

「千里丸」

小さく呻いて、士郎左がようやく目を開けた。辺りを見回すようにしたが、すでに焦点が合っていない。見えていないと士郎左自身も気づいたようで、深く息を吐いた。

「……もう無理だな、何も見えん。だが……楽になった」

「士郎……」

「千里丸。お前の目には世界がどんなふうに見えるものかと、よく桜と話をしていた。だが、お前にとっては、見えぬほうが良いこともあったのかもしれんな……」

「ねえよ！　そんなもん何もねえ」

かみつくように、千里丸は応えた。

「見えるもんは見たほうがいいに決まってる。あんたがそれを教えてくれたんじゃねえか」

「そうか。ならば、すべてを見据えて生きろ。……ああ、お前の千里眼にも見えるか。桜が迎えに来るのが」

千里丸は思わず辺りを見回した。むろん、何も見えない。ぐっと言葉を飲み込み、うなずいた。

「……ああ、見える」

「そうか」

うなずいた士郎左は、穏やかな顔をしていた。そんな顔は一つ屋根の下で過ごさなくなってから、見たことがなかった。

「……見える。けど、行くな。まだ行かなくていいだろ。桜もあんたも行っちまったら、どうしたらいい」

「生きろと言ったろう。いつか、みなで迎えに行く。誰もお前を恨む者などいない。もう……気に病《や》むな」

士郎左が笑った。笑顔も、もうずっと見ていなかった。

再び、目が閉じられた。かすかに、誰かの名を呼んだ。

それが最期だった。

千里丸はただ、その場にうずくまったまま、動かなかった。

『未来記』を呑んだ炎は、まだ消えない。

時折、その上に影が差す。空で輪を描き続ける白い翼が、地上に落とす影だ。

紅羽がしゃくりあげる声が、耳を打つ。

一陣の風が吹き、最後の炎がゆらりと蠢《うごめ》いたあと、ふと消えた。

千里丸は呆然と、それを眺める。

焼け跡に歩み寄っていく者があった。

波多野久遠だった。しゃがみこみ、まだ熱を保《たも》っているであろう灰に手を触れながら、つぶやいた。

「千年の歴史を飲み込んだ灰だ。せめてあの墓所に埋めてやろう。異能者の力が人の欲に使われる恐れが、少しでも消えたと先人たちに伝えるためにな」

その日、四天王寺で起きた一部始終は、記録に残されることなく、闇《やみ》に葬《ほうむ》られた。『太子未来記』は、その後も四天王寺の宝物殿に封印されている、二度と、誰の目にも触れることなく。

——後の世には、そう伝わる。

5

一カ月後のこと。

大坂の町は、ある噂で持ちきりになった。

大坂一——いや、この国随一《ずいいち》の銅吹き屋泉屋《いずみや》の主人住友理兵衛が、阿蘭陀《オランダ》人との銅商売の再開を求める嘆願書を、御公儀に提出したのである。

二年前に出された、貨幣鋳造《ちゅうぞう》に充てるための銅の輸出禁止令は、鎖国《さこく》による商売の縮小にあえぐ商人《あきんど》たちを、さらなる苦境に陥《おとしい》れた政策である。その撤回と、異国との安定した商売の再開要求は、商人たちの大きな願いだった。

同様の嘆願書は、すでに何度も、住友理兵衛から御公儀に出されていたが、この度《たび》のものが町で大きな話題となったのは、住友だけでなく、大坂の主立《おもだ》った銅吹き屋たちと連名で提出されたものだったことだ。

南蛮絞りと呼ばれる特殊な精錬技術を生み出し、大坂の銅吹き業に革命的な進化をもたらした住友家であるが、その技術の独占により、幾つもの老舗《しにせ》の銅吹き屋が商売を傾け、大勢の職人や商人たちが生きる術を失った。

そのため、住友理兵衛は、町いちばんの金持ちでありながら、町でいちばん恨みを買っている商人でもあったのだ。

その理兵衛が、いきなり、同業者たちと和解をし、手を組んだ。

のみならず、その成功の基である南蛮絞りの技術を、今後は独占するのをやめ、大坂の主立った銅吹き業者たちに伝授すると宣言したのだ。

今後、銅輸出が解禁となれば、その利益は住友家だけではなく、大坂中の銅吹き屋にもたらされ、ひいては町と、この国全体を潤《うるお》すことにも繋がるであろう。御公儀にとっても、実に望ましいことであるはずだ。ぜひ、銅輸出の解禁を、許可していただきたい――。

嘆願書を受け取った大坂城の役人は、記されたその内容に驚き、信じられぬとばかりに、署名のあった銅吹き業者たちにことの真偽《しんぎ》を質《ただ》した。

住友の宣言に偽りなしとの回答が大坂城に届く頃には、一部始終はあっというまに、町中に広がっていた。

むろんのこと、町の者たちは住友理兵衛の決断に喝采《かっさい》を送った。

「それでこそ、大坂商人や。優《すぐ》れた技《わざ》は独り占めにしたらあかん。みなで競《きそ》い合《お》うて、磨《みが》いてこそそのものや」

「大坂の銅を、異国が欲しがるええ物にしていかんと」

「きっと御公儀も、今度はお許しをくださるやろ」

「銅の取り引きが元に戻れば、きっと景気もよくなる。町の者みなが豊かに暮らせるようになる」

嘆願書が出されたからといって、輸出解禁が具体的に決まったわけではない。

それでも、きっと事は良い方向に進むと、町の者は明るい顔で語り合った。

異国との取り引きにおいて、最大の輸出品である銅の解禁は、島原の乱以降、すべての異国人との関係が不安定になり、戦の危機さえささやかれていた徳川幕府が、再び正常な外交を取り戻したことの、一つの証にもなる。

「異国との戦を心配せんでもようなる日がまた来るはずや。銅の取り引きが安定すれば、その日は近づく」

「泉屋の英断が、この国と異国とのあり方を、変えることになるかもしれんな」

「南蛮絞りが、この国を動かすのや」

——現実に銅輸出が解禁されたのは、これから三年後のことである。

その頃には、大坂で精錬される銅の質は、老舗銅吹き屋たちの協力もあり、住友独占の時代よりも格段にあがった。

阿蘭陀を通じて、日本の銅は欧州全体に販路を広げることとなる。

十八世紀にはついに、日本の銅の価格が欧州市場の銅価格まで左右すると言われるようになった。住友が生み出し、職人たちが練り上げた南蛮絞りの銅が、世界を席巻《せっけん》するようになったのだ。

泉屋住友は徳川の世を通じて銅吹き業を続け、大坂きっての豪商として、歴史に名を残すことになる。

千里丸は長堀端《ながほりばた》の通りを歩いていた。

手甲脚絆《てっこうきゃはん》の旅支度《じたく》で、頭には菅笠《すげがさ》だ。隣には、同様に旅の支度をととのえ、杖《つえ》を手にした紅羽がいる。

「千里丸、あそこに――」

紅羽が指で示し、千里丸がその先を見やる。

長堀端にある住友銅吹き所から、派手派手しい行列が出てきたところだった。目を惹く萌葱色《もえぎいろ》の振り袖をまとった若衆が先導し、その後ろには金襴《きんらん》の打ち掛けをまとった艶《つや》めいた美女。

続いて、行列の主役であるところの黒地小紋《こもん》の小袖《こそで》に黒い長羽織《ながばおり》をまとった中年男。そして、荷物持ちの小僧《こぞう》が二人。さらには、お仕着せの揃いの半纏《はんてん》を着た職人衆がぞろぞろと続く。

「ああ、住友銅吹き所の行列や」

「相変わらず、豪儀なもんやなあ」

町の者が呆れたようにつぶやくのは以前と同じだが、大きく変わったところもある。

「あの職人衆が、泉屋の誇る南蛮絞りの腕っ扱《こ》きたちやな。たいしたもんや」

「阿蘭陀人も驚かせるような良《え》え銅を作るらしい」

「たいしたものや。我が町の誇りやな、住友の銅は」

ほんのわずか前まで、切支丹だ売国奴《ばいこくど》だと陰口をたたかれていたのが嘘のような変わりようだ。

富の独り占めをやめたとたんに、住友は町の者に受け入れられるようになったのだ。

「薫さんがまだ生きていて、今の住友を見ていたらいいのに」

紅羽のつぶやきに、そうだなと千里丸はうなずいた。

薫の身元については、紅羽から道啓に再度、訊《たず》ねてもみたのだが、結局、何も判らなかった。ただ、道啓の記憶によれば、住友の先代よりも年上だったとのことで、おそらくはもう生きてはいないだろう。

理兵衛は薫と先代との約束を守った。

とはいえ、あのしたたかな商人が、異能者の女一人に心底怯え、あっさりと己の商売のやり方を変えたのだとは、千里丸は思っていない。

おそらくは、あの一連の騒ぎの中で、公儀との対立があまりに深刻になったことで、理兵衛は考えを変えたのだ。

このまま利益を独占し続け、将軍家から町の者まで恨みを買い続けることが、住友家にとって得策ではないと、気づかないほど愚かな男ではあるまい。

足を止め、行列が行きすぎるのを眺めている千里丸らに、理兵衛は気づいたようで、にこやかに目を向けてきた。

千里丸はにやりと笑ってみせ、紅羽はそっと頭をさげた。

別れの挨拶は、それだけだった。

昨日のうちに、暇乞《いとまご》いはちゃんと済ませている。

一月《ひとつき》前の四天王寺での騒ぎのあと、千里丸と紅羽は、巽や久遠とともに、あの南河内《みなみかわち》の住友の別宅にしばし隠れた。

大勢の血を流した騒ぎの決着が、いったいどうつくか予測がつかなかったし、紅羽と巽も、改めてきちんと身体を休める必要があったからだ。

隠れ棲《す》みながら、千里丸は何度も密かに町へ出かけ、四天王寺にも出入りし、住友銅吹き所にもひそかに潜《もぐ》り込み、騒ぎのその後について情報を集めた。

銅吹き所には、特に変化はなかった。紅羽や巽が示したとてつもない力のことは、それがあまりにもとんでもないものであったがゆえに、日がたつにつれ、逆に現実味が失《う》せてきたようだ。職人たちもあまり口にはしなくなった。

それよりも、彼らには、大坂中の銅吹き職人に南蛮絞りを伝えるという、新しい役目がふってきたのだ。容易ではなく、しかし、やりがいのあるその役目の前には、夢かもしれなかった白昼の変事のことなど、いつまでも気にしている場合ではなかった。

新たな公儀隠密が銅吹き所の周りをうろついている気配は、今のところは感じられなかった。もしかして、以前から銅吹き所に潜入し続けている忍びはいるかもしれないが、それはそれでいいのだと、理兵衛は笑《くつがえ》って言った。

「住友の基盤は、銅吹き術そのもの。それを覆すことなど、たとえ公儀隠密にも、容易にできるとは思いまへん」

堂々と言い放つ理兵衛は、相変わらず、怖い物知らずの大坂商人であった。

一方で、〈里の衆〉については、大坂にいる限り、なんの情報も入ってはこなかった。

あのとき、すべての騒ぎを目にした〈里の衆〉は、数名、生き残っている。その動向が千里丸には気になっているのだが、

「簡単に帰れる場所には飛ばしてない。しばらくは心配いらない」

巽は冷ややかに言った。

「おい、まさか……」

問い詰めかけて、千里丸は口をつぐんだ。海の底にでも飛ばされたのであれば、もう生きてはいない。だが、巽がそこまでしたとは思いたくない。簡単に帰れない場所は、他にいくらでもある。

いずれにしろ、〈里〉が混乱しているのは予想できることだ。なんといっても、仕える主人がいなくなってしまったのだ。生死すら判らぬ天海のことは、世間には病《やまい》として伝えられているようだが、そのままで済むわけもない。今も〈里〉にいるであろう忍びの者たちが、天海の呪縛《じゅばく》から解き放たれて自由を得る日が来ることを、千里丸は願うだけだった。

「……どうなるんだろう。私たちが町を離れたあとの住友家は」

去って行く理兵衛の一団を見送りながら、ふと不安をよぎらせた顔で、紅羽が言った。

「親父さんの予言のことが心配なのか？　理兵衛も少しは気にしていたようだった

が」

昨日、住友屋敷に出向いたときの様子を、千里丸は思い浮かべた。

しばらく大坂を離れると告げた紅羽を、理兵衛は引き留めこそしなかったが、名《な》残《ごり》惜しそうにはしていた。その理由のひとつが、左門の予言である。

だが、紅羽は首を振った。

「心配とは違うよ。でも気になるんだ。父様の予知した未来は、私たちが住友を離れる決断をしたことで、本当に消えたのかな？　今の住友家を見ていたら、前よりもずっと勢いがあるように思うんだ。輝かしい未来がないなんて思えない。だとしたら……父様の予言が、そもそも間違っていたのかな」

「さあ、どうだろうな。だが、理兵衛も自分で言ってたじゃねえか。左門には絶対に予言できなかったことがあるはずだ、と」

そう言うと、紅羽は小さく笑った。

「確かに、そうだ。父様はきっと思いもしなかったはずだよ。旦那様が富の独り占めをやめるなんて」

自分でも信じられまへんわと、理兵衛は笑っていた。そのしたたかさがあれば、この先も泉屋の土台は、揺らぐことはないだろうと千里丸には思われた。

「なあ、こんな考え方はどうだ？　お前と巽が住友を見限ったことで消えた輝かしい未来ってやつを、理兵衛は予言者さえ出し抜くような決断で、また取り戻したんだ」

そして、理兵衛にその決断を促《うなが》したのは千里丸が見つけた古い文《ふみ》で、その文に千里丸が近づいたきっかけは、住友を見限った紅羽と巽の行動だ。一つの決断が次々と未来を変え、予言者の言葉を超えて現実を創り出していく。

千里丸の言葉に、紅羽はしばし眉根を寄せ、難しい顔をしていたが、

「予言に縛《しば》られ過ぎだ。千里丸がそう言ったんだ、あのとき、山の中で」

やがてぽつりと言った。

「あの一言がなかったら、今でも予言を気にし続けていたと思う。私にとっては、未来は前もって判るものだったんだ。幼いときからずっとそうだったから、そうじゃなくなるのが怖かった。太子様の血を引く者が予言に逆《さか》らっちゃいけないと思い込んでたんだ。……でも、今は違う。知らなかった未来のほうが——千里丸といるこの先の未来のほうが好きだと思える。千里丸のおかげだよ。ありがとう」

まっすぐに千里丸を見つめる紅羽の目が眩《まぶ》しいように感じられ、千里丸は目を細めた。教えられたことならおれのほうがきっと多いと思ったが、言葉にはせず、代わりに言った。

「さあ、行こう」

肩に手を置いて促し、さらに、もう一人、行列をまだ眺めている男にも声をかけた。

「おっさん、行くぜ」

「――ああ」

菅笠を手にし、千里丸らと同様に旅支度を調えた波多野久遠は、なおも未練たらしく行列を眺めていたが、小さなため息とともに千里丸を追って歩き出した。

懐《ふところ》の辺りに、何かを確かめるように手をあてる。かつて切支丹のロザリオが下げられていたであろうその場所に、今は別のものがおさまっているのを、千里丸は知っている。

昨日、理兵衛が久遠に渡したのだ。お幸が恋うていた五兵衛という男の、形見《かたみ》の品。お幸の村のことを主人の理兵衛に書き遺した、一通の文だった。

それを、お幸の墓に供《そな》えてくれないかと理兵衛は言ったのだ。

「むろん、波多野様がよろしければ、ですが」

久遠はなんとも言えぬ顔でそれを受け取った。

「中を読んでもかまわんのか」

「むろん、どうぞ」

その場で文を開いた久遠は、渋面《じゅうめん》で目を通したあと、何も言わずにそれを懐にしまった。「必ず、お幸に渡そう」と約束して。

それ以前に、お幸の遺髪《いはつ》の埋葬《まいそう》も、すでに久遠は終えていた。住友の別宅に隠れていた間、毎日のように墓所に通い、何かを考えていたようだった。

久遠は無言で、千里丸の先に立って歩き出す。

行く手には、四天王寺の五重塔が見えた。

その塔の最上層を、千里丸は無言で見つめた。


四天王寺の本坊で、紅羽は改めて、道啓に別れの挨拶をした。

とりあえずの行き先は九州、筑後《ちくご》。久遠の故郷だ。そこに久遠が隠してきたという、お幸の家に伝えられた記録の数々を見るのだ。千里丸にも紅羽にも、きっと役に立つはずだ。四天王寺に持って帰ってきても良い。

『未来記』は燃えてしまったが、異能の者はまだこの先も世に現れる。その記録が四天王寺に置かれているのは、悪いことではあるまい。

「千里眼とは、世を広く知る力でもある」

道啓はそう言った。ならば、今は異能者について、もっと深い知識を得ることを目指そうと、千里丸は思っていた。天海のように己の欲のためではなく、真実を知るために知識を集めるのだ。

それに、足を延ばして一度、島原を訪ねたいとも考えていた。桜の最期の地、そして、士郎左が最期に望んだ場所だ。この目で見ておきたい。

細かな日程は決めていなかった。ともかく、しばらくの間、大坂を離れるための旅立ちだ。

公儀隠密の目も、〈里の衆〉の目も、いつどこで紅羽に向けられるか判らない。あの一連の騒ぎの中で、どれだけの情報が幕閣近くにもたらされたのかは判らないが、四天王寺周辺からしばらく離れたほうが良い。千里丸が道啓と話し合い、そう判断したのだ。

すぐに動くと余計に相手の目を惹《ひ》く可能性があると、一月の間、住友の別宅に身を潜めていたが、特に怪しげな者が四天王寺を訪ねてきたことはなかった。

それでも、安心はできない。

ともかく、いったん、この町から消えたほうがいいのだ。

さすがに寂しさをこらえきれず、涙ぐむ紅羽に、あえて明るく千里丸は言った。

「帰りたくなりゃ、いつでも帰ってくりゃいいんだ。大丈夫だ」

四天王寺の僧侶たちも、紅羽との名残を惜しむように集まってくる。

その中から、巽がようやく姿を見せた。

やはり、旅支度である。

この一月、危険を承知であえて四天王寺に逗留《とうりゆう》していた理由を、「大坂を離れる前に、もう少し、力を自由に使えるようにするため」と、自分で語った。

力を使うことが巽にとって文字通り身を削る業《わざ》になると知っている紅羽は、「そんな必要があるのか」とひどく案じ、ときには強い言葉で責めもしたが、巽は考えを曲げなかった。

「道啓様と離れて旅に発《た》つなら、お前を守る力が必要になる。――そっちの忍び崩れだけじゃ心配だから」

千里丸に喧嘩《けんか》を売るようなことを口にしたが、妹を思ってのことだと判っているため、千里丸はあえて無視した。

旅立ちを決めるにあたって、巽は紅羽以上に住友銅吹き所のことを気にした。好きで働いていたわけではないと言いつつも、職人として過ごしてきた日々に、かなり愛着があるようだった。

結局は、戻って来たらまた働けばいいと理兵衛が言い、出立を決めることとなった。

紅羽の身に関しては、

「大丈夫だ、どこに行ってもおれが守る」

千里丸は請け合ったのだが、即答で言い返された。

「お前がいることが、おれが同行するいちばんの理由だ、覚えておけ」

台詞《せりふ》の意味することは千里丸にも判ったが、面倒なので笑っておいた。まあ悪い奴ではないのだ。面倒な奴だと、正直なところ、思いはするが。

その巽も、妹と一緒に、道啓や僧侶たちと挨拶をかわしている。

すでに境内を出る門の前だというのに、まだ別れを惜しんでいる。

どこか遠くから、聞き覚えのある音が近づいてくるのが判った。

あっと紅羽が小さな声をあげ、空を仰《あお》ぐ。

僧侶たちの輪から離れ、

「御魂様が――」

純白の翼を持つ大きな鷹に向かって、手を広げる。

力強く羽ばたくその姿は、やはり、何か不可思議な光をまとっているようにも見える。人の世にはありえぬような、尊いものがその身に宿っているに違いないと思う。

「私はやっぱり、御魂様は太子様の化身だと信じているよ。道啓様は、あのときはああ言うしかなかったんだ、って」

紅羽自身は、千里丸にそう言っていた。

千里丸も、あえて否定はしなかった。

真実が判ることではないのだ。己が信じるものを、信じるしかない。

紅羽が手をのばす青い空の上で、聖なる鷹は舞い続ける。

その姿を見つめていた千里丸は、遙《はる》か先まで見通すことのできるその目を、ふと鷹の真下にそびえる五重塔に向けた。

そういえば、紅羽とともに馬で駆けてきた際に、士郎左の姿を塔の中に見た。あのとき、士郎左はいったい何をしていたのか。ただの見張りか、あるいは、千里丸に己が先に来ていることを知らせたかったのではないかとも思ったのだが……もう判らない。

そんなことを思い出しつつ、何気なく、その姿のあった窓を見――息を呑んだ。

最上層の連子格子《れんじごうし》。紅羽の姿を初めて見つけたその場所は、千里丸にとって特別な場所だ。あの日の明け方も、己の覚悟を決めるために、ここを見上げた。

その窓の格子の隅《すみ》に、細い麻縄《あさなわ》が結《ゆ》わえつけられているのだ。端に結び目が二つ。間違いない。〈里の衆〉の符牒だ。

「士郎……」

思わず、その名が口から漏れた。

士郎左は――士郎左だけは、千里丸の目が遙か先からでも塔の格子窓まで見られることを知っている。この窓を見上げることがあるだろうとも、予期していたはずだ。他の〈里の衆〉が見るはずもないこの場所を。

ぞくりとした。かつては己の行動を縛るための合図だったものが、今は、まったく別の意味に感じられるのが不思議だった。

士郎左の声が聞こえるようだ。

変わりなく、己の役目を果たせ。——千里眼の千里丸よ、お前はお前のなすべき役目を果たせ。

「ああ、忘れねえ」

千里丸は応えた。お前に約束する。二度と見るべきものから目を背けては歩くまい。

白く輝く鷹の翼が、ひときわ力強く羽ばたき、天に舞い上がる。

空を見上げていた紅羽が、その目を千里丸に向けた。

「行こう」

千里丸はうなずき、手をさしのべた。

〈了〉

本書は、書き下ろし作品です。

著者紹介

築山桂（つきやま　けい）

1969年、京都府生まれ。大阪大学大学院文学研究科博士課程単位取得。98年に『浪華の翔風』で作家デビュー。
2008年、『禁書売り　緒方洪庵 浪華の事件帳』が、NHK土曜時代劇の原作になる。以後、「緒方洪庵 浪華の事件帳」のシリーズ化に加え、「左近 浪華の事件帳」「浪華疾風伝　あかね」「家請人克次事件帖」「天文御用十一屋」「一文字屋お紅実事件帳」「鴻池小町事件帳」など、書き下ろし時代小説シリーズを中心に執筆。

PHP文芸文庫　未来記の番人

2015年1月27日　第1版第1刷

著者　築山桂
発行者　小林成彦
発行所　株式会社PHP研究所
東京本部　〒102-8331 千代田区一番町21
文藝出版部　☎03-3239-6251（編集）
普及一部　☎03-3239-6233（販売）
京都本部　〒601-8411 京都市南区西九条北ノ内町11
PHP INTERFACE　http://www.php.co.jp/
組版　朝日メディアインターナショナル株式会社
印刷所　図書印刷株式会社
製本所　東京美術紙工協業組合

ISBN978-4-569-76296-8

PHP文芸文庫

おいち不思議がたり

あさのあつこ 著

舞台は江戸。この世に思いを残して死んだ人の姿が見える「不思議な能力」を持つ少女おいちの、悩みと成長を描いたエンターテイメント。

定価 本体五九〇円(税別)

PHP文芸文庫

爆撃聖徳太子

町井登志夫 著

膨張を続ける隋帝国。その脅威から日本を守るべく聖徳太子が立ち上がる。歴史の空白を埋め、太子の謎を明らかにした衝撃の古代史小説。

定価 本体八五七円（税別）